운율? 그리고 의미?
헝클어진 이야기

RHYME? AND REASON?
A TANGLED TALE
by Lewis Carroll
illustrated by Arthur B. Frost, Henry Holiday

루이스 캐럴
운율? 그리고 의미?
헝클어진 이야기

유나영 옮김

wo
rk
ro
om

일러두기

이 책은 루이스 캐럴(Lewis Carroll)의 시집 『운율? 그리고 의미?(Rhyme? And Reason?)』(맥밀런[Macmillan], 1883)와 우화 형식의 수학 퀴즈 모음집인 『헝클어진 이야기(A Tangled Tale)』(맥밀런, 1885)를 한국어로 옮긴 것이다. 번역 대본으로는 루이스 캐럴의 『전집(The Complete, Fully Illustrated Works)』(그래머시 북스[Gramercy Books], 1995)을 사용했다.

『운율? 그리고 의미?』에 수록된 시들이 최초로 발표된 지면과 연도는 다음과 같다. 최초 발표 제목이 다른 경우에는 괄호 안에 별도로 표시했다.

— 판타즈마고리아 (Phantasmagoria, in Seven Cantos)
『판타즈마고리아 그리고 다른 시들』(1869)
— 메아리들 (Echoes)
『운율? 그리고 의미?』(1883)
— 바다 장송곡 (A Sea Dirge)
『칼리지 라임스(College Rhymes)』 2호 (1860년 11월)
— 洋毯子騎士 (Ye Carpette Knyghte)
『더 트레인(The Train)』 1호 (1856년 3월)
— 사진사 히아와타 (Hiawatha's Photographing)
『더 트레인』 4호 (1857년 12월)
— 멜랑콜레타 (Melancholetta)
『칼리지 라임스』 3호 (1862년 3월)
— 밸런타인 (A Valentine)
『미슈마슈(Mischmasch)』(1860)('Lines')
— 세 목소리 (The Three Voices)
『더 트레인』 2호 (1856년 11월)
— 주제와 변주 (Tèma Con Variazióni)
『더 코믹 타임스(The Comic Times)』(1855년 8월)('The Dear Gazelle')
— 다섯의 게임 (A Game of Fives)
『운율? 그리고 의미?』(1883)
— 시인은 타고나는 것이 아니라 만들어진다 (Poeta fit, non nascitur)
『칼리지 라임스』 3호 (1862년 6월)(필명 K.로 발표)
— 스나크 사냥: 여덟 경련(經聯)의 사투 (The Hunting of the Snark, an Agony in Eight Fits)

『스나크 사냥: 여덟 경련의 사투』(맥밀런, 1876)
— 몸집과 눈물(Size and Tears)
『칼리지 라임스』4호(1863)(필명 R. W. G.로 발표)
— 캠든 타운의 아탈란타(Atalanta in Camden Town)
『펀치(Punch)』(1867년 7월 27일)
— 오랜 구혼(The Lang Coortin')
『칼리지 라임스』4호(1863년 6월)
— 네 개의 수수께끼(Four Riddles)
 I: 『판타즈마고리아 그리고 다른 시들』(1869)('A Double Acrostic')
 II, III, IV: 『운율? 그리고 의미?』(1883)
— 명성의 싸구려 트럼펫(Fame's Penny-Trumpet)
『운율? 그리고 의미?』(1883)

주(註)는 옮긴이가 작성했으며, 원주의 경우 별도 표기했다.

원문에서 이탤릭체로 강조된 부분은 방점을 찍어 구분했고, 대문자로 강조된
부분은 고딕체로 옮겼다.

원문에는 없지만 문맥상 필요하다고 판단되어 옮긴이가 추가한 표현의 경우
대괄호로 구분했다.

「운율? 그리고 의미?」의 원문은 https://archive.org/details/
rhymereason00carrrich에서, 「헝클어진 이야기」의 원문은 https://archive.
org/details/16841884celebrat00worcrich에서 확인할 수 있다.

차례

작가에 대하여 _____ 11

이 책에 대하여 _____ 13

시

운율? 그리고 의미? _____ 19

판타즈마고리아 _____ 23

      제1절. 상견(相見)

      제2절. 요령(妖靈)의 오계(伍戒)

      제3절. 난투(亂鬪)

      제4절. 요령의 유년(幼年)

      제5절. 설전(舌戰)

      제6절. 낭패(狼狽)

      제7절. 슬픈 추념(追念)

메아리들 _____ 83

바다 장송곡 _____ 87

洋毯子騎士 _____ 93

사진사 히아와타 _____ 97

멜랑콜레타 _____ 109

밸런타인 _____ 117

세 목소리 _____ 121

      첫 번째 목소리

      두 번째 목소리

      세 번째 목소리

주제와 변주 _____ 155

다섯의 게임 _____ 159

시인은 타고나는 것이 아니라 만들어진다 _____ 163

스나크 사냥—여덟 경련(經攣)의 사투 _____ 173

       첫 번째 경련. 상륙

       두 번째 경련. 종잡이의 연설

       세 번째 경련. 빵쟁이의 이야기

       네 번째 경련. 사냥

       다섯 번째 경련. 비버의 수업

       여섯 번째 경련. 변호사의 꿈

       일곱 번째 경련. 은행가의 운명

       여덟 번째 경련. 소멸

몸집과 눈물 _____ 231

캠든 타운의 아탈란타 _____ 237

오랜 구혼 _____ 241

네 개의 수수께끼 _____ 255

명성의 싸구려 트럼펫 _____ 267

수학 우화

헝클어진 이야기 _____ 273

매듭 _____ 279

       1번 매듭. 보다 높이

       2번 매듭. 괜찮은 방 있음

       3번 매듭. 미친 마테시스

       4번 매듭. 추측항법

       5번 매듭. 공표와 가위표

       6번 매듭. 찬란하신 여왕 폐하

7번 매듭. 잡비

8번 매듭. 합승 마차의 수수께끼

9번 매듭. 똬리 튼 뱀

10번 매듭. 첼시 번

부록 _____ 345

    1번 매듭의 풀이

    2번 매듭의 풀이

    3번 매듭의 풀이

    4번 매듭의 풀이

    5번 매듭의 풀이

    6번 매듭의 풀이

    7번 매듭의 풀이

    8번 매듭의 풀이

    9번 매듭의 풀이

    10번 매듭의 풀이

옮긴이의 글 _____ 439

루이스 캐럴 연보 _____ 453

작가에 대하여

루이스 캐럴(Lewis Carroll, 1832–98). 본명은 찰스 럿위지 도지슨(Charles Lutwidge Dodgson)으로, 루이스 캐럴은 본명과 어머니 이름 철자를 뒤섞은 필명이다. 그는 19세기 영국 빅토리아시대의 수학자였고 사진작가였으며 작가였다.

1832년 1월 27일 도지슨은 영국 체셔 지방 데어스베리에서 시골 교구사제 집안의 자녀 열한 명 중 셋째이자 장남으로 태어난다. 1851년 옥스퍼드 대학교의 크라이스트 처치 칼리지에 진학한 그는 학위 취득 후 이곳의 수학 교수로 임명되어 평생을 보낸다. 또한 사진 기술이 발달하기 시작하던 시절 유명 인사들과 아이들을 주로 촬영한 사진가였는데, 특히 소녀들의 초상 사진을 즐겨 찍었다.

루이스 캐럴은 『이상한 나라의 앨리스(Alice's Adventures in Wonderland)』(1865)와 그 속편 『거울 나라의 앨리스(Through the Looking-Glass and What Alice Found There)』(1872), 『실비와 브루노(Sylvie and Bruno)』(1889)와 『실비와 브루노 완결편(Sylvie and Bruno Concluded)』(1893), 시집 『판타즈마고리아 그리고 다른 시들(Phantasmagoria and Other Poems)』(1869), 『스나크 사냥(The Hunting of the Snark)』(1876), 『운율? 그리고 의미?(Rhyme? And Reason?)』(1883) 등 여러 편의 소설과 시를 남겼다. 대표작 『이상한 나라의 앨리스』는 그가 속했던 칼리지 학장의 딸인 앨리스 리델에게 들려주던 이야기를 다듬어 출간한 것이다. 한편 그는 잡지에 연재했던 수학 퀴즈와 그 해답을 한 권의 책 『헝클어진 이야기(A Tangled Tale)』(1885)로 펴내기도 하고, 논리학 입문서 『논리 게임(Game of Logic)』(1887)과 『기호논리학(Symbolic Logic)』(1896)도 집필했다.

말을 조금 더듬었고 수줍음이 많았으며 각종 게임과 퍼즐에 능했고 오페라와 연극을 애호했고 소녀들을 즐겁게 해주는 기쁨을 누릴 줄 알고 이를 만끽하며 평생 독신으로 산 작가는 1898년 1월 14일, 『세 번의 일몰 그리고 다른 시들(Three Sunsets and Other Poems)』교정쇄와 『기호논리학』2부를 마무리하던 중 기관지염에 걸려 길포드에서 숨을 거뒀다.

이 책에 대하여

이 책에 실린 루이스 캐럴의 작품은 다음과 같은 다분히 임의적이고 주관적인 원칙에 따라 선정되었다.*

첫째, 국내에 정식으로 소개되지 않은 작품이어야 한다. 그래서 『실비와 브루노』(1889)가 (지금은 절판되었지만) 한국어로 이미 번역 출판되었기 때문에 그 속편인 『실비와 브루노 완결편』(1893)을 눈물을 머금고 제외했다. 한편 『스나크 사냥』(1876)은 전자책 그리고 미야베 미유키의 동명 소설에 딸린 부록의 형태로 번역된 적이 있지만 '정식으로' 소개되지는 않았다고 판단해서 이 책에 포함시켰다.

둘째, 루이스 캐럴 생전에 루이스 캐럴의 이름으로 출간된 단행본이어야 한다. 이 원칙은 선택의 폭을 극적으로 좁혀주었다. 이로써 그가 찰스 럿위지 도지슨의 이름으로 남긴 수학책과 논문과 팸플릿, 그가 여러 매체에 발표한 시와 산문과 단편, 방대한 일기와 편지, 사후에 출간된 책들이 모두 제외되었기 때문이다.

셋째, 그림과 대화가 있는 책이어야 한다. 루이스 캐럴 자신의 말을 빌리면, 그림도 없고 대화도 안 나오는 책은 아무짝에도 쓸모없기 때문이다.** 이에 따라 그가 생전에 루이스 캐럴의 이름으로 발표한 논리학 입문서 2권(『논리 게임』[1887], 『기호논리학』[1896])과 그의 첫 번째 시집 『판타즈마고리아 그리고 다른 시들』(1869)이

---

* 워크룸 문학 총서 '제안들'에서는 루이스 캐럴의 '시'와 '수학 우화'를 펴내기 위해 옮긴이의 제안을 받아들였다. ─ 편집자
** "언니가 읽고 있는 책을 한두 번 슬쩍 들여다보았는데, 그림도 대화도 전혀 없는 책이었다. '그림도 대화도 없는 책을 뭐하러 보지?'" 루이스 캐럴, 『이상한 나라의 앨리스』(손영미 옮김, 시공주니어, 2001), 11쪽.

제외되었다. 대부분의 사람들은 논리학 책들이 재미가 없어서 제외되었다고 생각하겠지만 결코 그렇지 않다. 물론 캐럴과 함께 이 책으로 공부했던 어린이들이 다소 지루해한 건 사실이지만, 여기에는 기이한 용과 이기적인 바닷가재를 소재로 한 초현실적인 삼단논법들이 등장한다.

루이스 캐럴은 생전에 『판타즈마고리아 그리고 다른 시들』(1869), 『스나크 사냥』(1876), 『운율? 그리고 의미?』(1883) 이렇게 세 권의 시집을 단행본으로 출간했다.

『판타즈마고리아 그리고 다른 시들』은 루이스 캐럴이 그때까지 가족 신문, 학내 문예지, 대중 잡지에 기고한 시들과 신작 시(표제작인 「판타즈마고리아」, 「더블 아크로스틱」[「네 개의 수수께끼」중 I번 시])를 모아 최초로 펴낸 시집이다. 이 시집의 1부에는 익살스러운 시들이, 2부에는 진지한 시들이 수록되어 있다.

장편 이야기시 「스나크 사냥」은 캐럴의 작품들 중에서 '앨리스' 시리즈 다음으로 높이 평가받으며 널리 읽히고 있다. 다소 어두운 분위기를 띤 이 이야기의 배경에는 19세기 탐험가들이 경험했던 무시무시한 모험담의 그림자가 어른거리며,* 일체의 논리와 질서와 합리적인 기대를 배반하고 파국으로 돌진한다. 생전의 루이스 캐럴은 이 시의 의미를 묻는 질문에 모르쇠로 일관했지만,** '앨리스'와 마

---

* 일례로 북대서양에서 북아메리카의 북극해를 지나 태평양으로 나가는 북서항로를 개척하기 위해 1845년 출발한 프랭클린 탐험대 130명이 영구 실종된 사건은 1850년대까지도 빅토리아 사회에 큰 충격과 파장을 남겼다.

** 하지만 캐럴은 이 시가 '행복을 찾아 헤매는 이야기'라고 생각한다는 한 독자의 의견에만은 동의했다. "나는 이 생각이 근사하게 들어맞는다고 생각합니다— 특히 이동 탈의실과 관련해서요. 사람들이 삶에 지쳐 도시에서, 책에서 행복을 찾을 수 없을 때, 그들은 해변으로 가서 이동 탈의실의 쓸모를 깨닫게 됩니다." 1896년 루이스 캐럴이 어린 독자들("Lowrie Children")에게 보낸 날짜 미상의 편지. 루이스 캐럴, 『루이스 캐럴의 편지들(The Letters of Lewis Carroll)』(모턴 N. 코언[Morton N. Cohen]·로저 랜슬린 그린[Roger Lancelyn Green] 편집, 옥스퍼드 대학교 출판부[Oxford

찬가지로 이 이야기 또한 수없이 다양한 알레고리로 해석되고 있다.

　『운율? 그리고 의미?』는 『판타즈마고리아 그리고 다른 시들』의 1부에 실린 익살스러운 시들만 뽑아 일부 수정을 가하고, 여기에 「스나크 사냥」과 네 편의 신작 시(「메아리들」, 「다섯의 게임」, 「네 개의 수수께끼」 중 II–IV번 시, 「명성의 싸구려 트럼펫」)를 추가한 뒤 새로 삽화를 곁들여 펴낸 것이다. 「스나크 사냥」의 삽화는 헨리 홀리데이(Henry Holiday)가 그린 기존의 것을 그대로 수록했고, 나머지 시들의 삽화는 아서 B. 프로스트(Arthur B. Frost)가 새로 그렸다. 이 책에 수록된 대부분의 시는 기존의 발표작을 수정하거나 재수록한 것이지만, 루이스 캐럴이 직접 선정한 그의 난센스 시의 정수를 그로테스크한 유머가 깃든 삽화와 더불어 종합 선물 세트로 맛볼 수 있다는 점을 고려해서 번역작으로 선정했다. 그중에서도 귀신들의 존재 이유와 그 직업적 고충을 귀신의 관점에서 설득력 있게 들려주는 장편 시 「판타즈마고리아」와, 빅토리아시대 중산층의 속물성에 대한 신랄한 풍자이자 초상 사진가 루이스 캐럴 자신에 대한 풍자이기도 한 「사진사 히아와타」는 독립된 작품으로서 길이 기억될 가치가 있다.

　캐럴은 주로 재미를 위해, 그리고 주변의 지인들을 즐겁게 해 주기 위해 시를 썼다. 하지만 어둡고 심각한 시들도 썼고, 당대의 지면에 줄기차게 투고했으며 앨프리드 테니슨(Alfred Tennyson) 같은 대문호들의 인정을 갈구하기도 했다. 그러나 진지한 시들은 그 시대의 감상적 상투성을 넘어서지 못했다. 그의 재능은 난센스 시와 익살스러운 이야기에서 빛났다. 난센스 시에서 그는 새로운 시적 영토를 개척했고 영문학에서 에드워드 리어(Edward Lear)와 더불어 이 분야의 제왕으로 여겨진다. 특히 수학과 논리 지식을 언어와 결

University Press], 1979), 548쪽.

합하여 부조리하게 웃기는 상황을 창출해내는 재능은 타의 추종을 불허한다.

실제로 캐럴은 수학 계산을 재미있는 게임으로 만들기 위해 온갖 수단과 방법을 동원했다. 『헝클어진 이야기』(1885)는 그가 1880년 4월부터 1885년 3월까지 월간지 『더 먼슬리 패킷(The Monthly Packet)』에 '낭만적인 문제들(Romantic Problems)'이라는 제목으로 연재한 총 10편의 수학 퀴즈와 그 해답에 아서 B. 프로스트의 삽화를 곁들여 단행본으로 펴낸 것이다. 『더 먼슬리 패킷』은 당대의 소설가인 샬럿 M. 영(Charlotte M. Yonge)이 젊은 중상류층 여성 독자들을 대상으로 발행했던 잡지였는데, 캐럴은 한두 개의 수학 문제(때로는 난센스 퀴즈)가 포함된 짧은 이야기를 이 잡지에 게재하고, 그다음 호에서 독자들이 다양한 가명으로 보내온 답안을 유머를 섞어 신랄하게 논평한 다음 등수를 매겨 발표했다.

여기에 출제된 수학 문제들은 중학생 정도면 풀 수 있을 정도의 수준이지만, 해답을 보지 않고 풀려면 상당히 머리를 써야 하는 문제들도 있다. 하지만 "쓴 약"은 쏙 뱉어내고 "잼"만 핥아 먹는 방법도 있다. 굳이 문제를 풀지 않고 이야기 부분만, 또는 오답을 제출한 독자들에 대한 캐럴의 비아냥만 골라 읽어도 무방하다. 캐럴은 첫 번째 매듭에서 19세기에 유행한 낭만주의 역사소설의 고색창연한 문체를, 여섯 번째와 여덟 번째 매듭에서는 싸구려 이국 취향을, 세 번째 매듭에서는 디킨스풍의 사실주의 단편소설을 모방했는데, 이 모든 우화들은 그저 이야기로만 읽어도 재미있고 등장인물들은 괴상하고도 생생하며, 우화와 문제 풀이 모두 캐럴 특유의 유머와 말장난으로 가득 차 있다.

이 책이 출간되었을 때 『이상한 나라의 앨리스』식의 단순한 난센스를 기대했던 많은 독자들은 다소 실망했고 평단의 반응은 미적지근했다. 당시 신문에 이 책의 서평을 쓴 한 필자는, 아무리 설탕을 잘 입혔어도 "수학은 어디까지나 수학"이며 "이 진보하는 시대에 동화는, 아아! 곧 동화가 아니게 될 것"이라며 탄식했다.* 하지만 그럼에도 "일부 독자들에게 이 책은 캐럴의 모든 책을 통틀어 가장 인기 있는 작품으로 꼽히며, 수학과 유머를 결합하려는 그의 시도 중에서 가장 성공작"**으로 평가된다.

옮긴이

---

* 『더 폴 몰 가제트(The Pall Mall Gazette)』, 1886년 1월 4일 자.
** 스튜어트 도지슨 콜링우드(Stuart Dodgson Collingwood), 『루이스 캐럴의 삶과 글(Life and Letters of Lewis Carroll)』(더 센처리[The Century Co.], 1899), 244쪽.

운율? 그리고 의미?

아서 B. 프로스트 · 헨리 홀리데이 삽화

"저는 시도 보수도 받지 못했습니다"*

* 영국의 시인 에드먼드 스펜서(Edmund Spenser)가 엘리자베스 2세에게 약속한 보수를 지급해줄 것을 요구하며 써 보낸 시 구절, "저는 시도 (그에 대한 응분의) 보수도 받지 못했습니다(I have had nor rhyme nor reason)"에서 따온 말이다. 'without rhyme or reason'이라는 관용어가 이 일화에서 유래했다는 설도 있다. 이는 '운도 안 맞고 의미도 안 통한다', 그러니까 전혀 말이 안 된다는 뜻이다. ― 옮긴이

판타즈마고리아[1]

제1절
상견(相見)[2]

어느 겨울날 밤 아홉 시 반경
      나는 춥고 지친 진흙투성이 몸을 이끌고
언짢은 기분으로 집에 돌아왔다.
만찬을 들기엔 너무 늦은 시간이라서
      시가와 와인과 저녁 식사가 서재에 놓여 있었다.

그런데 방 안에 이상한 것이
      희끄무레하게 너울거리는 무엇이
멀지 않은 어둠 속에 서 있는 것이다.
나는 부주의한 하녀가 깜빡 잊고 놓아둔
      카펫 빗자루인가 하고 생각하였다.

하지만 그것은 머지않아서
      덜덜 떨며 재채기를 시작하였다.
이에 나는 말했다. "거기, 여보게!
그건 아주 지각없는 행동이라네.
      소리 좀 낮추게, 나 원 참!"

"제가 감기에 걸려서요." 그것이 대답하였다.
"저 바깥 층계참에 서 있다가요."
나는 약간 놀라서 다시 돌아보았다.
거기에, 바로 내 두 눈앞에
작은 귀신 하나가 서 있는 것이다!

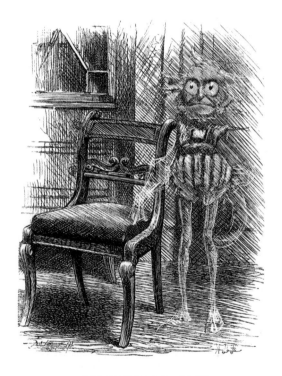

"작은 귀신 하나가 서 있는 것이다!"

그는 나와 눈이 마주치자 벌벌 떨면서
　　　　의자 뒤편으로 몸을 숨겼다.
"너는 여기 어떻게, 어째서 왔느냐?" 내가 말했다.
"너 같은 겁쟁이는 본 적이 없다.
　　　　나와라! 거기서 떨고 서 있지 말고!"

그는 말했다. "어떻게, 어째서 제가 왔는지
　　　　기꺼이 말씀은 드리겠지만,
(여기서 그는 꾸벅 절했다)
지금 선생의 심기가 언짢으시니
　　　　전부 거짓말이라 여기시겠죠.

제가 기겁하는 것에 대해선,
　　　　인간들이 어둠을 두려워하듯
귀신들은 빛을 두려워할 권리를
여러 면으로 충분히 갖고 있다고
　　　　외람됨을 무릅쓰고 말하렵니다."

나는 말했다. "그 어떤 변명으로도
　　　　네 비겁을 용서받진 못할 것이다.
귀신들은 저들이 내킬 때마다
무시로 출몰하나, 우리 인간은
　　　　그들의 방문을 거부할 수 없지 않느냐?"

그는 말했다. "놀라서 약간 떠는 건
　　　　이상한 일이 아니잖아요?
첨엔 선생이 저를 해치려 들까 두려웠지만
점잖은 분인 것을 이제 확인했으니
　　　　제가 방문하게 된 이유를 설명드리죠.

말씀드리자면, 모든 집들은
　　　　그 집이 수용할 수 있는 귀신의
숫자에 따라 등급이 나눠집니다.
(세입자는 석탄 및 잡동사니와
　　　　합쳐서 그냥 무게로 환산됩니다.)

이곳은 '귀신 하나짜리' 집이랍니다.
　　　지난여름 선생이 이 집에 도착했을 때,
유령 하나가 새로 온 사람을 환영하려고
귀신이 할 수 있는 온갖 일들을
　　　　시도했었던 걸 알아차리셨는지 모르겠군요.

아무리 싼값에 임대됐어도
　　　　시골 별장은 늘 그렇답니다.
물론 재미는 좀 떨어지지만
하나가 머물 자리밖에 없어도
　　　　귀신들은 만족해야 하기 때문이지요.

그 유령은 3일날에 이 집을 떴고
　　　　그 후로 선생 앞에는 귀신이 출몰하지 않았죠.
하지만 그가 우리에게 그 사실을 알리지 않은 까닭에,
이 집이 비었다는 소식은 아주 우연히
　　　　우리 귀에 들어오게 된 거랍니다.

빈집을 차지할 일 순위 권리는
　　　　당연히 유령에게 돌아갑니다.
다음으로 허깨비,[3] 고블린, 엘프, 잡귀[4] 순이죠.
이들 중에 없으면, 주변에 있는
　　　　개중 괜찮은 굴[5]을 데려옵니다.

유령들은 이 집 수준이 좀 떨어지고
　　　　당신이 싸구려 와인만 갖다놓는다고 말하더군요.
그래서 허깨비가 들어와야만 했고
그중 제가 일 순위로 뽑힌 겁니다.
　　　　알다시피 제가 거절을 잘 못 해서요.”

내가 말했다. “그들이 가장 적합한 자를
　　　　보내기로 했음은 의심 않겠다.
하지만 마흔둘이나 먹은 남자를 놀래키는 데
너 같은 애송이를 보냈다는 건
　　　　별로 유쾌한 일이 아니로구나!”

27

그가 말했다. "선생님의 생각만큼 제가 그렇게
　　　어리진 않습니다. 저로 말하면,
물가에 자리 잡은 동굴 속에서
또 그 이외의 여러 곳에서
　　　다년간의 실전 경험을 쌓았습니다.

하지만 아직까지 주거 영역은
　　　제대로 담당해보지 못했습니다.
그리고 허둥대는 와중에 그만
우리가 숙지하고 있어야 하는
　　　에티켓 5원칙을 잊고 말았습니다."

이 작은 친구를 향한 동정심으로
　　　내 가슴은 급속히 훈훈해졌다.
그는 마침내 인간을 만나
경기를 일으킬 지경이었고
　　　겁에 질려 얼굴이 누렇게 되어 있었다.

나는 말했다. "귀신이 벙어리가 아니었음을
　　　알게 된 것만으로도 나는 기쁘네!
하지만 부디 자리에 앉게, 자네는
(혹시 나처럼 식사를 못 들었다면)
　　　뭘로 요기를 좀 하고 싶을 것이네.

"물가에 자리 잡은 동굴 속에서"

물론 확실히, 자네가 음식을 권할
　　　　상대로 보이지는 않긴 하네만!
뭐 그렇다면 나는 기꺼이,
자네가 알기 쉽게만 들려준다면
　　　　아까 말한 5원칙을 들어줄 의향이 있네."

"감사! 그건 곧 들으실 수 있을 겁니다.
　　　　이거야말로 한 조각의 행운이군요!"
"뭘 들겠나?" 하고 내가 말했다.
"그렇게 친절하게 권하신다면,
　　　　오리고기를 조금만 먹겠습니다.

딱 한 조각만요! 그리고 죄송하지만
　　　　소스 몇 방울만 더 얹어 주시겠어요?"
분명히 나는 그때까지 한 번도
그처럼 희고 너울거리는 것을 못 보았기에
　　　　앉아서 경이롭게 그를 쳐다보았다.

침침하게 깜빡이는 불빛 아래서
　　　　그가 행동 수칙들을 하나씩
열거해나가며 읊는 동안에
그는 점점 더 희게 변했고
　　　　연기처럼 희미해지고, 더 너울거렸다.

"딱 한 조각만요! 그리고 죄송하지만 소스 몇 방울만 더 얹어 주시겠어요?"

제2절
요령(妖靈)의 오계(五戒)[6]

"첫째로[7] — 아니, 제가 지금 선생님한테
　　　수수께끼를 내려고 하는 건 아닙니다—
희생자가 침대에 누워 있으면
머리맡 쪽 커튼은 건들지 말고
　　　그 중간 부분을 잡은 다음에,

안팎으로 천천히 흔들어대며
　　　커튼 틈새를 슬쩍 젖혀줍니다.
그러면 머잖아 분명히 그가
머릴 치켜들고 분노와 경악이 담긴 눈으로
　　　주위를 휘휘 둘러보겠죠.

이때 그 어떠한 구실로도
　　　　먼저 말을 걸어선 절대 안 되며
희생자의 반응을 기다리는 게 중요합니다.
상식을 갖춘 귀신이라면
　　　　먼저 대화를 시작하진 않으니까요.

(아까 선생님께서 먼저 말을 거신 것처럼)
　　　　그가 '네놈이 어떻게 여기 왔느냐?' 하고 물으면
그럴 경우 우리의 대응은 명확합니다.
'박쥐 등에 타고 왔지, 우리 아가!'가
　　　　가장 적절한 답변입니다.

그랬는데 그가 더 말이 없다면
　　　　수고를 절감하는 편이 아마 더 나을 겁니다.
이어서 방문을 흔들었는데
그가 코를 골기 시작한다면
　　　　그 건은 실패로 끝난 겁니다.

낮에는, 그가 혼자 집에 있거나
　　　　홀로 산책을 하고 있으면,
내가 네게 말을 걸 뜻이 있다는
그런 식의 음조를 드러내주는
　　　　희미한 신음 소리만 내면 됩니다.

그러나 그가 일행과 함께 있을 땐
　　　　일이 한층 더 힘들어지죠.
그럴 경우에 성공 여부는
식품 저장실에서 양초나 버터를 약간
　　　　집어 올 수 있느냐에 좌우됩니다.

이걸로 일종의 활주로를 만들어놓고
　　　　　(이런 용도에는 쇠기름이 제일입니다)
그 위로 어떻게든 미끄러지며
좌우로 오락가락 몸을 흔드는
　　　　요령을 터득하는 건 금방이지요.

둘째는 공식적으로 방문할 때의
　　　　올바른 절차에 대한 겁니다.
'우선 푸른빛 혹은 핏빛을 내는 불을 피운 뒤
(오늘 밤에는 이걸 제가 그만 잊었습니다)
　　　　문 또는 벽을 슬슬 긁는다.'"

내가 말했다. "네가 여기서 **불장난**을 하려 든다면[8]
　　　　다신 이 집에 발을 들이지 못할 것이다.
내 집안에서 모닥불은 용납 못 한다.
하지만 네가 문을 슬슬 긁는 광경은
　　　　한번 구경해보고 싶구나!"

"좌우로 오락가락 몸을 흔드는"

"셋째는 희생자의 이해관계를
　　　보호하기 위해 넣은 조항입니다.
제 기억에 의하면 그 문구는 이렇습니다.
'희생자를 정중히 대할 것이며
　　　그에게 말대꾸해선 절대 안 된다.'"

내가 말했다. "그건 머리가 달린 사람한테는
　　　저울 눈금 보듯 자명한 거지.[9]
다만 내가 만난 몰지각한 일부 귀신이
자네가 말한 원칙을 그토록 줄기차게도
　　　망각했던 게 유감스러울 따름이라네!"

그가 말했다. "그건 아마 선생이 먼저
　　　환대의 규칙을 위반했던 탓일 겁니다.
모든 귀신들은, 진심을 다해
손님을 대접하지 않는 인간을
　　　본능적으로 싫어합니다.

귀신한테 '이놈, 저놈' 하며 막말하거나
　　　손도끼를 휘둘러 공격할 경우,
귀신은 모든 공식 협상을 파기해도 무방하다는
윤허를 왕에게서 받았으므로
　　　반드시 혼쭐이 나게 됩니다!

넷째로 다른 귀신들이 차지한
　　　구역을 침범하는 것은 금지됩니다.
또 이로써 유죄로 판결 난 자는
(왕이 사면해주지 않았을 경우)
　　　그 즉시 난도질돼야 합니다.

귀신의 몸은 곧 새롭게 합체되므로
　　　　이는 '잘게 자른다'는 뜻일 뿐이며
그 과정도 거의 안 아픕니다.
선생께서 날 선 비평에 의해
　　　　'난도질당할' 때의 고통에 가깝습니다.

다섯째는 전문을 인용하는 게
　　　　선생의 취향에 더 맞을 것 같습니다:
왕을 부를 때는 '님' 자를 붙여야 한다.
평범한 신하들에게는 이것이
　　　　법이 요구하는 전부다.

그러나 철저한 예법에 따라
　　　　행동하는 편을 선호한다면,
'도깨비 왕이시여!'라고 그를 부르며
왕의 말에 대답할 때는 언제나
　　　　'백색의 전하!'라는 경칭을 사용하여라.

제가 말을 너무 많이 늘어놓아서
　　　　아무래도 목이 좀 쉰 듯합니다.
그래서, 선생만 괜찮으시면
맥주 한 잔만 좀 마셔도 괜찮을까요?
　　　　제가 보니 맛이 좋을 것 같은데요."

"맥주 한 잔만 좀 마셔도 괜찮을까요?"

제3절

난투(亂鬪)[10]

내가 말했다. "그런데 자네는 정말
　　이 험악한 밤길을 걸어서 왔단 말인가?
귀신들은 날 수 있는 줄 알았는데,
하늘을 훨훨 날진 못하더라도
　　어지간한 높이로는 떠다니잖나?"

그가 말했다. "물론 왕들은 땅을 박차고
　　　높이 날아오를 수도 있지만
대부분의 **허깨비들**한테 날개는
다른 좋은 것들이 대개 그렇듯
　　　제값보다 비싼 가격입니다.

물론 유령들은 부유하니까
　　　엘프들에게서 날개를 살 수 있지만
우린 낮은 데 머무는 편이 속 편합니다.
그들은 자기들 빼곤 그 누구에게도
　　　어울릴 만한 친구가 못 된답니다.

자기들은 오만하지 않다고 주장하지만
         유령들은 허깨비를 경멸할 가치도 없는
열등한 존재로 취급하기 때문이지요.
수탉을 아는 체한다는 게 **칠면조**한텐
         상상도 못 할 일인 것과 마찬가지죠."

내가 말했다. "그들이 그렇게 오만한 탓에
         우리 집 같은 곳엔 오지 않은 것이군.
여보게, 그들이 어떻게 그렇게 빨리,
'이 집 수준이 떨어지고' 게다가 내가
         '싸구려 와인만 갖다놓는다'는 걸 알아낸 건가?"

"코볼드[11] 소령[12]이 이 집에 와서 — "
         작은 귀신이 입을 떼는데
내가 끼어들었다. "무슨 소령이라고?
귀신이 군대에 간다는 말은 처음 듣는데![13]
         좀 더 자세히 설명해주게!"

"그의 이름은 코볼드로서," 객이 말을 이었다.
         "유령 계급의 일원입니다.
노란 가운에 핏빛 조끼를 입고
테두리가 있는 나이트캡을
         쓴 모습으로 자주 나타나지요.

그의 전 직장은 브로켄 산[14]이었는데
　　　　그만 일종의 객한이 들어
요양차 영국으로 오게 된 거죠.
그런데 여기 와서 객한이 갈급증으로
　　　　바뀌는 바람에 아직까지 고생입니다.

그가 말하길 진하고 맛 좋은 포트와인은
　　　　마치 감로처럼 늙은 뼈마디를 녹여준다 합니다.
그리고 그런 술을 많이 찾을 수 있는
유흥업소들이 그의 주된 공략 대상이기에
　　　　우리는 그를 '업소령'[15]이라고 부른답니다."

나는 이 조잡하고 속된 농담을
　　　　남자답게 꿋꿋이 견뎌내었다!
세상 누구도 나보다 마음씨가 더
너그럽진 못했으리라, 귀신이 매우
　　　　밉살스런 비평을 시작하기까진 말이다.

"낭비를 조장할 필요까진 없지만,
　　　　선생께선 요리사들을 좀 가르치셔야 됩니다.
요리가 최소한 어느 정도는 맛있어야죠.
아니, 양념 통들은 왜 모조리 다
　　　　아무도 닿지 못할 곳에 놓인 겁니까?

"그런데 여기 와서 객한이 갈급증으로 바뀌는 바람에"

43

이 집의 하인들은 어디에 가도
　　웨이터로 취직 못 할 겁니다!
이 괴상한 물건은 불을 밝히라고 놔둔 겁니까?
(석유램프라고 부르기에는
　　너무 음침한 물건이군요.)

오리고기는 부드럽지만
　　완두콩은 너무 오래됐어요.
그리고 제발 부탁하건대
다음에 치즈 토스트를 먹을 때에는
　　차게 내오지 말라고 이르십시오.

빵은 한결 나아졌군요. 지난번보다
　　좋은 밀가루를 쓴 듯합니다.
그런데 마실 만한 것은 없나요?
먹물 빛깔이 조금 덜 나고
　　맛이 너무 시어빠지지 않은 걸로요."

그는 호기심 어린 눈으로 주위를 둘러보고는
　　"어머나, 세상에 이런!" 하고 중얼대더니
비평을 계속해서 이어나갔다.
"이 방은 너무 불편한 크기로군요.
　　아늑하지도 널찍하지도 않아요.

제가 보기에 저 비좁은 창문으로는
　　　어스름만 겨우 들어올 수 있겠는데요."
내가 말했다. "자네가 모르는 것 같아 내 말하는데,
저건 러스킨을 신봉하는 한 건축가가
　　　직접 설계한 작품이라네!"

"그가 누구였는지, 누구를 신봉했는지
　　　따위가 저와 무슨 상관이지요?
그 어떤 원칙에 의거해 설계되었든
이렇게 형편없는 것은 입때껏
　　　귀신으로 살면서 처음 봅니다!

시가 맛이 아주 탁월하군요!
　　　이거 한 다스에 얼마나 하죠?"
나는 이를 악물고 말했다. "그게 너와 무슨 상관이더냐?
언제 봤다고 내가 네 사촌인 양
　　　스스럼없이 막 대하느냐!

내 똑똑히 말해두는데
　　　이제는 더 이상 참지 않겠다."
"아하," 그가 말했다. "싸우자는 거군요!"
(그는 술병 하나를 집어 들었다.)
　　　"거기에 걸맞게 응대해드리죠!"

그는 과녁을 신중히 조준한 다음
　　　명랑하게 "자, 갑니다!" 하고 외쳤다.
그것이 날아올 때 나는 재빨리
몸을 숙이려 했지만 어쩐 일인지
　　　코에 정면으로 맞고 말았다.

그 후의 일은 정확히 기억 안 난다.
　　　내가 바닥에 주저앉아서
"2 더하기 5는 4가 되는데
5 더하기 2는 6이야"라고
　　　중얼대고 있었던 건 기억이 난다.

진짜로 무슨 일이 일어났는진
　　　알 길이 없고 짐작도 할 수 없었다.
아는 거라곤 마침내 정신이 돌아왔을 때
방치된 채 타오르던 램프 불빛이
　　　점점 더 사위어가고 있었다는 것뿐.

짙은 안개 속에서 나는 그것이
　　　씩 웃음 짓는 모습을 본 것 같았다.
그것은 마치 어린아이에게 말하듯
허물없는 말투로 내게 자기가
　　　살아온 이야기를 들려주고 있었다.

제4절
요령의 유년(幼年)[16]

"오, 우리가 꼬마 귀신이었을 때
그땐 즐거운 시절이었죠!
맘에 드는 기둥을 하나씩 골라잡아서
그 위에 걸터앉아 차와 곁들인
버터 바른 토스트를 우적우적 씹어
먹었죠."

내가 빽 소리쳤다. "그건 책에 나오는 이야기잖아!
아니라고 발뺌하지 말게나, 그건
『브래드쇼의 철도 여행안내서』[17]만큼이나 유명하니까!"
(귀신은 그런 줄 자기는 전혀
몰랐다고 어물거리며 대답하였다.)

"전래 동요에 나오는 얘기 아니야?
        게다가 내 기억엔 거의 확실히
'꼬마 귀신 세 마리'가 '기둥 위에' 앉아서,
그러니까 '버터 바른 토스트'를 먹는
        내용이었던 것 같은데.[18]

나한테 책도 있네. 자네가 못 믿겠다면 ─ "
        나는 서가를 뒤지려고 몸을 돌렸다.
"그대로 계세요!" 그가 외쳤다.
"없어도 돼요. 이제 다 기억나요.
        사실 그거 제가 지은 거예요.

『먼슬리』에 실렸어요. 아니 적어도,
        어떤 출판계 인사가 그 시를 보고
자기가 편집하는 그 '매거진'에
적합해 보인다고 판단했다는
        얘기를 제 에이전트가 해줬다고요.

제 부친은 브라우니[19]고
        제 모친은 **요정**이지요.
아이들은 제각기 다른 식으로
가르칠 때 더 행복해진다는 것이
        제 모친이 품은 엉뚱한 생각이었죠.

엉뚱한 생각은 이내 집착이 되었고
　　집착이 발동되자, 어머닌 우리 모두를
전부 다른 식으로 길러내었죠.
하나는 픽시[20]가, 둘은 요정이,
　　또 하나는 밴시[21]가 됐죠.

생귀신과 물귀신[22]은 학교에 가서
　　말썽을 많이 일으켰고요.
다음에는 폴터가이스트[23]와 굴이
그담에는 (규칙의 예외로) 트롤 두 명과
　　고블린과 분신[24]이 태어났지요.

("혹시 선반에 코담배 한 갑 있으면"
　　그는 하품을 하며 말을 이었다.
"한 자밤만 마시겠습니다.") — 그담에는 엘프,
다음으로 허깨비(그게 접니다)
　　마지막으로 레프러콘[25]이 태어났지요.

하루는 우리 집에 유령 몇 명이 들렀습니다.
　　늘 그렇듯 희끄무레한 것을 둘러쓰고요.
저는 현관에 서서 그 모습을 지켜봤는데
그들을 전혀 구분할 수 없었습니다.
　　너무나 이상한 광경이었죠.

머리와 포대 자루밖에 보이지 않는
　　　저것들이 대체 뭔지 저는 궁금했지요.
하지만 어머니는 쳐다보지 말라며
제 머리카락을 잡아당기고
　　　제 등허리를 쥐어박았죠.

그 이후로 저는 제가 유령으로 태어났으면
　　　좋았겠다고 자주 생각했지요.
하지만 그게 무슨 소용인가요? (그는 한숨 쉬었다.)
그들은 귀신 중의 귀족인 데다
　　　우리를 경멸하며 깔보는데요.

허깨비로서의 제 삶은 곧 시작되었죠.
　　　채 여섯 살이 되기도 전에 말이죠.
좀 더 나이 많은 허깨비와 함께 나갔죠.
처음에는 재미있다고 생각했어요.
　　　기술도 많이 습득했고요.

저는 지하 감옥, 성, 탑을 가리지 않고
　　　파견되는 곳마다 출몰했지요.
탑의 흉벽 위에 올라앉아서
세찬 소낙비에 흠뻑 젖은 채
　　　몇 시간씩 울부짖는 일은 다반사였죠.

"탑의 흉벽 위에 올라앉아서"

신음 소리를 내면서 입을 여는 건
　　　이제 완전히 구식이에요.
요즘 최신 유행은 이런 소리죠—"
그리고 그는 끔찍한 비명 소리를 냈다.
　　　(나는 뼛속까지 오싹해졌다.)

그는 말을 이었다. "아마도 이게
　　　선생의 귀엔 쉽게 들리시겠죠?
그렇다면 직접 한번 해보시지요!
쉬지 않고 연습해서 이렇게 하는 데까지
　　　전 거의 1년이 걸렸답니다.

비명 지르는 법을 배우고
　　　이중으로 흐느끼는 법을 익히는 것은
그저 시작에 불과할 뿐이랍니다.
할 수 있으면 한번 울부짖어 보시죠.
　　　그거 무지 힘든 일이랍니다!

제가 직접 해보고 장담하건대
　　　선생은 밤낮으로 연습해도 못 할 것이다,
이렇게만 말해 두겠습니다.
그 방면으로 특출한 소질이 있고
　　　재주를 타고나지 않았다면요.

셰익스피어가 썼던 것 같은데요.

옛날에 '로마 거리를 울부짖으며
돌아다녔던' 귀신들에 대해 말이죠.[26]
기억나시는지 모르지만, 시트만 걸치고서요.

그 귀신들 분명히 추웠을 텐데.

생령으로 차려입는 데 드는 물품에

저는 보통 10파운드 정도 지출하지요.
이걸로 옷을 부풀릴 수는 있지만
그것만으로는 수고에 값할

효과를 내기에 부족합니다.

괴이해지고픈 제 작은 갈증은

기다란 청구서로 곧 해소되었죠.
제일 힘든 건 언제나 준비 단계죠.
처음에 갖춰야 할 그 많은 준비물들이

결국엔 전부 다 돈이니까요!

귀신 들린 탑을 예로 들자면

해골과 대퇴골 한 쌍과 침대 시트는 기본이고요.
파란 불빛을 (최소한) 시간당 두 개씩 지펴야 하며
여기에 강력한 집광렌즈와

쇠사슬 한 벌이 필요합니다.

여기에 더해 사람을 써서
　　　의상을 입어보고 가봉해야죠,
불빛을 색깔별로 시험해야죠,
이 모든 채비를 갖춘다는 건
　　　아주 진이 빠지는 일이랍니다!

"의상을 입어보고 가봉해야죠."

게다가 귀신 들린 집 위원회에 앉아 계시는
　　　위원님들은 어찌나 까다로운지,
귀신이 프랑스나 러시아 출신이라고
심지어는 런던 구도심 출신이라고
　　　난리 치는 꼴을 한두 번 본 게 아니랍니다.

그들은 몇몇 지역의 사투리를 싫어하는데
　　　아일랜드 억양이 대표적이죠.
게다가 무서운 귀신이 되기 위해서
감당해야 하는 이 모든 것들에 대해
　　　그들이 지급하는 돈은 1주일에 단 1파운드죠!"

제5절
설전(舌戰)[27]

내가 말했다. "근데 위원회는 희생자들의
　　　의견을 수렴하진 않는가보지?
마땅히 그들에게도 말할 기회를 줘야 할 텐데.
사람들의 취향은 저마다 다양하니까.
　　　특히 귀신에 대해서라면."

허깨비는 고개를 저으며 미소 지었다.

　　"의견을 수렴해요? 어림도 없죠!
그건 터무니없는 중노동이 될 게 뻔하죠.
애들 한 명 한 명의 입맛을 다 맞추다간
　　일이 한도 끝도 없을 겁니다!"

내가 말했다. "물론 애들이 제 마음대로
　　고르게끔 그냥 놔둘 순 없지.
하지만, 나 같은 어른의 경우,
주인은 충분히 자기 의사를
　　표시할 자격이 있다고 보네."

그가 말했다. "그래 봤자 별로 좋을 게 없습니다.
　　사람들은 변덕이 너무 심한 데다가,
우리는 일단 하루 방문해보고
그 후에 떠날지 더 머무를지는
　　그 집의 상황에 따라서 정하니까요.

그리고 우리가 자리 잡기 이전에 먼저
　　주인의 의견을 묻진 않지만,
귀신이 자주 자리를 비운다든가
예의 바른 귀신이 아닌 경우엔
　　다른 귀신으로 교체도 가능합니다.

그러나 집주인이 선생 같은 분—
　　　　다시 말해 양식을 갖춘 분— 이며
너무 새 집만 아니면, 그렇다면야— ”
내가 말했다. “왜, 그게 귀신의
　　　　편의와 무슨 관계가 있단 말인가?”

“새 집은 우리가 지내기 부적합하고
　　　　손보는 데 품이 많이 듭니다.
하지만 20년이 흐르고 나면
징두리널[28]이 떨어지기 시작하므로
　　　　집이 최소한 20년은 돼야 합니다.”

“손본다”는 말은 내가 들어본
　　　　기억이 없는 표현이었다.
내가 말했다. “그 말이 정확히
무슨 뜻인지 모르겠는데
　　　　미안하지만 좀 가르쳐주게.”

“문들을 전부 헐겁게 만드는 거죠.”
　　　　귀신이 대답하며 미소 지었다.
“집 안 전체의 바닥과 굽도리 널[29]에
구멍을 수없이 뚫어놓아서
　　　　외풍이 들어오게끔 하는 겁니다.”

57

"집 안 전체의 바닥과 굽도리 널에 구멍을 수없이 뚫어놓아서"

때로는 구멍 한두 개만으로도
　　　바람이 윙윙거리며 드나들기에
충분한 경우가 있긴 합니다.
하지만 이 집은 할 일이 좀 많을 겁니다!"
　　　나는 놀라서 숨을 꿀꺽 삼켰다.

"그렇군! 내가 조금만 더 늦게 돌아왔다면,"
나는 이렇게 덧붙이면서
미소 지으려 했으나 실패하였다.
"분명히 그동안 자넨 이 집을
손보고 미화하느라 분주했겠군?"

"아, 그건 아닙니다." 그가 말했다.
"그랬다면 저는 좀 더 기다렸겠죠.
조금이라도 본분을 아는 귀신이라면
소개도 거치지 않고 무작정 일에
착수하는 일은 없을 겁니다.

선생이 늦게 올 경우 적절한 행동 방침은
곧바로 집을 뜨는 것이었지요.
하지만 도로 사정이 너무 안 좋아
저는 30분 정도 더 기다려도 무방하다는
납작송장[30]의 허가를 받았습니다."

"납작송장이 뭐야?" 내가 외쳤다.
그는 대답 대신에 말을 이었다.
"흠! 그것을 모르신다면,
선생은 전혀 잠을 자지 않거나
위장이 대단히 크신 겁니다!

그는 돌아다니다가, 밤에 과식한
　　　사람들의 배 위에 걸터앉지요.
그의 임무는 그들을 꼬집고 찔러
숨이 막힐 때까지 납작 찍어 누르는 거죠."
　　　(내가 말했다. "그렇게 당해도 싸지!")

그가 말했다. "저녁 때 계란, 베이컨,
　　　바닷가재, 오리고기, 치즈 토스트
뭐 이런 것들을 먹은 사람이
극심한 압박감을 안 느낀다면,
　　　그건 대단한 오산이지요!

그는 엄청나게 비대합니다.
　　　그의 직무에 더없이 어울리지요.
굳이 아시겠다면 귀띔해드리는 건데
사실 오래전엔 모두가 그를
　　　'배불뚝이 송장'[31]이라고 불렀답니다!

전 압니다. 그가 송장으로 선출되던 날,
　　　잡귀들은 모두 내게 투표하고 싶어 했지만
감히 그러지 못했단 걸요.
그가 너무 절박하게 미쳐 날뛰며
　　　흥분해서 난리를 피웠거든요.

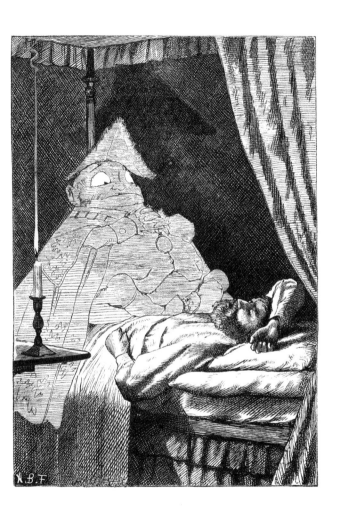

"그는 돌아다니다가, 밤에 과식한 사람들의 배 위에 걸터앉지요."

"선거가 끝난 뒤, 그는 순간적인 기분에 취해 왕에게 고하려 달려갔지요."

선거가 끝난 뒤, 그는 순간적인 기분에 취해
　　　왕에게 고하려 달려갔지요.
날쌘함과는 거리가 먼 그의 몸으로
2마일을 뛴다는 것은 그에게
　　　결코 쉽지 않은 일이었지요.

그래서 그의 달리기를 치하하려고
　　　(그날은 뙤약볕이 내리쬐었고
그의 몸무게는 20스톤[32]이 넘었으므로)
왕은 반쯤 재미로 그 자리에서
　　　그에게 '납작'의 작위를 내렸답니다.

"아니 그런 무책임한 짓을 하다니!"
(나는 로켓처럼 불을 뿜었다.)
"순전히 말장난하려고 그런 거잖아.
존슨이 말했지. '말장난 좋아하는 사람은
남의 지갑을 털고도 남을 것이다!'"[33]

그가 말했다. "그 사람은 왕이 아니잖아요."
나는 한동안 최선을 다해
내 주장을 입증하려 분투했지만
허깨비는 경멸이 담긴 미소를 띤 채
거만하게 듣고 있을 따름이었다.

"허깨비는 경멸이 담긴 미소를 띤 채 거만하게 듣고 있을 따름이었다."

결국 쓸데없는 열변으로 기력을 소진한 나는
　　　담배 한 개비에 몸을 의탁하였다.
그가 말했다. "선생의 목표는 훌륭합니다.
하지만 그걸 논증이라고 부르겠다면
　　　당연히 그건 농담이겠죠?"

그의 차갑고 냉랭한 눈빛에 흠칫한 나는
　　　한참 만에 기운을 내어 말했다.
"적어도 나는, 양심의 힘[34]을
부인하는 뿌리 깊은 회의주의에
　　　단호히 대항한다고!"

"그건 분명 맞는 말이지만, 좀 더 들어보시죠."
　　　그가 말하자 나는 유순히 귀를 기울였다.
"양심은 힘이라고 말하지 않을 수 없습니다.
사실 그건 명명백백한 진리이지요.
　　　하지만 양파는, 그건 제 약점입니다."[35]

제6절
낭패(狼狽)[36]

그전까지 한 번도 오르지 않은
　　　한 봉우리를 오르려 애쓰는 사람이 있다.
하지만 출발한 지 얼마 안 되어
그 장엄함은 점점 퇴색돼가고
　　　등반은 오를수록 고역이 된다.

그러나 한번 시작한 탐험
　　　포기할 엄두는 감히 못 내고
다만 하늘 높이 솟은 작은 오두막,
한시바삐 들어가 몸을 뉘고픈
　　　그곳만을 바라보며 산을 오른다.

있는 대로 씨근대고 헐떡이면서
　　　기력과 체력이 다할 때까지
급한 비탈길을 오르는 동안
말은 점점 더 거칠어지고
　　　숨은 점점 더 빠듯해진다.

오르고 오른 끝에 마침내
　　　오르막길 꼭대기에 겨우 다다라
다리를 후들대며 들어선 순간,
얼굴을 정통으로 한 방 맞고는
　　　뒤로 벌러덩 뻗어버린다.

잠결인 듯 어렴풋이, 그는 다시 밑으로
　　　걷잡을 수 없이 미끄러지는 느낌이 든다.
속수무책으로 비탈을 따라
아찔한 곤두박질을 거듭한 끝에
　　　그는 평지로 굴러떨어져 버리고 만다.

이와 마찬가지로, 나도 귀신을
　　　설득하기로 마음먹은 뒤에야
그것이 인간들의 논쟁과 전혀
다르다는 사실을 깨달았지만
　　　그럼에도 포기할 엄두를 못 낸 것이다.

그럼에도 내가 다다르고픈
　　　　목표를 계속 주시하면서
나는 내가 아는 모든 것들을
하나의 공리로 내세워 보여
　　　　참임을 증명하기 위해 발버둥 쳤다.

모든 문장을 '따라서' 또는
　　　　'왜냐하면'으로 시작했으나,
나는 삼단논법의 미로에 놓인
백 갈래 길 가운데서 비틀거리며
　　　　여기가 어딘지도 모른 채 헤매 다녔다.

그가 가로되, "그건 완전히 헛소리예요.
　　　　그러니 고함은 그만 치시죠.
이제 제발 진정하고 잠이나 자요!
이렇게 어처구니없는 아저씬
　　　　내 생전에 한 번도 본 적이 없어!

예전에 논쟁하다가 너무 열 받아
　　　　그 열기가 슬리퍼 두 짝에 옮겨붙어서
발에 불이 난 사람을 본 적 있는데,
아저씨가 꼭 그 사람 같아요!"
　　　　내가 말했다. "그거 참 별스럽네!"

"그 열기가 슬리퍼 두 짝에 옮겨붙어서"

"아, 물론 별스러운 일인 데다가
　　　　잡스럽게도[37] 들린다는 데 동의하지만,
그래도 이 이야긴 선생 이름이
팁스라는 것만큼이나 진짜라고요."
　　　　내가 말했다. "내 이름은 팁스 아닌데."

"팁스가 아니라고요!" 그가 외쳤다.
　　　　그의 말투에서는 생기가 한 김 빠져나갔다.
"전혀 아니지." 내가 말했다.
"내 진짜 이름은 티비츠인데." "티비츠?" "그래."
　　　　"아니, 그럼 **당신은 그 사람이 아니잖아요!**"

그러면서 그가 식탁을 탕 하고 치니
　　　　그릇의 반수가 부르르 떨며 덜그럭댔다.
"왜 진작 45분 전에
그 말을 해주지 않은 겁니까,
　　　　위대하시고 영명하신 팔불취 나리?

진흙투성이 빗길을 뚫고 4마일을 걸어와서는
　　　　담배를 피우며 하룻밤을 소비했는데
알고 보니 그게 다 헛수고였고
이 모든 걸 처음부터 다시 해야 한다니
　　　　이런 짜증 나는 일이 어딨냐고요!"

"진흙투성이 빗길을 뚫고 4마일을 걸어와서는"

내가 뭐라 변명을 중얼거리려 하자
　　그가 빽 소리 질렀다. "말하지 마욧!"
"멍청하기 짝이 없는 거위보다도
더 분별이 떨어지는 인간이라니,
　　도저히 참아줄 수가 없군요.

이 집이 아니라고 그 자리에서
　　　　내게 알려주어야 마땅한 것을,
이렇게 여기에 묶어놓다니!" 그가 말했다.
"됐어요, 이제 가서 잠이나 자요!
　　　　그렇게 입 벌린 채 멍하니 있지 말고, 이 바보 양반아!"

"나한테 비난을 그런 식으로
　　　　전가하다니 참으로 가관이로군!
그럼 왜 자네가 이 집에 들어왔을 때
내 이름을 묻지 않았던 거지?"
　　　　나는 잔뜩 성이 나서 대꾸하였다.

"물론 그렇게 먼 길을 내내
　　　　걸어서 오려면 좀 성가시겠지.
하지만 그게 어째서 내 책임인가?"
"그래요, 그래!" 그가 말했다.
　　　　"그 말도 일리가 없는 건 아니죠. 네, 인정해요.

그리고 선생이 내게 훌륭한
　　　　와인과 음식을 대접한 건 사실이니까,
흥분해서 죄송." 그가 말했다.
"하지만 이런 착오는 보시다시피
　　　　다소의 불쾌감을 유발하기 마련이지요."

어쨌든 이건 내 잘못임이 밝혀졌으니
　　　　악수나 합시다. 통배추[38] 선생!"
별로 유쾌한 호칭은 아니었지만
좋은 뜻으로 한 말임은 확실했기에
　　　　나는 더 문제 삼지 않고 그냥 넘겼다.

"안녕, 통배추 씨, 안녕히!
　　　　내가 떠난 뒤에 아마 선생한테는
하급 잡귀 같은 것이 파견되겠죠.
그는 당신을 집요하게 놀래키면서
　　　　가장 평화로운 낮잠까지 망쳐놓을 겁니다.

그럼 어떤 장난도 좌시하지 않겠다고 경고하세요.
　　　　그가 음흉하게 흘겨보며 킬킬 웃으면
두말없이 회초리를 꼬나들고는
(아주 단단하고 굵은 것으로 준비하시길)
　　　　그놈의 손마디를 후려치세요!

그리고 무심한 듯 이렇게 툭 던지세요.
　　　　'이봐, 아직 잘 모르고 그러는 모양인데,
자네가 얌전히 굴지 않음 머잖아
그 킬킬거리는 음조가 달라질 걸세.
　　　　그러니 조심하는 편이 좋을 걸!'

그것이 그런 짓을 일삼는 **잡귀** 부류를
　　퇴치하는 적절한 방법입니다.
그런데 아니 이런! 날이 밝아오네요!
안녕, 통배추 씨, 안녕히!"
　　그는 고개를 까딱하고는 떠나버렸다.

제7절
슬픈 추념(追念)[39]

"이게 뭐였지?" 나는 생각에 잠겼다.
　　"내가 잠들었었나? 내가 술에 취했나?"
하지만 이내 나는 조금 더
감상적인 기분에 젖어, 주저앉아서
　　　부끄럼도 잊고 한 시간가량 울었다.

"그 해골 녀석이 그렇게 서두를 필욘 없었을 텐데!"
　　　나는 흐느꼈다. "사실 그 녀석이 그리 가는 게
그렇게 중요한 일인지도 의심스러워.
또 녀석이 그렇게 공을 들이는
　　　팁스는 대체 누군지 알고 싶은데.

팁스가 나와 조금이라도 닮은 사람이라면,
　　아마 그렇겠지만." 내가 말했다.
"포근한 침대에 누워 있는데
새벽 세 시 반에 누가 집에 오는 걸
　　그리 달가워하진 않을 텐데 말이야.

또 해골 녀석이 비명을 지르고 어쩌고 해서
　　방금 여기서 했었던 대로
그를 어떻게든 괴롭힌다면,
내 예언하건대 큰 소동이 벌어질 거고
　　이기는 쪽은 아마 팁스일 거야!"

내 눈물로는 다정했던 그 허깨비를
　　다시 불러올 수 없었으므로,
나는 빈 잔에 다시 술을 채우고
다음과 같은 만가[40]를 불러주어야
　　적절할 것 같은 생각이 문득 들었다.

"그대 어디로 갔나, 사랑스런 집귀신이여?
　　벗 중의 벗이요, 넋 중의 넋이여![41]
이제 잘 있거라, 새끼 오리 구이여,
잘 있거라, 잘 있거라, 홍차, 토스트,
　　해포석[42] 파이프와 시가들이여!

"이기는 쪽은 아마 팁스일 거야!"

매혹적인 그대가 떠나갔을 때
　　　삶의 색채는 우중충한 잿빛이 됐고
삶의 감로는 그 맛을 잃었네.
정든 그대는 아아⋯⋯ 네모네,**⁴³**
　　　아니, **평행육면체라네!**"

나는 3절까지 부르지 않고
　　　다소 갑작스럽게 뚝 끊었다.
그토록 휘황찬란한 단어들을 늘어놓고는
그런 식으로 노래를 더 잇는다는 게
　　　왠지 우스꽝스럽게 느껴졌기 때문이었다.

그래서 나는 하품을 하며
　　　푹신한 침대로 기어들어가
잠에 빠져들었다. 동틀 때까지
폴터가이스트와 생령과 정령,
　　　레프러콘과 브라우니의 꿈을 꾸면서!

그 이후로는 여러 해 동안
　　　그 어떤 **잡귀**도 내 집을 찾지 않았다.
그러나 아직도 내 머릿속에선
저 다정했던 작별 인사가 메아리친다.
　　　"통배추 씨, 안녕히!"

1. 이 시는 1869년 루이스 캐럴의 첫 시집 『판타즈마고리아 그리고 다른 시들』에 처음 발표되었다. 루이스 캐럴은 이 시를 군데군데 수정 보완하여 1883년 『운율? 그리고 의미?』에 재수록했다. 이 번역본은 1883년의 수정본을 옮긴 것이다.

2. 원 소제목은 'The Trystyng'. '만남'이라는 뜻의 고어.

3. 원 단어는 'Phantom'. '유령'은 'Spectre'.

4. 원 단어는 'Sprite'.

5. 원 단어는 'Ghoul'. 이슬람교 전설에서 무덤을 파헤쳐 시체를 먹는다는 악귀.

6. 원 소제목은 'Hys Fyve Rules'.

7. "My First". 「네 개의 수수께끼」 중 IV번 시의 서두가 이 어구로 시작된다. "내 첫 번째 것은 잘해야 하나. / 내 두 번째 것은 그보다 여럿. / 내 세 번째 것은 아주아주, 지극히 여럿—"(이 책 262쪽)

8. 원문은 "If you attempt the Guy". 가이 포크스 데이(Guy Fawkes Day)에 큰 모닥불을 피우고 가이 인형을 불태우는 놀이를 말한다.

9. 원문은 "plain as Tare and Tret".

'Tare and Tret'은 옛날 상인들이 포장 용기의 무게와 운송 중 감손된 무게를 고려하여 상품의 정확한 중량을 환산했던 방식을 가리킨다.

10. 원 소제목은 'Scarmoges'. 작은 충돌, 몸싸움을 뜻하는 고어.

11. Kobold. 독일의 민간 전설에 나오는 도깨비의 일종으로 동물이나 사람, 물건 등의 모습을 하고 나타난다.

12. 원 단어는 'inspector(조사관, 감독관)'. 경찰 계급에서는 경위에 해당된다.

13. 원문은 다음과 같다. "감찰하는 귀신들이라니 그런 건 처음 듣는데!(Inspecting Ghosts is something new!)"

14. 독일에 있는 산으로, 해를 등지고 산꼭대기에 서면 자기 그림자가 구름에 크게 비치는 현상 때문에 유령이 출몰하는 장소로 유명해졌다. 전설에 의하면 발푸르기스 축일(5월 초하루) 전야에 마녀들이 이 산꼭대기에 모인다고 한다. 여기서 코볼드는 추운 산 공기를 쐬어 감기에 걸린 듯하다.

15. 이 부분에서 루이스 캐럴은 'inspector(감독관)'와 'Inn-Spectre (술집 유령)'가 발음이 같음을 이용해 말장난을 했다.

16. 원 소제목은 'Hys Nouryture'. '그의 성장 배경'이라는 뜻의 고어투 어구.

17. *Bradshaw's Guide*. 영국의 지도 제작자이자 출판업자인 조지 브래드쇼(Georges Bradshaw)가 1839년 창간하여 1961년까지 매달 발행된 영국의 철도 여행안내서. 기차 시간표와 함께 기차역 주변의 지도와 관광지 정보가 수록되어 있었다. 기차 여행을 즐겼던 루이스 캐럴은 일기에서 이 안내서를 자주 언급했다. 『브래드쇼의 철도 여행안내서』는 19–20세기 초 철도 여행자들의 필수품이었고 찰스 디킨스, 아서 코난 도일, 브램 스토커, 애거서 크리스티 등 당대 영국 작가들의 소설에도 자주 등장한다.

18. 유명한 핼러윈 동요. "꼬마 귀신 세 마리가 / 꼬마 기둥 위에 앉아서 / 버터 바른 꼬마 토스트를 먹어요 / 꼬마 주먹이 미끌미끌 / 꼬마 손목이 미끌미끌 / 세 마리 꼬마가 맛있게도 쩝쩝!(Three little ghostesses, / Sitting on postesses, / Eating buttered toastesses, / Greasing their fistesses, / Up to their wristesses. / Oh, what beastesses to make such feastesses!)"

19. Brownie. 한밤중에 나타나서 몰래 농가의 잡일을 해준다는 갈색의 작은 요정.

20. Pixy. 작은 장난꾸러기 요정.

21. Banshee. 가족 중 죽을 사람이 있을 때 큰 소리로 울어 이를 알린다는 요정.

22. 각각 페치(Fetch)와 켈피(Kelpie)를 옮긴 말이다. 페치는 살아 있는 사람과 동일한 모습을 한 혼령이며, 켈피는 스코틀랜드 전설에서 말 모양으로 출현하여 여행하는 나그네 등을 물에 빠뜨려 죽게 한다는 물의 정령이다.

23. Poltergeist. 물건들을 던지며 시끄러운 소리를 내는 유령.

24. 분신(分身, Double), 혹은 생령. 페치(Fetch)와 같음. 독일어로는 '도플갱어(doppelgänger)'라고 한다.

25. Leprechaun. 조그맣고 쭈글쭈글한 노파의 모습을 한 요정으로, 보물을 숨긴 곳을 알려주거나 주부의 일을 도와준다고 한다.

26. 윌리엄 셰익스피어(William Shakespeare), 「햄릿(Hamlet)」 1막 1장 115–116행.

27. 원 소제목은 'Bickerment'. '말싸움', '언쟁'이라는 뜻의 고어.

28. wainscoting. 바닥면에서 1미터 정도까지의 벽면에 붙인 널벽.

29. skirting-board. 방 안벽의 밑부분에 대는 좁은 널빤지.

30. 원 단어는 'Knight-Mayor', 말 그대로 하면 '기사-시장'이라는 뜻. 루이스 캐럴이 말장난을 하려고 'nightmare(악몽)'와 발음이 비슷하게 만들어낸 단어다. 번역어는 '납작송장벌레'라는 곤충 이름에서 따왔다.

31. 원 단어는 'Mayor and Corporation'. '시장과 불룩한 배'라는 뜻도 되고, '시장과 시 자치체'라는 뜻도 된다.

32. 스톤(stone). 무게의 단위로, 20스톤은 127킬로그램에 해당한다.

33. "The man that would make a pun, would pick a pocket." 이 격언은 18세기 사전 편찬자로 유명한 새뮤얼 존슨(Samuel Johnson)의 말로 알려져 있다.

34. 원문은 "That union is strength (단결은 힘)".

35. 여기서 루이스 캐럴은 'union(단결)'과 'onion(양파)'의 발음이 비슷함을 이용해 말장난을 했다. 양파는 마늘과 더불어 귀신을 쫓는 데 효과가 있는 음식으로 알려져 있다.

36. 원 소제목은 'Dyscomfyture'. '낭패', '당황'이라는 뜻의 고어.

37. 원 단어는 'fibs(사소한 거짓말)'. 다다음 행의 '팁스'와 운을 맞췄다.

38. 원 단어는 'Turnip-top(순무 잎, 무청)'. 번역어는 '티비츠'와 비슷한 발음의 채소 이름인 '통배추'로 옮겼다.

39. 원 소제목은 'Sad Souvenaunce'. 'Souvenaunce'는 추억, 회상을 뜻하는 고어.

40. 시에 쓰인 단어는 '코러너크(Coronach)'. 스코틀랜드와 아일랜드에서 장례식 때 백파이프 반주에 맞추어 부르는 만가.

41. 원문은 "Best of Familiars!". 'familiar'는 친구라는 뜻도 있지만 'familiar spirit'(사람이 불러내는 혼령)를 가리키기도 한다.

42. 담배 파이프 재료로 쓰이는 흰색 또는 회색빛 점토 모양 광물.

43. 원 단어는 'old brick'. 'brick'은 벽돌이라는 뜻이지만 믿음직한 사람이라는 뜻도 있다.

메아리들[1]

레이디 클라라 비어 드 비어
여덟 살이라고 그녀는 말했지.[2]
곱슬머리가 가볍게 흔들려 금빛 실타래로 흘러내렸지.[3]

그녀는 조그만 죽 그릇을 들었지.[4]
그녀는 나에 대해 알지 못할 테지.[5]
그 비열한 본성이 그녀를 수렁으로 끌어내릴 테니.[6]

"형제자매들은, 작은 아가씨?[7]
너희 집 문 앞에 **경찰**이 서 있어.[8]
'2 더하기 2는 4'를 모르는 남자애들을 개처럼 사냥하지."[9]

"친절한 말은 화관보다 나아요."[10]
그녀가 말하며 이상하다는 듯 나를 보았지.[11]
"비참한 한밤중이에요. 전 서둘러 집으로 가서 차를 마셔야
해요."[12]

1. 이 시는 윌리엄 워즈워스(William Wordsworth)의 시 「우리는 일곱이에요(We are Seven)」, 앨프리드 테니슨(Alfred Tennyson)의 시 「레이디 클라라 비어 드 비어(Lady Clara Vere de Vere)」와 「록슬리 홀(Locksley Hall)」의 몇 구절을 발췌·변형해 조합한 것이다.

「우리는 일곱이에요」에서 화자는 한 시골 소녀를 만나 대화를 나눈다. 소녀는 자기 형제자매가 일곱 명이라고 대답한다. 두 명은 죽어서 무덤에 묻혔고 나머지 다섯 명은 뿔뿔이 흩어졌지만 그래도 소녀는 죽은 형제자매의 무덤가에서 뛰어놀며 '우리는 일곱'이라고 말하는 내용이다.

「레이디 클라라 비어 드 비어」는 고귀한 혈통을 지닌 한 오만한 귀족 여인의 이름이다. 한 시골 청년이 그녀를 짝사랑하다가 자살하고 그의 어머니는 그녀를 저주하지만 레이디 클라라 비어 드 비어는 눈 하나 깜짝 않는다며 비난하는 내용이다.

「록슬리 홀」은 한 청년이 한때 서로 사랑했지만 부모의 반대로 자기를 버리고 천박한 남자와 결혼해버린 옛 애인을 원망하는 내용의 시. 청년은 그녀와 사랑을 나누던 바닷가의 '록슬리 홀'이 파도와 벼락에 휩쓸려 무너지기를 기원하며 멀리 떠난다.

2. "Lady Clara Vere de Vere / Was eight years old, she said:" "나는 작은 시골 소녀를 만났네 / 여덟 살이라고 그녀는 말했네." 「우리는 일곱이에요」 5행.

3. "Every ringlet, lightly shaken, ran itself in golden thread." "사랑은 모래시계를 들어 그의 열기 띤 두 손 위에 올려놓았지 / 순간순간이 가볍게 흔들려, 금빛 모래로 흘러내렸지(Every moment, lightly shaken, ran itself in golden sands)." 「록슬리 홀」 32행.

4. "She took her little porringer." "그리고 가끔 해가 지고도 / 날이 맑고 환하면 / 죽 그릇을 가지고(I take my little porringer) / 그곳에 나가서 먹지요." 「우리는 일곱이에요」 47행. '그곳'은 죽은 형제자매의 무덤을 가리킴.

5. "Of me she shall not win renown:" "레이디 클라라 비어 드 비어 / 그녀는 나에 대해 알지 못하리라." 「레이디 클라라 비어 드 비어」 1-2행.

6. "For the baseness of its nature shall have strength to drag her down." "그의 거친 품성은 그대를 수렁으로 끌어내리리라(And the grossness of his nature will have weight to drag thee down.)" 「록슬리 홀」 44행. 여기서 '그'는 옛 애인의 남편을 가리킴.

7. "Sisters and brothers, little Maid?" "동기간이 몇이지 / 작은 아가씨?" 「우리는 일곱이에요」 13행.

8. "There stands the Inspector at thy door:" "레이디 클라라 비어 드 비어 / 그대의 집 복도에 유령이 서 있소. /

그대의 집 문간에 죄의 피가 묻었소(The guilt of blood is at your door)." 「레이디 클라라 비어 드 비어」 51행.

9. "Like a dog, he hunts for boys who know not two and two are four." "개처럼, 그가 꿈에서 사냥감을 쫓는 동안(Like a dog, he hunts in dreams) 그대는 벽을 응시한다." 「록슬리 홀」 79행.

10. "Kind words are more than coronets," "친절한 마음이 화관보다 나으며 / 소박한 믿음이 노르만의 혈통보다 나으니." 「레이디 클라라 비어 드 비어」 63행.

11. "She said, and wondering looked at me:" "'몇이냐고요? 모두 일곱이에요' 하고 그녀는 말하며 / 이상스럽다는 듯 나를 보았네." 「우리는 일곱이에요」 15–16행.

12. "It is the dead unhappy night, and I must hurry home to tea." "그대의 기억을 몽혼하라. 어느 비참한 한밤중에, 빗물이 지붕을 때릴 때(In the dead unhappy night, and when the rain is on the roof) / 그대가 문득 깨닫지 않도록, 그대의 심장이 시험에 들지 않도록." 「록슬리 홀」 78행.

바다 장송곡[1]

내가 싫어하는 건 거미, 귀신, 소득세, 통풍,
　　우산 하나를 셋이서 같이 쓰는 것.
하지만 뭐니 뭐니 해도 제일 싫은 건
　　　　그것은 바다.

방바닥에 소금물을 퍼부어보라.
　　그것만으로도 확실히 불쾌하지만
그게 1마일 넘게 뻗어 있다고 상상해보라.
　　　　그것은 거의 바다.

개가 대놓고 울부짖을 때까지 구타해보라.
　　잔인하지만, 소란을 일으키기엔 그만일 것이다.
개가 밤낮으로 그런다고 상상해보라.
　　　　아마도 그것은 바다.

보모 수천수만 명이
　　나무 삽을 손에 든 애들을 끌고
내 옆으로 지나가는 환상을 봤던
　　　　그곳은 바다.

누가 저 나무 삽들을 발명했는가?
　　누가 나무로 저런 걸 깎아냈는가?
그는 바보 아니면
　　　　그가 사랑하는 것은 바로 바다.

'무한한 생각과 자유로운 영혼'[2]을 품고
　　떠다니는 거야 즐겁고 꿈결 같지만,
뱃멀미가 심하다면 도저히 좋아할 수 없는
　　　　그곳은 바다.

"그곳은 바다."

('벼락 맞는다'[3]는 말이 유래한)
　모두가 기피하는 그 벌레가
세상에서 제일 기승을 부리는
　　　여인숙이 있는 그곳은 바다.

커피 앙금에 모래가 섞이고
　홍차에 명백히 소금기가 돌고
계란마다 생선 비린내가 풍기는 걸 좋아한다면,
　　　당신이 바득바득 와야 할 곳은 바로 바다.

또 이런 먹고 마실 것에서
　풀이나 나무의 흔적을 전혀 느낄 수 없고
발이 항상 젖은 상태인 걸 좋아한다면
　　　그렇다면 바다를 권하는 바다.

바닷가에 사는 친구들과 함께할 때면
　— 물론 나한텐 유쾌한 친구들이나 —
세상에 그 누가 좋아하는지
　　　더욱 궁금해지는, 그것은 바다.

그들과 산보를 나갈 때, 몸이 뻐근하고 피곤해도
　등산만큼은 환영이지만,
절벽에서 한두 번 굴러떨어지고 나면
　　　그들이 친절하게 안내하는 그곳은 바다.

바위를 딛다가 미끄러져서
　바닥으로 처박혀 바둥거릴 때마다
그들이 재밌어 죽겠다고 깔깔대는
　　　웅덩이 너머에는 차디찬 바다.

1. 이 시의 화자와 달리 루이스 캐럴은
바다를 좋아했고 해변에서의 휴가를
매우 즐겼다.

2. 조지 고든 바이런(George Gordon
Byron), 「해적(The Corsair)」, 1절 1연.
"어둡고 푸른 바다의 찬란한 물 너머로 /
우리 무한한 생각 우리 자유로운 영혼은
/ 바람과 파도의 포말이 닿는 데까지
/ 우리 제국을 조망하고 우리 고국을
보노라!"

3. 원문은 "to flee". '벼룩(flea)'과
'도망치다(flee)'의 발음이 같은 것을
이용한 말장난이다.

洋毯子騎士[1]

나는 물이 잇느니 쌔혀난 죠흔 물이 잇느니
　　　　 비롤 意氣揚揚 疾走ᄒ다가
믄듯 고해
　　　　 豫期ᄒ지 아니ᄒ 센 비츨 쑴눈
무리 붊디 아니ᄒ느니
　　　　 이거슨 헌것 물이라.

나는 鞍裝이 잇느니—"뎡말이렷다?
　　　　 騎士가 발 디딀 鐙子가 돌인?"
그러ᄒ 말은 아니 ᄒ엿소. 니 딕曰, "아니라,"
　　　　 비록 그러ᄒ 馬具는 업스나
보라, 이거슨 羊皮 鞍裝이니
　　　　 터리 돌인 즘싱으로 민든 거시라.

나는 재갈이 잇느니 쌔혀난 죠흔 재갈이 잇느니
　　　　 잇다가 보여 드리리이다.
물 톡애눈 ᄉ못디 아니ᄒ리로다.
　　　　 이거슨 더옥 거륵ᄒ 用途에 쓰이느니
슈名 놉흔 나리게셔 맞혀보소셔
　　　　 바ᄅ 지금 니 재갈대는 이 놀애라.

"나는 몰이 잇느니"

1. 루이스 캐럴이 이 시에서 중세 영어 철자법을 흉내 낸 것을 반영하여 번역문은 한국어 옛 말투를 흉내 내었다. 원문과 현대 한국어 번역문은 다음과 같다.

Ye Carpette Knyghte

I have a horse — a ryghte goode
   horse —
     Ne doe Y envye those
Who scoure ye playne yn headye
   course
     Tyll soddayne on theyre nose
They lyghte wyth unexpected force —
     Yt ys — a horse of clothes.

I have a saddel — "Say'st thou soe?
     Wyth styrruppes, Knyghte, to
      boote?"
I sayde not that — I answere "Noe" —
     Yt lacketh such, I woote:
Yt ys a mutton-saddel, loe!
     Parte of ye fleecye brute.

I have a bytte — a ryghte good bytte—
     As shall bee seene yn tyme.
Ye jawe of horse yt wyll not fytte;
     Yts use ys more sublyme.
Fayre Syr, how deemest thou of yt?
     Yt ys — thys bytte of rhyme.

양탄자 기사

나한텐 말이 있어요. 빼어난 좋은 말이
   있어요.
     의기양양하게 벌판을 질주하다가
별안간 코에서
     예기치 않은 강렬한 빛을 뿜는
말들이 난 부럽지 않아요.
     이것은 헝겊 말이에요.

나한텐 안장이 있어요 —"그렇다고?
     기사가 발 디딜 등자가 달린?"
그런 말은 안 했어요. 나는 대답하죠.
     "아뇨."
     그런 마구는 없다는 걸 나도 알지만
보세요, 이건 양가죽 안장이에요!
     털 달린 짐승으로 만들었다고요.

나한텐 재갈이 있어요. 빼어난 좋은
   재갈이 있어요.
     좀 있다가 보여드릴게요.
말 턱에는 맞지 않을 거예요.
     이건 훨씬 더 훌륭한 용도에
     쓰인다고요.
영명하신 나리 생각엔 그게 뭘 것
   같아요?
     지금 내가 재갈대는 이 노래예요.

사진사 히아와타[1]

(이 시에서 나는 만천하에 쉽다고 알려진 일을 슬쩍 건드려보았다. 모방이 성행하는 이 시대에는 이런 시도가 특별한 가치를 띤다고 주장할 수 없다. 약간이라도 리듬 감각을 갖춘 숙련된 작가라면 「히아와타의 노래」의 수월한 운율에 맞추어 몇 시간이고 계속해서 시를 토해낼 수 있을 것이다. 그러니 내가 다음 졸시의 음성적 측면에만 주의를 국한시키고 싶지 않음을 뚜렷이 밝힌 이상, 이 시에 대한 비판은 그 주제를 다룬 방식에만 한정해줄 것을 공정한 독자 여러분에게 간청하는 바이다.)

사진사 히아와타 어깨짐을 끄르더니
자단(紫檀)으로 짜 맞춘 사진기를 꺼냈더라.
밀어서 여닫히고 접히고 또 펴지는
자단 목판 한데 모아 견고하게 조립했네.
상자 안에 빼곡하게 들어찬 부품들은
차곡차곡 접혀 있어 보이지도 않았더라.
그런데 히아와타가 경첩을 벌렸더니
경첩과 이음매를 밀고 당겨 열었더니
느닷없이 온 사방에 정사각형 직사각형,
『기하학원론』2권에서 튀어나온 것 같은
어지러운 도형들이 천지를 이루더라.

히아와타 그것을 삼각대에 고정한 뒤
컴컴한 장막 안에 들어가서 웅크리고
한 손 뻗어 조용하라 이르며 소리치길,
"움직이면 안 됩니다, 잠깐만 참으세요!"
이 어찌 모질고도 신기하지 않을쏘냐.

온 가족이 독사진을 하나씩 박으려고
차례차례 들어와서 그 앞에 앉았다네.
한 명 한 명 돌아가며 사진기 앞으로 와
사진사가 제안하신 독창적인 의견대로
자진해서 고분고분 자세를 취하였네.

첫 번째로 가장이신 부친께서 나오시니
사진사는 그 배경에 육중한 기둥 세워
그 주위에 벨벳 커튼 엄숙하게 둘러주고

"첫 번째로 가장이신 부친께서 나오시니"

자단목을 짜서 만든 다이닝-테이블을
한구석에 배치하는 구도를 제안하니
부친은 왼쪽 손에 뭔지 모를 두루마리
한 묶음을 받아 들어 단호하게 움켜쥐고
부친의 오른손은 그가 입은 조끼 속에
(나폴레옹 식으로) 근엄하게 집어넣고,
이를테면 태풍 맞아 죽은 오리 떼 따위를
사색하는 의미가 담긴 듯한 눈빛으로
저 먼 곳을 의연하게 응시하기로 하였더라.
    이 아니 엄숙하며 영웅적인 콘셉트랴.
그러나 그사이를 도저히 참지 못한
부친께서 아주 약간 꿈틀하시는 바람에
이 사진은 완전히 실패작이 되었더라.
    다음으론 부인께서 심호흡을 한 번 하고
독사진을 찍기 위해 등장하실 차례로다.
부인의 차림새는 필설 형용 불가하니
보석으로 치장하고 공단으로 둘둘 감아
여제도 감당 못 할 화려함의 극치로다.
인간이라 보기 힘든 멍청한 미소 띠고
한 손에는 배추보다 다소 큰 부케를 든
부인께서 우아하게 비스듬히 앉으셨네.
앉아 있는 동안 내내 부인께선 끊임없이
숲 속의 원숭이처럼 재잘대고 나불대니,
"제가 혹시 방금 전에 움직이지 않았나요?

제 옆모습 초상 사진에 잘 어울리나요?
이 부케를 제가 좀 더 높이 들어 올릴까요?
안 그러면 사진에 안 나오지 않겠어요?"
결국에는 이것 역시 실패작이 되었더라.

그다음 차례로는 이 집안의 맏아들인
매력적인 케임브리지 대학생이 나섰으니
맏아들이 제안한 건 곡선의 미학[2]이라,
가슴에 단 넥타이핀, 황금빛 넥타이핀
그것을 중심으로 시선을 따라가며
피사체의 신체 윤곽 전체에 물 흐르듯
곡선이 스며들게 구성하는 것이로다.
그는 이 모든 걸 러스킨한테 배웠으나
(『베니스의 석조 건물』,『건축의 일곱 등불』,
『근대화가론』 등의 책을 집필한 인물이라)
아무래도 저자가 애당초에 뜻한 바를
충분하게 이해하진 못한 것 같았더라.
그러나 그 논리와 무관하게 이런 모든
노력은 허사로 끝났으니, 이 사진이
처절하게 실패로 돌아갔기 때문이라.
그의 다음 차례는 이 집안의 맏딸이라,
그녀의 주문은 소박하기 그지없어
다만 그저 자신의 '수동적 미'[3]를 살린
자태만 찍어주면 된다고 청하더라.

그녀가 생각하는 수동적 미 뭐고 하니

"그다음 차례로는 이 집안의 맏아들인 매력적인 케임브리지 대학생이 나섰으니"

"그의 다음 차례는 이 집안의 맏딸이라"

오른쪽 눈꺼풀을 가늘게 치켜뜨고
왼쪽 눈꺼풀은 아래로 내리깔고
콧구멍 끝을 향해 입술 한쪽 치켜들어
삐뚜름한 미소를 지어 보이는 것이더라.
　　그녀가 이러이런 주문을 하였을 때
히아와타 그녀가 한 질문을 무시하고
아무 말도 못 들은 척 딴청을 피우더라.
그녀가 다시 한 번 앙칼지게 따져 묻자
그 특유의 미소 띠고 헛기침 한 번 하고
"아, 상관없습니다" 하고 입술을 꾹 깨문 다음
재빨리 화제를 딴 곳으로 돌렸더라.
　　여기에서 사진사는 오판하지 않았으니
이 사진도 완벽한 실패였기 때문이라.
　　다음은 그 나머지 자매들 차례였고
　　마지막에 이 집안의 막내아들 나왔으나
무지무지 뻣뻣하고 숱이 많은 머리카락,
무지무지 통통하고 붉게 상기된 얼굴에
무지무지 먼지 많은 재킷을 걸치고는
쭈뼛쭈뼛 한시도 가만있질 못하는데,
그도 모자라 그 아이의 고압적인 누나들은
조니, 재키, '꼬맹이', '아빠의 귀염둥이',
아이가 싫어하는 온갖 별명 불러대니,
사진이 너무나도 형편없이 찍혀 나와
이것과 비교하면 그 나머지 사진들은

"마지막에 이 집안의 막내아들 나왔으나"

나름대로 제멋대로 상상하기에 따라서는
어느 정도 성공작처럼 보였을 정도더라.

　　마지막으로 우리의 사진사 히아와타
무리 전체 모두 불러 한곳에 쑤셔넣고
('모아놓고'는 적절한 표현이 아닌지라)
그야말로 다행히도 결국에는 그럭저럭
온 식구의 얼굴이 성공리에 찍혀 나온
다시 말해 온 식구가 실물과 완벽하게
닮게 나온 사진 한 장 용케도 건졌으나,

　　그러자 온 식구가 득달같이 몰려와선
이건 차마 꿈에서도 상상하기 힘들 만큼
추하기 그지없는 최악의 사진이라
아우성을 치면서 욕설을 퍼붓는데,
"표정이 이게 뭐야, 너무 이상하잖아!
이렇게 음침하고 멍청하고 어쭙잖은
표정으로 해놓으면, (우리를 잘 모르는)
사람들은 정말로, 우리가 무지하게
불쾌한 자들이라 여길 거 아니에요!"
(히아와타는 그렇다고 생각하는 듯했다.
그럴 소지가 없지 않다고 생각하는 듯했다.)
일제히 입을 모아 울어대는 고양이나
한꺼번에 입을 모아 짖어대는 개떼처럼
모두 함께 씩씩대며 고래고래 목청 높여
거슬리는 목소리로 고성을 질러대니,

사진사 히아와타의 공손함과 인내심도
속절없이 바닥을 드러내어 결국에는
이 못 말리는 무리를 버려두고 떠나는데,
사진 예술가다운 극도의 신중함을
침착하고 신중한 태도를 발휘하여
서서히 천천히 자리를 뜬 게 아니라
더 이상은 도저히 못 참겠다 내뱉으며
참기 전에 어떻게 돼버리고 말겠다고
단호하기 그지없는 어조로 내뱉으며
한시바삐 부리나케 그 자리를 떠났더라.
　　히아와타 부리나케 상자를 싸자마자
짐꾼이 그 상자들 빠짐없이 받아 날라
수레에 전부 싣고 부리나케 실어 날라
히아와타 부리나케 기차표를 끊자마자
기차가 부리나케 그를 실어 출발하니
그렇게 히아와타 부리나케 떠났더라.

"그렇게 히아와타 부리나케 떠났더라."

1. 루이스 캐럴이 서두에서도 밝혔듯이 이 시는 북미의 한 전설적인 원주민 추장을 소재로 한 롱펠로의 장편 서사시 「히아와타의 노래(The Song of Hiawatha)」(1855)를 형식적으로 패러디한 것이다. 원 시는 「히아와타의 노래」를 모방하여 강약 4보격(강-약 / 강-약 / 강-약 / 강-약: 'From his / shoul-der / Hi-a- / -wa-tha')의 운율을 취하고 있다. 번역문은 한 행 4음보, 4·4조의 가사체 운율로 옮겼다.

2. "그 형태를 막론하고, 아름답다고 인정되는 모든 것은 오로지 곡선으로 이루어져 있다." 존 러스킨(John Ruskin), 『근대화가론(Modern Painters)』 2권, 『존 러스킨 저작집(The Works of John Ruskin)』(E. T. 쿡[E. T. Cook]·알렉산더 웨더번[Alexander Wedderburn] 편집, 라이브러리 에디션[Library Edition], 총 39권, 조지 앨런[George Allen] 출판사, 1903–12) 4권, 88쪽.

3. "네 무력한 상태에 장엄을 부여하기 위해 / 네 수동적 아름다움에 / 마음속에서 생명을 불어넣기 위해(to solemnise thy helpless state, / And to enliven with the mind's regard / Thy passive beauty)". 워즈워스가 그의 생후 1개월 된 딸 도라에게 바친 시 「내 어린 딸에게 바치는 말(Address to my Infant Daughter)」 중에서.

멜랑콜레타

슬프디슬픈 음악으로 그녀는 종일
    자기만의 은밀한 슬픔을 어루만지고
밤이 되자 한숨 쉬었지.
    "그렇게 밝은 가사는 맞지 않았던 것 같아.
내일은 사랑하는 오라버니께
    더 감미롭고 슬픈 노래를 들려드리죠."

나는 그녀에게 감사했지만
    그 말을 들어 기쁘단 말은 차마 할 수 없었지.
나는 동이 트자마자 집을 나와서
    바라건대 시간이 그녀의 슬픔을 뭉갤 때까지
감히 집 가까이 갈 수 없었지.
    그 무엇으로도 그녀의 슬픔을 덜 수 없기에!

울적한 나의 누이여! 그대로 인해
    이 집이 불행해졌음을 알고 있나요!
매일매일 수심에 잠긴 오빠는
    누이가 잠들고 나면 비로소 안도한다오.
그대가 깨어 있을 땐 내가 웃기만 해도 흐느끼니까!
    최대한 조심해서 소리를 낮춰 웃어도 소용없다오.

"밤이 되자 한숨 쉬었지."

접때는 (속된 표현을 양해하시길)
　　　새로운 감명을 받으면 누이의 상념이
잠시나마 딴 길로 빗나가
　　　침통한 기분이 가벼워질까 싶은 마음에
그녀를 새들러즈 웰즈[1]로 데리고 나가
　　　연극 몇 편을 보여주었지.

도시에서 쾌활한 젊은 친구 셋을 초대해
　　　우리의 모험에 동참하길 간청하였지,
활기 넘치는 존스, 장난기 많은 브라운,
　　　함께 있으면 기분 좋은 로빈슨,
그들의 흥겨움이 누이의 우울을
　　　날려버리는 데 도움이 될까 하는 생각에.

하녀가 와서 내가 미리 일러준 대로,
　　　마치 기름을 부어 풍파를 수습하듯이[2]
누이의 신음을 누그러뜨리기 위한
　　　용의주도한 말투로 식사 시간 알렸지.
나는 활기 넘치는 존스에게 달려가
　　　그녀를 에스코트해 달라고 통사정했지.

그는 기민한 재치를 한껏 발휘해
    날씨 이야기로 익살을 떨고—
요즘 도는 '소문들'을 귀띔해주고—
    가죽 시세를 제시하면서—
헛되이 발버둥 쳤으나 그녀는 신음을 뱉듯, "여기 나와 슬픔
    이 앉아 있으니[3]
    함께 탄식하게끔 내버려둬요!"

"너는 시간을 헛되이 죽이고 있어.
    사슴 고기를 앞에 놓고 꾸물대다간
탄, 식은 다리만 먹게 될 거야"[4] 하고 충고했더니
    "나의 비애가 나의 심장을 죽이고 있어!
탄식의 다리에 안식은 없어!"[5]
    하며 그녀는 바이런과 테니슨을 인용했겠지.

엄숙한 침묵 속에서
    목구멍으로 넘어간 수프와 생선에 대해,
음식을 내오고 또 내갈 때마다
    어김없이 터져 나온 흐느낌에 대해 굳이 말해야 할까.
차라리 방금 파먹은 치즈가 되고 싶었던
    내 자멸적 소망에 대해 굳이 말해야 할까.

대화를 시작하려는 필사적 시도가
　　　　몇 차례 행해지긴 했었지.
장난기 많은 브라운이 과감히 운을 떼었지.
　　　　"부인께서는 어떠한 유(類)의 여흥을
특별한 취미로 삼고 계시는지요?
　　　　사냥인지요? 혹은 낚시인지요?"

질문이 끝나기 무섭게 그녀는 입술을 마치
　　　　생고무처럼 밑으로 축 늘어뜨렸지.
"사냥개들이 일제히 울부짖으며 달려드는 것이 좋아요."
　　　　(오, 그녀의 입을 어찌나 생고무로 틀어막고 싶던지!)
"그런 다음 침통(鍼筒)에 가득 찬 침을 쏘아서
　　　　비탄(飛彈)에 쓰러진 사냥감을 처치하지요!"[6]

그날 밤의 공연은「존 왕」이었지.
　　　　"따분해요." 그녀는 슬피 울었지. "그저 그래요!"
나는 잠시 그녀가 눈물을 흘리도록 내버려뒀지.
　　　　눈물이 그녀의 비통을 달래준다 했기에.
오랜 기다림 끝에 다시 막이 오르고
　　　　「미친 허풍선이」[7]가 공연되었지.

우리는 부질없이 폭소했지. 우리는 부질없게도
　　그녀의 웃음을 끌어내려 안간힘 썼지.
그녀는 수심에 찬 시선을 돌려
　　오케스트라 석부터 천장 서까래까지 죽 훑어보더니,
"줄줄이, 줄줄이!"[8] 하고 말하며 한숨 쉬었지.
　　그러고는 침묵이 내려앉았지.

1. Sadler's Wells Theatre. 영국 런던에 있는 극장으로 17세기 말에 세워졌다.

2. 'oil on troubled waters'. 거친 파도를 가라앉히기 위해 그 위에 기름을 붓던 옛 관습에서 유래된 관용어로, 문제를 수습한다는 뜻이다.

3. 셰익스피어, 「존 왕(King John)」 3막 1장, 콘스탄스의 대사.

4. 원문은 "꾸물거리다간 사슴 고기가 썩어버릴 거야(Delay will spoil the venison)". 이에 누이는 "베네치아의 탄식의 다리에는 안식이 없어!(There is no rest—in Venice, on / The Bridge of Sighs)"라고 대구한다. 'venison(사슴 고기)'과 'Venice, on'의 발음과 철자를 가지고 각운을 맞춘 말장난이다.

5. 테니슨의 시 「오리아나의 발라드(The Ballad of Oriana)」의 첫 구절("나의 심장은 비애로 시들었소, / 오리아나. / 저 아래서 나에게 안식은 없소, / 오리아나[My heart is wasted with my woe / Oriana. / There is no rest for me below, / Oriana]")를 패러디한 것.

6. 원문은 "물고기 중에서는 고래가 내게 맞아요. 기름으로 가득 차 있거든요!(Of fish, a whale's the one for me, It is so full of blubber!)". 'whale(고래)'와 'wail(울부짖음)'이 동음이의어이고 'blubber'가 '고래기름'과 '(엉엉 우는) 울음'이라는 두 가지 뜻이 있음을 이용한

말장난이다.

7. 「미친 허풍선이: 비극적 벌레스크 오페라(Bombastes Furioso: A Burlesque Tragic Opera)」. 1810년 윌리엄 반스 로즈(William Barnes Rhodes)가 쓴 연극이다. 허풍이 심한 당대의 비극들을 익살스럽게 풍자한 내용으로 19세기에 큰 인기를 끌었다.

8. 원문은 "Tier upon tier!". 'tier([여기서는 극장 좌석의] 줄)'와 'tear(눈물)'가 동음이의어임을 이용한 말장난이다.

밸런타인

(자기가 왔을 때는 즐거워하지만 떠나고 없을 때는 자기를 별
로 그리워하지 않는 것 같다고 불평하는 한 친구에게 바친다.)

기쁨이 지나갔을 때
우리가 극심한 괴로움으로
몸부림치며 망연자실하지 않는다면,
　　　그 기쁨은 진짜가 아니란 말인가요?
굳건하고 견고하면서도 의연히
　　　이별을 감당할 수 있는 친구 사이는 없는 건가요?

그럼 내가 우정의 부름에
그나마 지닌 작은 즐거움을
(그래요, 시시하고 하찮은 즐거움이에요)
　　　태연히 포기해버리고,
나 자신을 우울과 슬픔의 노예로
　　　팔아버려야 한단 말인가요?

그대가 와서 나와 저녁을
함께하기로 한 날만 빼면
말을 잃은 채 세상의 모든
　　　슬픔을 끌어안고 있어야 하나요?
나머지 날에는 뚱하고 침울한 채로
　　　하루하루 여위어가야 하나요?

자기 우정의 진실과 깊이를 입증한 이는
오로지 눈물로 살아가야만 하나요?
낮에 기어든 외로운 그림자가
　　　노곤한 한밤중에 툭하면
그의 여윈잠 속에
　　　고통의 신음을 흘리라고요?

연인은 얼마 동안
사랑하는 사람이 눈길에서 멀어질지라도
슬픔과 경악에 빠지지 않죠.
　　　보다 지혜로운 구혼자는
그 시간에 시를 써서
　　　그것을 그녀에게 부친답니다.

그리고 시인마저 기겁할 만큼
그 시가 빠르게 거침없이 날아간다면,
2월이 되고 또 열사흘이 흘렀을 때
　　　마침내 받아보게 될 우편물엔
감동의 밸런타인데이
　　　카드가 들어 있겠죠.

잘 가요, 사랑하는 친구여, 우리가
버려진 불모지, 혹은 붐비는 거리에서
어쩌면 이번 주가 지나기 전에
　　　어쩌면 내일 만나게 될 때
그대의 심장이 초췌한 슬픔의 진앙이
　　　돼 있으리라 믿어 마지않는답니다.

세 목소리[1]

첫 번째 목소리

그는 목젖을 떨며 캐럴을 불렀다. 상쾌하게 자유롭게
그리고 신이 나서 너털웃음을 터뜨렸다.
먼바다에서 산들바람이 불어왔다.

바람이 어둑한 갯벌을 가로질러 —
앉아 있는 그의 이마를 스치니,
그의 모자가 가볍게 날아가

숲에서 마법에 걸린 여인처럼
험악하게 얼굴을 찌푸리고 선
누군가의 발치에 떨어졌다.

그녀는 거대하게 죽 뻗은 갈색 우산으로
모자 정수리 딱 한가운데를
한 치도 틀림없이 찍어 눌렀다.

그런 다음 차갑고 단호한 태도로
뭉개진 차양 따윈 알 바 아니라는 듯
모자를 집어 그에게 건네주었다.

그는 잠시 꿈을 꾼 듯 멍하니 섰다가
무례함을 간신히 벗어난 말투로
감사의 말을 더듬거렸다.

모자가 그 형체와 광택을 잃었기에,
그걸 사는 데 4실링 9펜스가 들었기에,
또 그는 만찬을 들러 나가는 길이었기에.

"만찬이라!" 그녀는 신랄한 어조로 비웃었다.
"자기 것이 아닌 때깔을 휘감은
뼈다귀를 향해 네 존재를 숙이는 짓이지!"

"한 치도 틀림없이 찍어 눌렀다."

눈물방울이 그의 뺨을 타고 흘러내렸다.
그녀의 조소에 담긴 의미가
그의 몸속에 불을 붙였다.

"'때깔'이니 뭐니 하지 말아요." 그가 말했다.
"그건 내게 든든한 양분이에요.
만찬은 만찬이고, 홍차는 홍차예요."

그녀가 말했다. "그래? 그럼 왜 말하다 말지?
네 희박한 지식을 좀 더 늘려보시지.
남자들은 남자들이고, 거위들은 거위들이라고도 해보시지."

그는 할 말을 모르고 신음했다.
'여기서 나가야겠어!' 하는 생각이
'하지만 여기 있어야 해' 하는 생각과 맞붙어 싸웠다.

"만찬이라!" 그녀가 성난 용처럼 악을 썼다.
"거품과 포말뿐인 와인을 들이켜며
테이블보를 보고 히죽거리는 짓이지!

말해라, 네 고상한 영혼이 몸을 낮추어
수프에서 위안을 찾는 저 걸신들린
무리 틈에 낄 수 있는지?[2]

너는 파이나 슈크림에 대한 욕망을 거두지 못하느냐?
잘 배워먹은 너의 예절은
그런 역겨운 물질 없이도 충분했느니."

"하지만 잘 배워먹은 사람이라면," 그는 기어들어가는 소리로
　　말했다.
"잘 베어 먹길 마다하지 않을 겁니다.
빵이 없으면 그들도 성치 못할 테니까요."[3]

그녀의 얼굴은 그를 향해 이글이글 불타올랐다.
"세상에는," 그녀가 말했다.
"농담에 질색하지 않는 부류의 인간들이 있지.

그런 비루한 자들이 살고 있다지. 그들도
이 땅에서 같은 공기를 마시고 있지.
우린 여기저기서 그런 족속들을 마주치지.

달리 피할 길이 없으니 — 우리는 그들에게
인간을 닮은 **유인원**을 연상시키는
반쪽 인간의 형상 비슷한 것을 부여하지."

"그런 식의 이론에는 반드시," 그가 말했다.
"한 가지 불변의 예외가 존재하지요.
바로 '지금 이 자리에 있는 이들'이지요."

당혹한 그녀는 늑대처럼 울부짖었다.
그가 어둠 속에서 무턱대고 겨냥하여
던진 비수가 과녁을 찌른 듯했다.

그녀는 자신의 패배가 자명함을 느꼈으나
다시 주도권을 잡기 위하여
미친 듯이 전력을 다해 발버둥 쳤다.

그녀는 마치 자기 말을 의식 못 한 듯
해변에 시선을 고정한 채로 이렇게 말했다.
"각자는 각자 그 이상에게 준다."

그는 예라고도 아니오라고도 하지 못하고
더듬거리며 말했다. "선물들이 사라지는지도 모르죠."
하지만 자기가 무슨 말을 하려는지 그도 몰랐다.

"그렇다면," 그녀는 곧바로 대답했다.
"각자의 마음은 각자와 만난다.
그게 무슨 소용이지? 세상은 넓은데."[4]

"세상은 사고(思考)에 불과하죠." 그가 말했다.
"저 광대하고 불가해한 바다도
단지 물 자체일 뿐이죠[5] — 저에게는요."

"그는 예라고도 아니오라고도 하지 못하고"

그러자 그녀의 무시무시한 대답이
마치 50근[6]짜리 납덩이처럼,
저항을 포기한 그의 머리 위에 어둡게 떨어졌다.

"선인(善人)과 대인(大人)은
말장난을 자행하여 스스로를 더럽히는
무모하고 방종한 자를 반드시 피해야 하느니.

담배를 피우고 —『타임스』를 읽고 —
크리스마스에 무언극을 보러 가는 자는 —
그 어떤 범죄도 능히 저지를 수 있거늘!"

그는 이제 자기가 말할 차례임을 느끼고
수치심으로 뺨을 붉게 물들이며 신음했다.
"이건 베지크[7]보다 더 어려운걸!"

그러나 그녀가 "어째서?" 하고 묻자
그는 구레나룻이 상기되는 듯하여
"잘 모르겠는데요" 하고 솔직히 털어놓았다.

황금빛 이삭의 드넓은 물결처럼
회랑의 유리창을 물들이는 햇빛처럼
그의 낯빛이 다시 오락가락했다.

"이건 베지크보다 더 어려운걸!"

그의 명백한 고충을 측은히 여기며
그러나 신랄한 기색을 감추지 않으며
그녀가 말했다. "더 많은 것은 더 적은 것을 초과한다."

그는 역설했다. "그렇게 의문의 여지없는 무게를 지닌,
또 그렇게 극단적으로 시대에 뒤떨어진 사실을
진술하는 건 불필요한 일이었어요."

이에 그녀는 화르륵 분노하며
냉랭한 악의가 담긴 어조로 말했다.
"다른 이들에겐 그렇지. 하지만 너에겐 그렇지 않아."

그러나 그가 몸을 움츠리고 와들와들 떨며
"부탁이니 절 불쌍히 여기시어, 제발!" 하고 매달리자
그녀는 누그러진 어조로 다시 말했다.

"사고는 엄연히 마음속에 깃들어 있는 것.
이는 **지성**에 의해 공급되며
그 안에 **생각**이 숨어 있는 것.

그리고 진리를 알고자 추구하는 자는
내면으로 더욱 깊이 들어가
관념에서 흘러나오는 생각을 찾을 것이다.

그리하여 현자들이 찾아 헤맸던 사슬은
눈부신 고리로 세공될 것이니,
관념의 근원은 사고에 있기 때문이라."

그렇게 그들은 발맞추어 천천히 걸었다.
그러나 그의 얼굴에는 서서히
그림자가 드리우는 것을 볼 수 있었다.

두 번째 목소리

그들은 파도에 닳은 해변을 나란히 걸었다.
그녀의 혀는 가르침에 매우 능했고
그는 간간이 간청하였다.

모든 말을 그녀가 독차지했고
그는 굼벵이[8]처럼 흐리멍덩했기에
그녀의 감미로운 말투는 좀 누그러졌다.

그녀는 역설했다. "분필로 만들어진 치즈는 없지."
그녀의 지루한 말은 그들이 걷는
발소리에 맞추어 끝없이 흘러나왔다.

그녀의 목소리는 매우 깊고 중후했다.
그리고 한참 뒤에 그녀가 "어떤 것?"이라고 물었을 때
그 음조는 최고조에 달해 있었다.

그는 웅웅대며 신음하는 파도에 잠겨
동굴의 반향들 사이에서 길을 잃은 채
얼떨떨한 대답을 내놓았다.

그는 뭔지 잘 모르겠다고 대답하였다.
그의 말은 마구잡이로 쏜 화살 같았지만
그녀는 주의를 기울이지 않았다.

그녀는 그의 대답을 기다리지 않고
마치 그가 옆에 없는 것처럼
납빛 눈을 내리깐 채 말을 이어나갔다.

견고한 주장과 엄숙한 변호,
"왜?" "어째서?"에서 비롯된 이상한 질문들,
그리고 터무니없이 뒤엉킨 증거.

녹초가 되어 어지러운 골을 싸안고
그가 기어드는 소리로 그녀에게 설명을 간청했을 때
그녀는 아까 한 말을 고스란히 반복하였다.

"그는 소리도 의미도 무시한 채로 마구 말을 뱉었다."

극심한 고통에 비틀린 그는
소리도 의미도 무시한 채로
결과도 전혀 신경 안 쓰고 마구 말을 뱉었다.

"마음은 — 제 생각엔 — 본질이죠 — 본츠[9] —
추상은 — 말하자면 — 우연이고요 —
그건 우리가 — 다시 말해서 — 그러니까 제 말은 — "

한참 있다 그의 연설이 다소 잦아들었을 때
그는 잔뜩 상기된 얼굴로 가쁜 숨을 내쉬고 있었다.
그녀가 쳐다보자 그는 바로 찌그러졌다.

그녀의 침착한 대답은 불필요했다.
그녀가 돌처럼 차가운 눈으로 그를 쏘아보자
그는 싸울 수도 달아날 수도 없었다.

그동안 그녀는 고양이가 작은 새를 해체하듯,
반쯤 듣고 반쯤 짐작한 그의 연설을
한 단어 한 단어 난도질했다.

그렇게 그의 관점을 완전히 무너뜨리고
뼈다귀까지 철저히 발라낸 다음,
자신의 관점을 개진해나갔다.

"남자가 남자가 된들?"

"남자가 남자가 된들? 그래서 그가
다른 모든 생각을 다 가진들?
말짱한 정신이라는 지복의 조화로운 이슬 없이

그 무슨 소용이랴? 열에 들뜬 그의 눈이
우뚝 솟은 무(無) 너머로 불현듯
섬뜩한 유령이 휙 스쳐 지나가는 모습을 보랴?[10]

또 허공을 채우는 침묵의 비명들을 듣고,
딱 벌린 입들을, 어스름한 섬광 속에서 붉게 물들어
빤히 응시하는 눈들을 보랴?

노란 불빛을 내뿜는 초원을,
높은 데서 무너져 내리는 어둠을,
돌처럼 단단한 밤의 깃털 같은 옷자락을?

동년배들 중에서 어느새 백발이 된 그가,
그의 두터운 눈물의 장막 사이로
자기의 젊은 시절을 언뜻 엿보고,

그가 익숙했던 옛적의 소리들을,
매끈한 바닥을 스치던 지난날의 발소리를
문을 두드리던 지난날의 노크 소리를 들으랴?

그러나 여전히, 도망치는 그의 눈앞엔
한 창백한 형상이 끝없이 출몰하리라.
그리고 사라진 어느 좋았던 것의 환상이

희멀건 눈빛을 띠고 나타나
뒤엉킨 숲 저편에서 웅크리고 응시하며
그의 혈류(血流)를 얼어붙게 하리라."

그녀는 생경한 기술과 흉포한 희열로,
마치 이빨을 비틀어 뽑듯 각각의 사실로부터
내키지 않는 더딘 진실을 끝없이 쥐어짜냈다.

그러다 마침내, 여름 햇볕이 개울을 말려버린 뒤
고요해진 물레방아처럼
그녀는 말을 뚝 그치고 잠잠해졌다.

마치 짐을 가득 실은 버스¹¹가
철도 종점에 다다랐을 때처럼,
거리의 떠들썩한 소란 대신에

엔진의 고동이 꺼지는 소리와
짐꾼들의 부드러운 발소리가 들릴 때처럼,
법석이 지나가고 죽은 듯한 고요가 내려앉았다.

그녀는 자꾸만 땅바닥을 흘깃거리며
소리 없이 입술을 달싹이고
이따금씩 이맛살을 찌푸렸다.

그는 잠든 바다를 지그시 바라보며
그 고요함과 죽은 듯한 침묵에
기쁨을 느꼈다. 그러나 그녀는

잠시 동안 골똘히 생각에 잠긴 듯하더니,
마치 반복되는 꿈처럼
그녀의 케케묵은 레퍼토리를 다시 지껄여댔다.

그는 다시금 귀를 기울여 보았지만
그녀의 말뜻을 도저히 이해할 수 없었다.
그녀의 말은 깊지도 유려하지도 않았기에.

그는 모래 위에 물결무늬를 그렸다.
그가 이해할 수 있는 거라곤
그녀 손의 규칙적인 진동뿐이었기에.

꿈속에서 그는 한 응접실에
열세 명의 불우한 인간들이 침울하게 모여 앉아
누군가를 하염없이 기다리는 광경을 보았다— 누구를 기다리
　　는지 그는 알 것 같았다.

그들은 이루 말할 수 없이 절망적으로
힘없이 의자에 몸을 걸친 채
이곳저곳에 늘어져 있었다.

조개[12]도 그들보다 더 과묵하진 못했을 것이다.
그들은 오래전에 뇌수를 다 퍼냈으므로
할 말이 한 방울도 남지 않았다—

"세 시간이 지났어!" 하고 신음하며
"더 이상 기다릴 순 없어, 존! 식사 준비 하라고 해!"라고
빽 소리를 지른 한 명만 빼고 말이다.

그 환상은 사라졌다. 귀신은 달아났다.
그의 눈엔 다시 그 무서운 여자[13]가 보이고
그의 귀엔 다시 그녀가 하는 말들이 들렸다.

그는 그녀 곁을 떠나 옆길로 빠졌다.
그리고 주저앉아, 마른 지 얼마 안 된 해변을 도로 적시며
밀려오는 파도를 바라보았다.

그는 투명한 바닷물과
그의 귀에 속삭이는 산들바람과
멀리서 가까이서 부풀어 오르는 물결에 감탄하였다.

"그는 주저앉아 밀려오는 파도를 바라보았다."

그는 어째서 그토록 오랫동안
그녀의 말 한 마디 한 마디에 귀 기울였던가.
그는 말했다. "솔직히 어처구니없었어."

세 번째 목소리

그 깨달음은 오래지 않아 뿌리내렸다.
눈 깜짝할 사이에 황망한 눈물이
그의 얼굴을 타고 흘러내렸다.

공포에 질린 그의 심장이 얼어붙었다.
멀지도 가깝지도 않은 곳에서
말 없는 음성이 들린 듯 아닌 듯했다.

"눈물로는 의심의 불꽃을 일으킬 수 없지.
그렇다면 왜인가? 이 말의 의미가
칠흑같이 캄캄하니."

그가 말했다. "그녀의 연설이 이 고통을 초래했어.
차라리 휘몰아치는 대양의 종잡을 수 없는 소리를
설명하는 편이 훨씬 쉽겠어.

혹은 졸졸대는 시냇가에 몸을 늘이고
이해할 수 없는 책을 멍한 얼굴로
암기하는 편이 훨씬 낫겠어."

그의 머릿속 음성이 낮게 말했다.
입에서 나왔다기보다는 상상의 언어로
귀신의 용의주도한 걸음걸이처럼 소리 없이.

"네가 상대보다 우둔하다면,
너는 왜 교훈적인 음성을 마다했지?
왜 더 많은 가르침을 기다리면서 견디지 않았지?"

"그러느니 차라리," 그는 겁에 질려 신음하였다.
"광막한 동굴 속 깊은 곳에서,
혐오스런 흡혈귀의 성찬이 되어 몸부림치겠어."

그것은 대답했다. "그건
네 희박한 지식을 둘러싼 좁은 울타리 안에 몰아넣기에
너무 거대한 주제였지."

"그렇지 않았어," 그가 주장했다. "단 한 번도!
하지만 그녀의 말투에는 내 뼛속까지
오싹하게 하는 뭔가가 있었다고.

그녀의 표현 방식은 극히 불명료한 데다
굉장히 불쾌하게 가혹했고
그녀가 쓰는 수식어는 너무나 괴상했어.

그럼에도 그녀의 대답이 너무나 거창했기에
난 그녀가 현명하다고 여길 수밖에 없었지.
난 감히 따질 수가 없었어.

그녀가 복잡한 논의 속으로 너무 깊이 파고들어가
내 사고력이 완전히 바닥나버릴 때까지
나는 그녀 곁을 떠나지 못했어."

작은 속삭임이 슬며시 끼어들어,
"하지만 넌 그럴 수 있었잖아. 그건 엄연한 사실이지" 하며
눈꺼풀 밑에서 한쪽 눈을 찡긋했다.

엄청난 공포로 메스꺼워진 그는
땅에 머리를 처박고 엎어져
4분의 3가량 죽은 사람처럼 뻗어버렸다.

"그는 겁에 질려 신음하였다."

속삭임은—
잎이 우거진 나무들 사이로 사라지는 산들바람처럼 —
그를 지극히 불편한 상태로 남겨놓고 떠났다.

다시금 그는 절망에 빠져
전보다 더 빽빽이 엉겨 붙은 머리카락을
전보다 더 단단히 움켜쥐고 뒹굴었다.

새벽의 붉은 여명에 잠긴
장엄한 산꼭대기가 그 위용을 드러냈을 때,
그가 뱉은 말이라곤 이 한마디뿐이었다. "내 잘못을 말해주오."

정오의 이글대는 천공이
그의 머리에 달린 초췌한 두 눈에 작렬했을 때,
그의 지친 울부짖음은 최고조에 달했다.

그리고 저녁의 무자비한 태양이
이 침통한 농담에 냉혹하게 미소 지을 때
그는 한숨 쉬었다. "아아, 내가 무엇을 했기에?"

그러나 납빛 밤의 싸늘한 손아귀가
그를 땅바닥에 내동댕이치고 옭아맸을 때
그 광경이 가장 슬프고 암담했으니

번민과 고립과 무원 속에서
천둥도 그의 신음에 대면 정적이었고
백파이프도 그의 목청에 대면 감미로운 음악이었다.

"왜? 끝없이, 끔찍한 순환 속에서
고통과 심오한 불가사의는
잠 없는 사냥개처럼 내 뒤를 쫓는가?

피 묻은 맹렬한 아가리를 벌리고,
아직까지 그 이유에 무지한 나를?
내가 무슨 법을 어겼는지 모르는 나를?"

그의 귓전에 울린 속삭임은
조용한 개울이 메아리치는 물결
혹은 망각된 꿈의 그림자 같았다.

바람에 실려 떨리는 그 속삭임은
그의 내면에서 이렇게 말했다.
"그녀의 운명은 네 운명과 얽혀 있었다."

"각자는 서로를 공전하는 불길한 별이었다.
각자는 서로의 액운과 재해를 입증했다.
각자는 서로를 디딜 때 가장 높이, 멀리 나아갔다.

"번민과 고립과 무원 속에서"

그렇다, 각자는 서로에게 원수 그 이상의 적이었다.
겁에 질려 횡설수설하는, 멍청이인 너와
재앙의 산사태인 그녀는!"

"겁에 질려 횡설수설하는, 멍청이인 너"

1. 이는 테니슨이 절친한 친구의 죽음을 슬퍼하며 쓴 시 「두 목소리(The Two Voices)」를 패러디한 것이다. 「두 목소리」에서 슬픔에 잠긴 화자는 자살을 권유하는 내면의 목소리와 논쟁을 벌인다.

2. 빅토리아시대 영국에서는 윤리적 절제를 통해 종교적 이상을 실현하려 한 금주운동이 1830년대부터 위세를 떨치기 시작하여, 캐럴이 이 시를 쓰기 3년 전인 1853년에는 금주법 제정을 목표로 한 정당까지 창당되었다. 그들에게 음주와 폭식은 근절해야 할 양대 죄악으로 매도되었다.

3. 이 연의 원문은 다음과 같다. "하지만 가정교육을 잘 받은 사람이라도" 그가 기어들어가는 소리로 말했다. / "배 채우기를 마다하진 않을 겁니다. / 빵이 없으면 그들도 성치 못할 테니까요." ("Yet well-bred men," he faintly said, / "Are not unwilling to be fed: / Nor are they well without the bread.") 'well-bred'와 'well', 'bread'의 동음이의어 말장난이다.

4. 테니슨의 「두 목소리」에서 화자가 자살을 종용하는 목소리에게 '신은 인간을 독특하고 고귀하게 창조했다'고 반박하자, 목소리는 '세상은 넓고 너 같은 존재는 수없이 많다. 너 하나쯤 사라져도 우주에는 아무런 변화가 없을 것'이라고 조롱한다. "이에 조용한 목소리가 대답하였다. / '너는 네 오만에 스스로

묶여 있구나. / 눈을 들어 밤하늘을 바라보아라. 세상은 넓다.'"

5. 원문은 "The vast unfathomable sea is but a Notion(저 광대하고 불가해한 바다도 단지 관념일 뿐이죠)". 이 문장은 "The... sea is but an Ocean(바다는…… 단지 해양일 뿐이죠)"처럼 들릴 수도 있다. 여자가 "말장난을 자행하……는 무모하고 방종한 자"라며 남자를 비난한 것은 이 때문이다.

6. 원문은 "반 헌드레드웨이트(half a hundredweight)". '헌드레드웨이트'는 무게의 단위로 영국에서는 112파운드(50.8킬로그램)에 해당한다.

7. 두 사람이 64장의 카드를 갖고 하는 카드놀이의 일종.

8. 원문은 'drone(수벌)'. 수벌은 일을 하지 않고 생식에만 관여하므로 게으름뱅이라는 뜻이 있다.

9. 원문은 'Ent'. 물론 각운(Ent-Accident-Meant)을 살리기 위해 억지로 집어넣은 말이다. 화자가 무슨 단어를 말하려 만 것인지는 불분명하지만 여기서는 'Entity(본체, 실체)'라고 가정했다.

10. 여기서 여자의 격렬한 연설은, 그녀가 초반에 남자에게 퍼부은 비난의 연장선에서 음주의 악덕을 저지른 남자에게 내리는 지옥의 저주로 해석할

수도 있다. 한편 좀 더 보편적으로, 삶의 고통에 찌든 나이 든 남자에게 순수했던 어린 시절의 천국으로 영영 되돌아갈 수 없음을 역설하는 내용으로 해석할 수도 있다.

11. omnibus. 현재 버스의 전신이 되는 대중교통 기관으로, 영국에서는 1829년부터 합승 마차 형태로 운행을 시작하여 주로 철도역에서 환승하는 승객과 화물을 실어 나르며 지선을 잇는 역할을 했다. 증기 버스는 1833년부터 런던에서 운행을 시작했으나 1861년 시행된 기관차량 조례에 의해 약 30년간 공도에서의 운행이 규제되었다. 캐럴이 이 시를 쓴 1856년에는 합승 마차와 증기 버스가 둘 다 운행되고 있었다.

12. 원문은 'oyster(굴)'. 'oyster'는 과묵한 사람을 뜻하기도 한다.

13. 캐럴은 이 시를 통틀어 여기서 유일하게, 이 인물을 "그녀(she)"라는 대명사 대신 "그 여자(that woman)"라는 명사로 지칭했다. 이 시에는 그녀의 외양에 대한 구체적인 묘사도 거의 등장하지 않는다.

주제와 변주[1]

(왜 시에는, 그 자매 예술 장르인 **음악**에는 그토록 유익한 것으로 입증된 희석[Dilution] 기법이 적용된 적이 없을까? 희석가는 어떤 유명한 선율의 첫 몇 음을 들려주고, 그 뒤에 자기가 작곡한 몇 마디를 덧붙인 다음, 다시 원곡의 몇 음을 들려주기를 번갈아가며 반복한다. 이런 식으로 해서 감상자는 원래 멜로디를 알아들을 위험까진 피하지 못하더라도, 최소한 좀 더 집중된 형태의 멜로디가 불러일으킬 수 있는 과도한 흥분과 도취를 면할 수 있다. 작곡가들은 이 과정에 '작곡[setting]'이라는 명칭을 붙였으며, 회반죽 더미 속에 느닷없이 주저앉았을[set down] 때의 불편한 느낌을 경험해본 적이 있는 이들이라면 이 즐거운 관용구의 진실성을 알아볼 것이다.

까놓고 말하자면, 진정한 미식가가 최상급 사슴 고기 한 입을 — 그의 세포 하나하나가 "보다 비범하게!"라고 속삭이듯이 — 애정을 기울여 오래 음미하다가 삼킨 다음 맛난 음식으로 되돌아가 오트밀 죽과 고둥을 한입 가득 우겨넣는 것처럼, 혹은 완벽한 클라레[2] 감정가가 까다롭게 딱 한 모금만을 맛본 다음 학교 기숙사에서 빚은 가짜 맥주를 한 파인트 넘게 뚝딱 해치우는 것처럼 —)

나는 사랑스런 가젤을 사랑해주지

　않았지. 그렇게 비싼 건 사랑한 적도 없지.
값이 비싸면 파는 놈들한테나 이익일 뿐
　그런 걸 내가 꼭 좋아할 이유는 없지.

그 아련한 검은 눈으로[3] 내게 기쁨을 주던

　아들 녀석이 학교에서 집으로 총총 뛰어오네.
싸움을 벌였는데 그 이유는 알 수 없다지 —
　그놈은 매사에 바보 같은 녀석이었지!

그가 나를 잘 알게 됐을 때

　그녀의 괴팍한 아비는 날 쫓아냈지.
그리고 내가 머리카락을 물들였을 때,
　그 미녀가 내 변화를 눈여겨보고 감탄하며 날

사랑하게 됐을 때 그건 어김없이 얼어죽……어쩌[4]

　보면 푸르죽죽한 녹색 혹은 요란한 파랑이었지.
흘긋 보기만 해도 그 사이로 여전히 기세등등한
　빨강색을 찾아낼 수 있었겠지만.

1. 원제는 'TÈMA CON VARIAZIÓNI'.

"나는 사랑스런 가젤을 돌보아주었지 / 그 부드러운 검은 눈으로 내게 기쁨을 주던 / 그가 나를 잘 알게 됐을 때 / 사랑하게 됐을 때 그는 어김없이 죽고 말았지(I never nursed a dear Gazelle / To glad me with its soft black eye, / But, when it came to know me well, / And love me, it was sure to die)"라는 아일랜드 시인 토머스 무어(Thomas Moore)의 유명한 시를 '희석'하는 방식으로 패러디한 짧은 시로, 각 연의 첫 행만 따서 읽으면 토머스 무어의 원 시가 된다. 루이스 캐럴이 1855년 가족 신문 『미슈마슈(Mischmasch)』에 악상기호를 붙여 '사랑스런 가젤(The Dear Gazelle)'이라는 제목으로 실었던 시를 약간 수정해 『운율? 그리고 의미?』에 다시 발표한 것이다.

THE DEAR GAZELLE
ARRANGED WITH VARIATIONS

espressivo
"I NEVER loved a dear gazelle,"
Nor aught beside that cost me much;
High prices profit those who sell,
But why should *I* be fond of such?

p.p   *cres :—*
"To glad me with his soft black eyes,"
My infant son, from Tooting School,
Thrashed by his bigger playmate, flies;
And serve him right, the little fool!
con spirito

A Tempo
"But when he came to know me well,"
He kicked me out, her testy sire;
And when I stained my hair, that Bell
Might note the change, and thus admire
dim :   cadenza   D.C.
"And love me, it was sure to die"
A muddy green, or staring blue,
While one might trace, with half an eye,
The still triumphant carrot through.
con dolore
CH: CH: 1855.

2. 프랑스 보르도산(産) 적포도주.

3. "Black eye." 맞아서 시커멓게 멍든 눈이라는 뜻도 있다.

4. 원문은 "사랑하게 됐을 때, 그것은 어김없이 물들어 있었지(And love me, it was sure to dye)". 'die(죽다)'와 'dye(염색하다)'가 동음이의어임을 이용한 말장난이다.

157

다섯의 게임[1]

어린 다섯 자매가 다섯 살, 네 살, 세 살, 두 살 그리고 한 살.
까르르 장난치며 벽난로 앞에서 뒹구는구나.

볼 발그레한 다섯 자매가 열 살부터 여섯 살까지.
앉아서 수업을 듣는구나— 이제 장난칠 시간은 없네.

쑥쑥 크는 다섯 자매가 열다섯 살부터 열한 살까지.
음악, 그림, 외국어, 그리고 일곱 명은 족히 먹을 음식들!

애교 많은 다섯 자매가 스무 살부터 열여섯 살까지.
젊은이가 찾아올 때마다 나는 말하네. "됐고 이제 누굴 찾는
    건지 말하게!"

"됐고 이제 누굴 찾는 건지 말하게!"

멋쟁이 다섯 자매, 막내가 스물한 살.
하지만 아무도 청혼 안 하면 달리 뭘 해야 하나?

한껏 차려입은 다섯 자매, 서른 살이면
여자가 약동하는 나이라는데, 어쩐 일인지 약혼은 안 하는구나.[2]

맵시 있는 다섯 자매가 서른한 살부터.
예전엔 그렇게 무시하더니, 수줍은 젊은이들에게 아주 상냥해
　　졌구나!

＊　＊　＊　＊　＊

혼기를 놓친 다섯 자매, 뭐 나이는 상관 말자.
여느 세상 사람들처럼 우리도 더불어 그저 살아갈 뿐.
하지만 왕년의 "경솔한 총각들"은
"돈이 어떻게 나가는가" 하는, 저 유구한 문제의 답을 안다고 여
　　기기 시작했구나!

1. 11남매 중 장남이었던 찰스 럿위지 도지슨에게는 위로 두 명, 아래로 다섯 명의 누이가 있었는데, 그중 결혼한 누이는 한 명뿐이었다. 독신인 누이들은 그중 독립해 나온 한 명만 빼고는 죽을 때까지 한집에 모여 살았고 도지슨도 그들을 자주 방문하며 매우 친하게 지냈다.

2. 원문은 "여자가 매력적인 나이인데 어쩐 일인지 약혼은 안 하는구나(When girls may be *engaging*, but they somehow don't *engage*)."

시인은 타고나는 것이 아니라 만들어진다[1]

"어떻게 해야 시인이 되죠?

　어떻게 해야 운을 맞출 수 있죠?

'극치에 이르고픈 갈망'에 대해

　언젠가 말씀하신 적이 있었죠.

그럼 그 방법을 알려주세요!

　'다음에' 하면서 또 미루지 말아주세요!"

노인은 그를 지그시 보며
　갑작스런 요구에 미소 지었다.
그는 아이가 자기 마음을
　열정적으로 털어놓는 게 보기 좋았다.
그리고 생각했다. '그냥저냥도 우물쭈물도
　저 아이의 사전엔 없군.'

"미처 학교에 가기도 전에
　시인이 되겠다는 거냐? 맙소사, 네가
그 정도로 순 바보라고는
　전혀 생각 안 했었는데.
우선은 경련하는 법²을 배워야 하지 —
　아주 간단한 규칙이란다.

먼저 문장 하나를 쓴 뒤
　그 문장을 잘게 썰어서
그 토막들을 잘 섞은 다음,
　우연히 떨어진 모양 그대로
추리면 되지. 어구의 순서 따위는
　아무래도 전혀 상관없단다.³

그리고 깊은 인상을 주고 싶다면
　　내가 하는 말을 잘 기억해라.
추상적인 자질은 모름지기 늘
　　대문자로 시작된다는 것을.
진(眞), 선(善), 미(美)[4] — 뭐 이런 말들은
　　언제나 제값을 한다는 것을!

그다음으로, 네가 어떠한
　　형태나 소리나 색조를 묘사할 때는
그걸 있는 그대로 말하지 말고
　　암시 속에 넌지시 숨겨야 한다.
모든 사물을 일종의 정신적 사팔뜨기로
　　곁눈질해서 보는 법을 배우렴.”

“예를 들어서, 만약에 제가
　　양고기 파이라고 하고 싶으면
‘밀가루의 감방에 갇힌 양털의 꿈’
　　이라고 해야 하는 건가요?”
“바로 그렇지.” 노인이 대답하였다.
　　“그것도 매우 훌륭한 대답이구나.

그리고 네 번째로 그 어떤 말에도
　　잘 어울리는 수식어들이 있단다.
마치 하비스 리딩 소스[5]가
　　어조육에 두루두루 어울리듯이,
그중에서도 '거친', '지친', '쓸쓸한', '낯선'
　　이런 말들이 많이 선호된단다."

"그럼 그런 말들을 몽땅 가져다
　　다 집어넣으면 더 좋겠지요?
'그 거친 사내는 낯설고 쓸쓸한 펌프를 향해
　　지친 발걸음을 옮겼네.' 뭐 이렇게요."
"아냐, 아냐! 그런 결론으로
　　덥석 건너뛰어선 안 되지.

그런 수식어들은 꼭 후추처럼
　　글에 묘미를 더해주는 것.
드문드문 뿌리면
　　입맛을 돋우지만
너무 많이 퍼부으면
　　요리를 망치게 되지!

"그 거친 사내는 낯설고 쓸쓸한 펌프를 향해 지친 발걸음을 옮겼네."

마지막으로 구성에 대해.
　　독자는 독자에게 주어진 정보,
즉 네가 독자에게 보여주는 것,
　　오로지 그것만을 알아야 한다.
네 시의 취지와 목적을 미숙하게 노출시켜서
　　독자가 찾아낼 수 있게 하면 안 된다.

따라서 독자의 인내심을, 그가 어느 선까지
　　참을 수 있는가를 시험하기 위해서 —
지명이나 인명이나 날짜 같은 건
　　절대 언급하지 말고 언제나
시가 시작될 때부터 끝날 때까지
　　초지일관 모호함을 유지하도록.

우선 넓힐 수 있는 데까지
　　테두리를 정해놓은 다음에
군더더기로 그 속을 채우렴.
　　(없으면 친구한테 조금 빌리렴.)
그리고 장대한 **센세이션 연**을 끝부분쯤에
　　배치해서 대단원의 막을 내리렴."

"그런데 할아버지, 센세이션이
    대체 뭐죠? 제발 말해주세요.
예전에는 그 말이 그런 식으로
    쓰이는 걸 들어보지 못한 듯한데.
'실례'를 한 가지만 들어주시면
    아주 큰 도움이 될 것 같아요."

그러자 노인은 뜰 안 잔디 위
    이곳저곳에서 여명을 받아
아직까지 반짝이는 이슬방울을
    슬픈 눈으로 바라보며 말했다.
"런던의 아델피 극장에 가서
    「아일랜드 처녀 본」[6]을 보거라.

그 말은 부시코한테서 유래된 거지.
    삶은 **경련**이 되고
역사는 회오리가 되는
    그의 이론에서 말이다.
그게 **센세이션**이 아니라 하면
    그것이 뭔지 난 모르겠구나.

이제 한번 해보렴, 너의 **바람이**
　지금의 그 빛을 잃기 전에 ― ”
그의 손자가 덧붙였다. “완성되면요,
　있잖아요, 우리 그걸 출판해요.
녹색 천에 금박으로 제목을 찍은
　사륙판 양장으로요!”

하고 뿌듯하게 미소 지었다.
　노인은 잔뜩 신난 아이가
잉크와 압지철[7]과 펜을 가지러
　바람처럼 내닫는 광경을 바라보았다.
그러나 출판에 대해 생각했을 때
　그의 표정은 굳어지고 우울해졌다.

1. 원 제목은 'Poeta Fit, Non Nascitur'. "시인은 만들어지는 것이 아니라 타고난다(Poeta nascitur, non fit)"라는 라틴어 속담을 거꾸로 뒤집은 것이다.

2. 경련파(Spasmodic School). 19세기 중엽의 영국 시인 P. J. 베일리(Philip James Bailey), S. T. 도벨(Sydney Thompson Dobell) 등의 유파. 부자연스럽고 과장된 표현이나 문체를 특색으로 하여 조롱의 뜻으로 붙은 명칭이다.

3. "신문 한 부를 준비하라. / 가위 몇 개를 준비하라. / 신문에서 당신이 짓고자 하는 시와 길이가 비슷한 기사를 골라라. / 그 기사를 잘라내라. / 다음으로 그 기사를 구성하는 단어들을 한 개씩 조심스럽게 잘라내어 이를 전부 주머니 속에 넣어라. / 살살 흔들어라. / 그다음 잘라낸 조각을 하나씩 꺼내라. / 주머니에서 나온 순서대로 양심적으로 옮겨 적어라. / 그 시는 당신과 닮은꼴이다. / 이제 당신은—매혹적인 감수성을 지닌 무한히 독창적인 작가가 되었다. 비록 저속한 무리에게는 인정받지 못하겠지만." 트리스탕 차라(Tristan Tzara), 「다다이즘 시 짓기(Pour faire un poème Dadaïste)」(1920).

4. "The True, the Good, the Beautiful".

5. Harvey's Reading Sauce. 당시 널리 사용되던 소스 상표. 1793년 영국 리딩 지방의 어물상 제임스 콕스(James Cocks)가 부인이 개발한 소스를 상품화하여 팔기 시작한 것이 시초가 되었다. 리딩 소스는 1962년까지 생산되었다.

6. 아일랜드 태생의 극작가 겸 배우 디온 부시코(Dion Boucicault)가 쓴 통속적 멜로드라마로, 19세기 미국과 영국에서 선풍적인 인기를 끌었으며 20세기 초에는 영화화되기도 했다. 원제인 '콜린 본(Colleen Bawn)'은 이 연극의 여주인공인 에일리 오코너를 가리키는데, 아일랜드어로 '순백의 미소녀' 혹은 '금발 미소녀'라는 뜻이다.

7. 압지를 고정시키는 판. 압지는 책상 위에 놓고 그 위에 글씨 쓴 종이를 엎어서 잉크를 빨아들이는 종이를 말한다.

스나크 사냥
— 여덟 경련(經聯)의 사투[1]

여름의 금빛 나날과
여름 바다의 속삭임을 기억하며
한 사랑스런 아이에게 바친다.

그 소녀는 마치 사내애처럼
  거친 옷을 입고 꽃삽질에 열중하지만
다정한 무릎에 기대어 이야기를 조르기도 좋아하지요.
  기꺼이 들려주고픈 이야기들을.

싸움이 들끓는 바깥세상의 무례한 조롱꾼들은
  수수하고 소박한 그녀의 영혼을 읽을 수 없죠.
정 원한다면 그렇게 여기시지요.
      그 나날들이 인생의 낭비라고, 기쁨을 찾을 수 없다고!

상냥한 아가씨, 그대의 재잘거림으로
      내 마음을 두통에서 구해주세요.
잘난 말은 내 마음을 녹이지 못한답니다.
      아이의 사랑과 기쁨 지닌 이에게 행복 있나니!

가라, 애틋한 상념아, 내 영혼을 더 괴롭히지 마라!
　　　내 불면의 밤과 분주한 낮은 노동에 붙들렸으니.
비록 저 햇살 찬란한 해변의 기억이
　　　아직도 꿈꾸는 내 눈앞에 아른거린다 해도!²

서문

만일 이 짧지만 교훈적인 시가 이치에 안 맞는 헛소리로 매도
된다면 — 그럴 가능성이 다분하지만 — 그것은 단연코 다음
구절 탓일 것이다(이 책 188쪽).

이따금 기움 돛대가 키에 들러붙었다.

이 괴로운 가능성에 직면하여, 나는 분개해서 내가 쓴 다른 글
들을 흔들어대며 내가 애당초 그런 짓을 할 능력이 없는 위인
임을 (호소할 수도 있겠지만) 호소하지 않겠다. 또 이 시의 강
한 교훈적 의도나 그토록 주의 깊게 심어놓은 수학적 원리나
고매한 박물학 강의 따위를 (늘어놓을 수도 있겠지만) 늘어놓
지도 않겠다. 나는 그저 어떻게 그런 일이 벌어졌는지를 설명
하는 건조한 길을 택하련다.

겉모양새에 병적으로 민감했던 우리의 등장인물 종잡
이는, 일주일에 한두 번씩 기움 돛대를 배에서 내려 니스 칠
을 해주곤 했다. 그런데 그 일이 한 번 이상 있자, 그것이 원래
배의 어느 쪽 끝에 붙어 있었는지 아무도 기억해낼 수 없었다.
그렇다고 종잡이에게 호소해봤자 아무짝에도 쓸모없다는 걸
모두가 잘 알았다 — 그는 해군 교범을 뒤적이더니 아무도 알
아듣지 못하는 해군 수칙을 딱한 어조로 읽어내려갔다 — 그
래서 그 소동은 대개 기움 돛대를 키에 동여매는 것으로 마무

리되곤 했다. 그러는 동안 키잡이*는 눈물을 머금고 한켠에 비켜서 있곤 했다. 그는 일이 완전히 잘못되었음을 알았지만, 아아! 수칙 제42조, '아무도 키를 잡은 사람에게 말을 걸어서는 안 된다'에 종잡이가 다음과 같은 사족을 덧붙였던 것이다. "그리고 키를 잡은 사람은 아무에게도 말을 걸어서는 안 된다." 그래서 항명은 불가능했고, 다음 니스 칠하는 날까지는 키 조종도 불가능했다. 이 혼란스런 막간에 배는 대개 거꾸로 거슬러 항해했다.

이 시가 어느 정도는 재버워크에 대한 시[3]와 연관을 맺고 있으므로, 이 기회를 빌려 내게 자주 들어왔던 질문에 대답하도록 하겠다. "slithy toves(나끈한 토브들)"를 어떻게 발음하느냐는 문제가 그것인데, "slithy"의 'i'는 '라이드(writhe)'처럼 길게 발음하고, "toves"는 '그로브즈(groves)'와 같은 운을 띤다. 한편 "borogoves(보로고브들)"의 첫 번째 'o'는 '보로(borrow)'의 첫 번째 'o'처럼 발음된다. 그걸 '워리(worry)'의 'o'처럼 발음해보려고 애쓰는 사람들도 있단 얘길 들었다. 그런 것을 일러 **인간의 패덕성**이라고 한다.

말이 난 김에 그 시에 나왔던 다른 어려운 단어들도 짚고 넘어가기로 하자. 내가 보기엔 하나의 단어 안에 합성어처럼 두 개의 의미가 포개져 있다는 험프티 덤프티의 견해가 맞는 것 같다.

---

* 이 임무는 주로 구두닦이의 몫이었다. 그는 이를 자기 구두 세 켤레가 충분히 닦이지 않았다는 빵쟁이의 끝없는 불평에서 벗어날 도피처로 삼았다. — 원주

예를 들어 '씩씩대다(fuming)'와 '펄펄 뛰다(furious)'를 놓고 보자. 어느 단어를 먼저 입 밖에 낼지 정하지 않은 채, 두 단어를 한꺼번에 말하기로 마음먹는다. 그럼 입을 열어 말해 보자. 만일 여러분의 생각이 아주 조금이라도 '씩씩대다' 쪽에 기울어져 있다면, 아마 "씩씩펄펄(fuming-furious)"이라고 내뱉게 될 것이다. 또 반대로 만약 머리카락 한 올이라도 '펄펄 뛰다' 쪽으로 기울어 있다면 "펄펄씩씩(furious-fuming)"이란 말이 나올 것이다. 그런데 여러분이 만약 완벽한 중용의 도를 깨친 드문 재능의 소유자라면? 결과는 "씩펄씩펄(frumious)"이 될 것이다.

[셰익스피어의 「헨리4세」에서] 피스톨이 다음의 유명한 대사를 읊은 순간을 가정해보자.

어느 쪽 왕을 섬기느냐, 이 악당아? 말하지 않으면 죽으리라!

셸로우 판사는 답이 윌리엄 아니면 리처드 둘 중 하나라는 건 확실히 알았지만, 누구라고 말해야 할지 판단이 안 섰다고 치자. 그는 어느 쪽 이름을 섣불리 다른 이름보다 먼저 말할 수 없었으므로, 그 자리에서 죽느니 차라리 "릴치엄!"이라고 내뱉었을 것임은 의심의 여지가 없다.

"밀물 너머로 한 명씩 들어 옮겨"**4**

첫 번째 경련
상륙

"스나크[5]가 살기 딱 좋은 곳이군!" 종잡이[6]가 외쳤다.
　　그는 한 손가락으로 대원의 머리채를 휘어잡고
밀물 너머로 한 명씩 들어 옮겨
　　주의 깊게 배에서 내리는 중이었다.

"스나크가 살기 딱 좋은 곳이군! 이제 두 번 말했다.
　　여기까지만 해도 제군의 사기는 높아질 것이다.
스나크가 살기 딱 좋은 곳이야! 이제 세 번 말했다.
　　내가 그대들에게 세 번 말하는 것은 참이다."

대원은 다 갖춰졌다. 구두닦이[7]에,
　　모자와 두건을 만드는 장인,
분쟁을 중재하기 위해 데려온 변호사에,
　　물건에 값을 매길 중개상[8]까지.

당구장 직원[9]은 수완이 뛰어나서 어쩌면
　　자기 몫 이상을 챙길 수도 있었을지 모르나―
그들의 현금 전체는 거금을 주고 채용한 은행가가
　　수중에 넣고 관리하였다.

비버도 한 마리 있었는데 그것은 갑판을 서성이거나
　　뱃머리에 앉아 레이스를 뜨곤 했으며
(종잡이의 말에 따르면) 여러 번 그들을 난파에서 구해냈다.
　　어떻게 구했는지, 선원들은 전혀 알지 못했지만.

승선하면서 많은 물건을 분실하여
　　유명해진 자도 한 명 있었는데, 그는
우산, 시계, 일체의 보석과 반지,
　　그리고 이번 탐험을 위해 구입한 옷가지를 잃어버렸다.

그는 상자 마흔두 개를 주의 깊게 포장하여 그 하나하나에
　　자기 이름을 똑똑히 적어놨지만
그 사실을 말하는 걸 빼먹는 통에
　　해변에 고스란히 놓고 와버린 것이다.

그는 부츠 세 켤레와 더불어
　　외투 일곱 벌을 껴입고 왔으므로
옷을 잃어버린 건 별 문제가 아니었지만― 가장 심각한 일은
　　그가 자기 이름을 까맣게 잊어버린 것이었다.

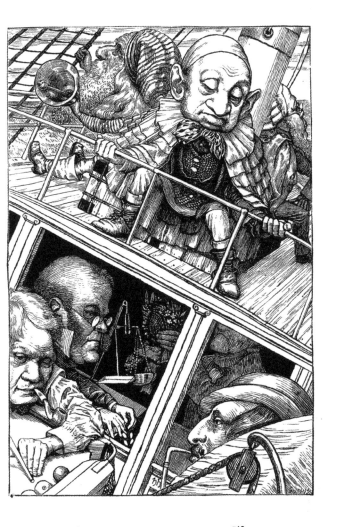

"그가 자기 이름을 까맣게 잊어버린 것이었다."**10**

그를 부를 때는 "어이!" 하거나,
　"날 달달 볶아줘!" "내 가발로 부침개 지져줘!"[11] 하는 식으로
　　아무 소리나 내지르거나,
"거기뭐라고했지!" "쟤이름이뭐더라!"라고 부르면 되었지만,
　특히 "아무개 씨!"라고 하면 잘 통하곤 했다.

한편 좀 더 유효한 단어를 선호하는 이들을 위해
　그는 다른 이름들도 갖고 있었다.
친한 친구들은 그를 "몽당초"라고 부르고
　적들은 그를 "치즈 토스트"라고 불렀다.[12]

"저놈은 생김새도 꼴사납고 머리도 좋지 않지만"
　(이렇게 종잡이는 자주 말하곤 했다)
"용기만은 완벽하다! 어쨌든 그거야말로
　스나크를 잡는 데 필요한 거지."

그는 하이에나들한테도 눈을 치켜뜨고
　고개를 건들거리며 농을 걸곤 했으며,
곰과 발을 맞잡고 거닌 적도 있었다.
　"그냥 놈의 기운을 좀 북돋아줄까 해서요"라고 그는 말했다.

그는 **빵쟁이**로 왔지만 그가 뒤늦게 털어놓은 말은
　　불쌍한 **종잡이**를 반쯤 미치게 만들었다.
그는 웨딩 케이크밖에 못 굽는다고 했는데
　　그런 걸 만들 재료는 없었음을 밝혀야겠다.

마지막 대원은 특별한 언급을 요한다.
　　그는 믿기 힘들 정도로 우둔하게 생겼고
머리에는 딱 한 가지 생각뿐이었지만— 그 딱 한 가지 생각이
　　바로
　　'스나크'였으므로, 선량한 **종잡이**는 그 자리에서 그를 채용
　　　하였다.

그는 **푸주한**[13]으로 들어왔으나
　　배가 항해한 지 일주일 됐을 때
자기는 비버밖에 도살할 줄 모른다고 엄숙히 선언하였다.
　　종잡이는 겁에 질렸고, 소스라쳐 거의 말을 잇지 못했다.

그는 한참 있다가 떨리는 목소리로 설명하였다.
　　이 배에는 **비버**가 딱 한 마리 있는데
나만의 비버이며 길들인 비버이기에
　　그것의 죽음은 깊은 슬픔을 초래할 것이라고.

우연찮게도 어깨너머로 그 말을 들은 비버는
　　눈물을 글썽이며 항의하였다.
스나크를 사냥했을 때의 그 환희로도
　　이 경악을 씻어낼 수는 없을 거라고!

그것[14]은 푸주한을 별도의 배에
　　태울 것을 강력히 건의했지만,
종잡이는 그건 자기가 세운 탐험 계획에
　　어긋나는 일이라고 선언하였다.

배 한 척과 종 한 개만으로도
　　항해란 언제나 어려운 기술이었다.
그의 입장에서 배 한 척을 더
　　떠맡는 일만은 반드시 피해야 했다.

물론 비버의 최선책은
　　방검(防劍) 외투 한 벌을 중고로 장만하는 것이었고─
이것은 빵쟁이의 조언이었다─차선책은,
　　이름 있는 회사에 생명보험을 드는 것이었다.

은행가는 두 가지 탁월한 보험 상품의
　　대여 혹은 구매를 (저렴한 가격에) 제안했는데
하나는 화재보험이었고 또 한 가지는
　　우박 재해에 대비한 보험이었다.

그래도 **비버**는 애석했던 그날 이후로
　　푸주한이 옆으로 지나갈 때면
별다른 이유 없이 흠칫 놀라며
　　내내 반대쪽만 쳐다보았다.

"비버는 내내 반대쪽만 쳐다보았다."**15**

두 번째 경련
종잡이의 연설

모두가 **종잡이**를 하늘 높이 칭송했으니—
　　그토록 훌륭한 몸가짐, 여유, 고상함!
게다가 그토록 점잖기까지! 누구든 그의 얼굴을 보는 순간
　　그의 현명함을 깨달으리라!

일찍이 그가 사온 거대한 해도의 바다 위에는
　　육지라고는 단 한 점도 없었다.
모두가 이해할 수 있는 지도였기에
　　그들은 매우 만족하였다.

"메르카토르도법의 북극, 적도, 회귀선,
　　자오선 따위가 다 뭔 소용이람?"
하고 **종잡이**가 외치면 대원들은 화답하곤 했다.
　　"그런 건 틀에 박힌 기호일 뿐이야!"

"다른 지도는 섬이니 곶(串)이니 하는 모양이 잔뜩 있지만,
　　우리에겐 용감한 고마운 **선장**이 있다!"
(그래서 대원들은 이렇게 단언하곤 했다) "그가 우리에게 사
　　다준 것이 최고—
　　완벽하고도 순수한 백지!"[16]

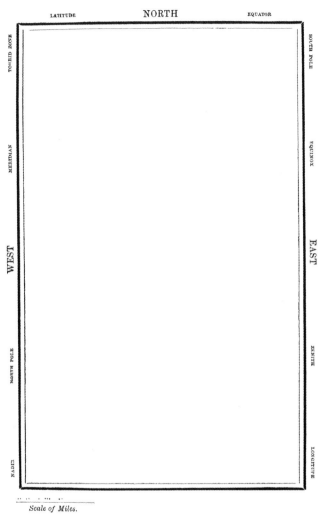

LATITUDE　　　　　NORTH　　　　　EQUATOR

SOUTH POLE

TORRID ZONE

EQUINOX

MERIDIAN

WEST　　　　　　　　　　　　　　　EAST

NORTH POLE

ZENITH

NADIR

LONGITUDE

Scale of Miles.

"해도"

그것은 물론 멋졌지만 그들은 곧 깨달았다.
　　그토록 철석같이 믿었던 선장이
대양을 횡단하는 데는 한 점의 개념도 없다는 것을,
　　종을 찌르릉대는 것만 제외하고는.

그는 사려 깊고 근엄했지만— 그가 내리는 명령은
　　선원들을 당혹케 하기에 충분하였다.
"키는 우현으로! 그러나 뱃머리는 좌현으로!"라고 외치면
　　키잡이는 어떻게 하란 말인가?

게다가 이따금 기움 돛대가 키에 들러붙었다.[17]
　　종잡이는 이것이 열대기후에서는
배가 말하자면 '스나크'되었을 때에
　　자주 일어나는 현상이라고 설명하였다.

그러나 항해에 중대한 문제[18]가 발생하자
　　당황한 종잡이는 머리를 쥐어뜯으며 중얼거렸다.
적어도 바람이 동쪽으로 불어올 때는
　　배가 서쪽으로 가진 않을 줄 알았다고!

그러나 위험은 지나가고— 마침내 그들은 상륙하였다.
　　상자와 큰 가방[19]과 자루를 끌고.
하지만 깊은 구렁과 바위산뿐인 풍경을 보자
　　대원들은 첫눈에 실망하였다.

종잡이는 대원들의 사기가 떨어졌음을 느끼고
　　고난의 시기를 대비한 비장의 농담 몇 개를
낭랑한 어조로 읊어줬으나
　　대원들은 툴툴대기만 할 뿐이었다.

선장은 럼주를 넉넉하게 돌린 뒤
　　그들에게 해변에 앉을 것을 명했다.
그가 일어서서 연설을 하자 그들은
　　자신들의 선장이 위대해 보임을 고백할 수밖에 없었다.

"동지여, 동포여, 로마 시민이여! 귀 좀 빌려주시오!"[20]
　　(그들은 모두 인용구를 좋아했기에,
종잡이가 추가 배급 식량을 돌리는 동안
　　그의 건강을 위해 건배하고 만세 삼창을 했다.)

"우리는 여러 달과 여러 주를 항해하였소,
　　(한 달이 4주임은 누구든지 알 것이오)
하지만 아직까지 (선장의 말은 틀리는 법이 없지)
　　우리는 스나크의 코빼기도 보지 못했소!

우리는 여러 주와 여러 날을 항해하였소,
　　(일주일은 7일이라고 해두겠소)
그러나 스나크는, 우리가 그토록 바라 마지않는 그것은,
　　지금껏 단 한 번도 목격하지 못했소!

자 들으시오, 대원들이여,
　내 다시 한 번, 어디를 가든 혼동의 여지없이
보증된 진짜 스나크를 알아볼 수 있는
　틀림없는 다섯 가지 특징을 알려주겠소.

순서대로 들겠소. 첫 번째는 맛이오.
　마치 허리가 다소 꽉 끼는 외투에
도깨비불 향을 가미한 듯한,
　빈약하고 공허한 그러나 바삭바삭한 맛이오.[21]

또 그것은 늦잠 자는 버릇이 있소.
　다섯 시 티타임에 아침을 먹고
그다음 날에 저녁을 먹는 일이 다반사라면
　도가 지나치다는 데 여러분도 동의할 거요.

셋째는 농담을 알아듣는 데 굼뜨다는 것.
　행여 그것에게 과감히 농담을 걸면
그것은 심히 괴로운 듯이 한숨 쉴 거요.
　말장난에는 항상 정색한다오.

넷째는 그것이 이동 탈의실[22]을 좋아하여
　항상 그 물건을 끌고 다닌다는 것.
의문의 여지가 있는 견해지만 그것은
　그 물건이 경치에 아름다움을 더해준다고 믿고 있다오.

다섯 번째는 야심이오. 이건 다음에
　　무리별로 나누어 설명하는 편이 옳을 듯하오.
깃털이 있고 무는 놈들과,
　　수염이 있고 할퀴는 놈들을 구분해서 말이오.

평범한 스나크는 전혀 해가 없으나
　　이 점만은 말해두어야 할 듯하오.
그중 일부는 **부줌**[23] — ” 여기서 **종잡**이는 놀라 말을 멈췄다.
　　빵쟁이가 기절해버렸기 때문이다.

　　　　세 번째 경련
　　　　빵쟁이의 이야기

그들은 그를 머핀으로 깨우고 얼음으로 깨우고
　　겨자와 물냉이[24]를 곁들여서 깨우고
잼과 현명한 충고를 버무려서 깨우고
　　수수께끼를 내서도 깨워보았다.

한참 있다가 그는 일어나 말을 할 수 있게 되었다.
　　그는 들려줄 슬픈 이야기가 있다고 했다.
종잡이가 외쳤다. “조용! 찍소리도 내지 말 것!”
　　그리고 흥분해서 종을 찌르릉댔다.

쥐 죽은 듯이 조용해졌다! 찍소리나 끽소리도 나지 않았고
　　심지어 악 소리나 끙 소리도 거의 안 났다.
그사이 "어이!"로 통하는 그 사나이는
　　케케묵은[25] 말투로 자신의 사연을 들려주었다.

"저희 부친과 모친께서는 비록 가난하지만 정직한 분들이셨
　　읍죠—"
　　"다 건너뛰어!" 종잡이가 황급히 외쳤다.
"날이 어두워지면 스나크를 잡을 기회가 없다—
　　단 1분도 낭비할 시간이 없어!"

"그럼 40년을 건너뜁니다."[26] 빵쟁이가 눈물을 글썽이며 말했다.
　　"선장님이 스나크 사냥을 도와달라고
저를 배에 태웠던 그날에 대해서도
　　긴 말 안 하고 넘어갑니다.

존경하옵는 제 백부께(제 이름은 그분의 성함을 따서 지은 것
　　입죠)
　　작별 인사를 드리러 갔을 때, 그분이 말씀하시길—"
"오! 존경하옵는 백부 얘긴 건너뛰어!"
　　종잡이가 분연히 종을 찌르릉대며 소리 질렀다.

"그때 그분이 말하길," 유순한 사내가 말을 이었다.
　　"'스나크가 스나크이면, 그땐 괜찮다.
온갖 수단을 동원해 그것을 잡아서 데려오너라— 푸성귀를 먹
　　이면 된다.
　　그것은 성냥불을 켜는 데도 요긴하지.²⁷

골무를 기울여 그것을 찾고, 주의를 기울여 그것을 찾아라.
　　포크와 희망으로 그것을 쫓아라.
철도 주식²⁸으로 생명을 위협하고
　　미소와 비누로 그것을 홀려라.

("바로 그거야", 뻔뻔스러운 종잡이가
　　성급히 끼어들어 외쳤다.
"그게 바로 내가 항상 들었던
　　스나크 잡는 방법이야!")

하지만 오, 내 해밝은²⁹ 조카야, 그날을 조심하여라,
　　스나크가 부줌이 되는 때를! 그 순간
너는 소리 없이 돌연히 꺼져버리고
　　우린 두 번 다시 만날 수 없을 것이다!'

"하지만 오, 내 해밝은 조카야, 그날을 조심하여라."[30]

그것이야말로, 그것이야말로 제가 백부님의 마지막 말씀[31]을
　　생각할 때에
　　제 영혼을 짓누르는 것이죠.
제 심장은 떨리는 두부[32]로 흘러넘치는
　　밥그릇이 되어버리곤 한답니다!

그것이야말로, 그것이야말로 ― ""그 말은 아까 했잖아!"
　　종잡이가 짜증을 내며 말했다.
빵쟁이는 대답했다. "한 번만 더 말할게요.
　　그것이야말로, 그것이야말로 제게 두려운 것이랍니다!

밤마다 어둠이 내리면 전 스나크와 맞붙어
　　꿈속에서 혼미한 전투를 치른답니다.
희미한 어둠 속에서 그것에게 푸성귀를 먹이고
　　성냥불을 긋는 데 써먹는답니다.

하지만 행여 **부줌**과 마주친다면, 그날
　　(장담하건대) 바로 그 순간에 저는
소리 없이 돌연히 꺼져버릴 겁니다.
　　바로 그 생각이, 제가 견딜 수 없는 겁니다!"

네 번째 경련
사냥

종잡이는 무루퉁한[33] 표정을 하고 이맛살을 찌푸렸다.
　"그런 얘긴 미리 했어야지!
지금 와서 그걸 얘기할 계제가 아니지!
　스나크를, 말하자면 목전에 둔 이때에!

물론 자네를 다시 못 보게 된다면
　우리 모두는 당연히 슬프겠지. 그건 믿어주게나.
하지만 이 사람아, 항해를 시작했을 때
　그때 확실히 귀띔해줬어야 하지 않나?

지금 와서 그런 걸 얘기할 계제가 아니지—
　이 말은 아까도 한 것 같지만."
그러자 "어이!"로 통하는 사내가 한숨을 쉬며 대답했다.
　"전 우리가 출항하는 날 알려드렸는데요.

제가 살인을 했다거나, 지각이 없다고 추궁할 수는 있어도
　(우리 모두 가끔은 약해질 때가 있잖습니까),
사기를 쳤다니, 전 딴 건 몰라도
　거짓말의 '거' 자도 모르는 사람인뎁쇼!

전 그 얘길 히브리 말로도 했고, 덴마크 말로도 했고,
　　독일 말과 그리스 말로도 했는데,
설마 대장님이 영어를 하는 줄은 (이게 참 난처한 부분인데)
　　그만 까맣게 잊어 먹었다고요!"

그 말을 듣는 **종잡이**의 표정은 점점 우울해졌다.
　　그는 말했다. "딱한 이야기로군.
하지만 이제 자네 입장은 다 얘기했으니
　　더 왈가왈부하는 건 어리석은 짓이겠지.

나머지 연설은," (그는 대원들을 향해 말했다)
　　"다음에 시간 날 때 하기로 한다.
그러나 **스나크**가 가까이 있다. 다시 한 번 말한다!
　　그것을 찾는 일은 제군의 영예로운 임무다!

골무를 기울여 그것을 찾고, 주의를 기울여 그것을 찾아라.
　　포크와 희망으로 그것을 쫓아라.
철도 주식으로 생명을 위협하고
　　미소와 비누로 그것을 홀려라!**34**

스나크는 기묘한 피조물이라,
　　범상한 방식으로는 잡히지 않을 것이다.
아는 것은 다 해보고, 모르는 것도 다 해보아라.
　　오늘 단 한 번의 기회도 놓쳐선 안 된다!

"포크와 희망으로 그것을 쫓아라."**35**

영국은 제군 모두가 [36] — 더 이상 말하는 건 자제하겠다.
　　거창하지만 진부한 격언이니까.
제군은 각자 짐을 풀어
　　전투에 필요한 장비로 무장하도록."

그러자 은행가는 (횡선을 그은) 백지수표에 이서하고 [37]
　　남은 은화를 지폐로 교환하였다.
빵쟁이는 머리와 구레나룻을 정성껏 빗고 [38]
　　코트의 먼지를 털어냈다.

구두닦이와 중개상은 번갈아가며
　　숫돌에 삽날을 갈아 벼렸다.
허나 비버는 이런 법석에도 전혀 아랑곳없이
　　하염없이 레이스만 뜨고 있었다.

변호사가 그것의 자존심에 호소하고자
　　레이스 뜨기가 권리침해임을
일찍이 입증한 수많은 판례를
　　열거하는 데 착수했으나 헛수고였다.

모자쟁이가 활을 새로 개량할 계획을
　　필사적으로 세우는 동안,
당구장 직원은 떨리는 손으로
　　코끝에 초크 칠을 하고 있었다.

그러나 **푸주한**은 잔뜩 긴장해서
　　노란 가죽 장갑과 주름 깃으로 차려입고는
꼭 만찬회에 가는 기분이라고 고백하였고
　　종잡이는 "헛소리"라고 일축하였다.

"우리가 함께 그것을 만나게 되면,
　　제발 절 소개시켜 주세요! 착하게 굴게요."
종잡이는 짐짓 현명하게 고개를 끄덕이며 말했다.
　　"그건 날씨에 달려 있지."

푸주한이 쭈뼛대는 모습을 보고
　　비버는 이리저리 질주양양하였다.[39]
심지어 **빵쟁이**까지 그 둔하고 살찐 체구로
　　한쪽 눈을 찡긋하려고 노력하였다.

"남자답게 굴어라!" **푸주한**이 훌쩍이기 시작하자
　　종잡이가 벌컥 화를 내며 소리 질렀다.
"저 사나운 **접접** 새와 마주치기라도 하면,
　　그땐 있는 힘을 다 쏟아부어도 모자랄 테니!"

다섯 번째 경련
비버의 수업

그들은 골무를 기울여 그것을 찾고, 주의를 기울여 그것을 찾
	았다.
	포크와 희망으로 그것을 쫓았다.
철도 주식으로 생명을 위협하고
	미소와 비누로 그것을 홀렸다.

푸주한은 혼자서 따로 출격한다는
	독창적인 계획을 착안해내고
사람이 거의 다니지 않는
	음산하고 황량한 계곡을 점찍었다.

그러나 **비버**도 똑같은 계획을 생각해내고
	공교롭게도 그와 똑같은 장소를 선택하였다.
물론 둘 다 자기 얼굴에 떠오른 혐오감을
	말이나 몸짓으로 드러내진 않았지만 말이다.

둘은 자기가 오로지 '스나크'만을
	그리고 오늘의 영예로운 임무만을 생각하는 중이라 되뇌며
둘이 같은 길로 가고 있음을
	애써 깨닫지 못한 척했다.

하지만 계곡은 좁아지고 또 좁아지고,
　저녁은 어두워지고 또 추워져서,
어느새 그들은 (결코 기꺼워서가 아니라 겁이 나서)
　어깨를 맞대고 걷게 되었다.

그때 높고 새된 비명이 음산한 하늘을 찢자
　둘은 어떤 위험이 임박했음을 직감하였다.
비버는 꼬리 끝까지 창백해졌고
　심지어 푸주한마저도 현기증이 났다.

그는 저 멀리 두고 온 어린 시절을,
　행복하고 천진했던 시절을 생각하였다.
비명을 들은 그의 머리에 떠오른 것은
　바로 연필이 석판 위에서 삐걱거리던 그 소리였다!

"이건 접접의 울음소리야!" 돌연 그가 외쳤다.
　(소싯적에 "지진아" 소리를 듣던)
그가 자랑스럽게 덧붙였다.
　"종잡이님의 말씀에 따라, 이로써 한 번 말했다 이거야."

"이건 접접의 울음소리야! 계속 세어줘, 제발.
　내가 두 번 말한 거 너도 들었지?
이건 접접의 울음소리야!
　세 번 말하면 증명 완료지."

비버는 한 마디 한 마디에 귀 기울이며
　　꼼꼼하고 세심하게 수를 세었다.
그러나 그 말이 세 번째로 반복됐을 때
　　낙담한 그것은 절망에 빠져 훚울었다.[40]

그것이 기울인 온갖 노고가 무색하게도
　　어찌 된 일인지 셈을 까먹은 것이다.
이제는 그것의 딱한 머릴 쥐어짜
　　합계를 내는 일만 남았다.

"둘 더하기 하나는— 아아, 이것이
　　양 손가락으로 가능하다면!"
그것은 눈물을 머금고, 전엔 어떻게
　　손쉽게 합을 구했는지 기억을 더듬으려 애썼다.

푸주한이 말했다. "할 수 있어, 내 생각에는.
　　해내야 해, 내 장담하건대.
해낼 거야! 종이와 잉크를 줘.
　　구할 시간이 있는 한 최고급으로."

비버는 종이와 서류첩과 잉크와 펜을
　　있는 대로 꾸역꾸역 가져다줬다.
꾸물거리는 이상한 생물들이 굴에서 기어 나와
　　호기심 어린 눈으로 그들을 쳐다보았다.

"비버는 종이와 서류첩과 잉크와 펜을 가져다줬다."[41]

푸주한은 너무 열중해서 그들을 보지 못했다.
　　그는 양손에 펜을 들고 적어나가며
비버가 충분히 알아들을 수 있는
　　대중적인 방식으로 죽 설명했다.

"3을 들어서 따져보자고.
　　설명하기에 편리한 수지.
여기에 7을 더하고 또 10을 더하고
　　또 1000에서 8을 뺀 숫자를 곱해

그 결과를 여기에 보이다시피
　　992로 나누어준다.
여기서 다시 17을 빼면,
　　완전무결한 정답이 되지.[42]

나한테 시간만, 자네한테 머리만 있었어도,
　　여기 적용된 계산법이 내 머리에 아직 생생히 남아 있는 동
　　　안에
자네에게 기꺼이 설명해줄 텐데.
　　하지만 아직 설명 못 한 게 너무 많다네.

그전까지 절대 신비에 싸여 있었던 것을
    나는 단 한순간에 파악했지.
내 추가 비용 없이 자네를 위해
    대략의 박물학 강의를 전수하겠네."

그는 (적절한 규범을 깡그리 잊고,
    소개도 없이 수업을 하면
학회에서 난리가 나리라는 것도 잊은 채)
    친절하게 설명을 이어나갔다.

"기질로 보면 접접은 매우 사나운 새인데
    끝없는 걱정 속에서 살기 때문이지.
또 그것의 옷 취향은 굉장히 부조리한데
    유행을 몇 세대 앞서 나가기 때문이야.

하지만 전에 한 번이라도 만난 친군 전부 기억해.
    뇌물 따위는 거들떠보지도 않고,
자선 행사 때는 문간에 서서 기부금을 걷지.
    자기가 기부하는 일은 없지만.

이것을 요리하면 그 풍미는
    양고기나 굴이나 계란보다도 더 일품이지.
(누구는 상아 단지에 담아야 최고라고도 하고,
    누구는 마호가니 통이라고도 하고)

톱밥에 삶고 아교로 붙여 소금을 친 뒤
    메뚜기와 띠를 넣고 농축시키되,
한 가지 염두에 두어야 할 주된 목표는—
    바로 그 대칭 형태를 보존하는 것이지."**43**

푸주한은 다음 날까지도 즐겁게 얘기할 태세였지만
    이제 강의를 마쳐야 함을 알았다.
그는 비버를 친구로 여기겠노라 말하려 하며
    기쁨에 겨워 눈물 흘렸다.

비버는 눈물보다 더 큰 의미가 담긴
    애정 어린 눈길로 그를 바라보면서,
단 10분간, 책으로 70년 배울 것보다
    더 많은 걸 배웠노라고 고백하였다.

그들이 손에 손을 맞잡고 돌아오자
    고귀한 감정에 북받쳐 (잠깐) 남자다움을 잃은 종잡이는 말
        했다.
"이로써 우리가 험악한 바다에서 보낸
    피로한 날들을 넘치게 보상받았구나!"

비버와 푸주한이 맺은 그런 우정은
　　설령 있다 해도 매우 드물었다.
겨울이나 여름이나 한결같았고—
　　홀로 있는 모습은 절대 볼 수 없었다.

행여 싸움이 벌어질라치면— 대개 싸움이란,
　　아무리 노력하더라도 일어나게 마련이니까—
그들은 **접접**의 울음소리를 마음에 떠올렸으며,
　　그것이 그들의 우정을 길이 굳혀줬던 것이다!

여섯 번째 경련

변호사의 꿈[44]

그들은 골무를 기울여 그것을 찾고, 주의를 기울여 그것을 찾
　　았다.
　　포크와 희망으로 그것을 쫓고
철도 주식으로 생명을 위협하며
　　미소와 비누로 그것을 홀렸다.

하지만 **비버**의 레이스 뜨기가
　　불법임을 입증하느라 지친 **변호사**는
깜빡 잠이 들었다. 그리고 오래전부터 상상했던
　　그 동물을 꿈에서 생생히 목격하였다.

208

꿈속의 그는 어슴푸레한 **법정**에 서 있었다.
　　안경을 쓰고 가운을 걸치고
가발을 쓰고 목에 밴드[45]를 맨 스나크가
　　우리를 탈출하여 기소된 돼지를 변호하고 있었다.

증인은 우리가 발견되었을 때 이미 비어 있었음을
　　실수나 착오 없이 증언하였다.
판사는 낮게 웅얼대는 소리로
　　법률적 상황을 계속 설명하였다.

기소 내용을 분명히 알아들을 수 없었으므로
　　스나크가 그것을 대신 받아서
돼지가 무엇을 했는지를 모두가 파악할 때까지
　　장장 세 시간에 걸쳐 연설하였다.

(기소장을 낭독하기 오래전부터)
　　서로 의견이 달랐던 **배심원들**은
전부가 동시에 떠들기 시작하여
　　서로의 말을 한 마디도 알아들을 수 없었다.

"여러분도 알다시피 —" 판사가 입을 열자 스나크가 외쳤다.
  "허튼소리!
  이 법령은 완전히 시대에 뒤떨어졌소!
친애하는 동료들이여, 이 모든 문제는
  케케묵은 영주권(領主權)에 근거해 있소!

반역죄에 있어 돼지는 방조 혐의는 있으나,
  교사 혐의는 전혀 해당되지 않소.
한편 '채무 부존재'라는 피고의 답변을 그대들이 인정한다면
  파산죄는 성립하지 않음이 명백하오.

탈주 사실에 대해서는 반론하지 않겠소.
  그러나 알리바이가 입증되었으므로
(본 소송비용에 관한 한)
  피고는 유죄가 아니라고 확신하오.[46]

제 불행한 의뢰인의 운명은 이제 그대들의 한 표에 달려 있소."
  여기까지 하고 스나크는 자리에 앉았다.
그리고 판사에게 기록을 참조해서
  사건 개요를 설명하라고 요구하였다.

그러나 판사는 한 번도 사건 개요를 설명해본 적이 없다고 했다
　　그래서 스나크는 그 일을 대신 떠맡아
사건 개요를 너무 잘 설명한 나머지
　　증인들이 말하지 않은 것까지 설명하였다!

평결할 때가 되자 배심원들은 이를 거부하였다.
　　철자를 발음하기가 너무 어려웠기 때문이다.
그러나 그들은 스나크가 그 일 역시도
　　기꺼이 떠맡아주기를 바라 마지않았다.

그래서 스나크는, 그날의 중노동으로
　　기력을 소진했음을 자인하면서도 평결을 내렸다.
"유죄!"가 선언되자, 배심원들은 모두 신음했고
　　그중 일부는 기절했다.

다음으로 스나크는 판결문을 낭독하였다.[48]
　　판사가 너무 긴장해서 한 마디도 할 수 없었기 때문이었다.
그것이 일어서자 핀 떨어지는 소리도 들릴 정도로
　　한밤중처럼 고요해졌다.

내려진 선고는 "종신 유배,
　　그리고 벌금 40파운드."
배심원들은 모두 환호했지만
　　판사는 그 구절의 법적 유효성을 우려하였다.

그러나 그들의 열광은 돌연 저지되었다.
　　교도관이 눈물을 머금고 말하길,
돼지가 이미 몇 년 전에 사망했기에
　　그 선고는 전혀 효력이 없다는 것이었다.

판사는 심히 불쾌한 낯빛으로 법정을 나갔다.
　　그러나 스나크는, 다소 아연실색했으나,
변론을 위임받은 변호사로서
　　마지막 순간까지 고함을 쳤다.

변호사의 꿈에서 그 고함 소리는
　　시시각각 점점 더 또렷해졌다.
미칠 듯한 종소리에 잠을 깨보니
　　종잡이가 그의 귀에다 대고 종을 울리고 있었다.

　　　　　　일곱 번째 경련
　　　　　　은행가의 운명

그들은 골무를 기울여 그것을 찾고, 주의를 기울여 그것을 찾
　　았다.
　　포크와 희망으로 그것을 쫓고
철도 주식으로 생명을 위협하며
　　미소와 비누로 그것을 홀렸다.

은행가는 모두의 눈을 사로잡을 정도로
　　전례 없는 용기에 고취되어서
스나크를 찾으려는 열의에 불타
　　미친 듯 앞으로 돌진하더니, 일행의 시야에서 사라졌다.

그러나 그가 골무와 주의를 기울여 찾고 있을 때
　　밴더스내치[49]가 잽싸게 다가와 은행가를 움켜잡으니,
도망쳐도 소용없음을 깨달은 그는
　　절망에 허우적대며 절규하였다.

그는 파격적인 할인을 제시하였다.
　　그는 7파운드 10실링짜리 ('지참인불'[50]) 수표를 제시하였다.
그러나 밴더스내치는 목을 쭉 빼고
　　은행가를 한 번 더 움켜쥘 따름이었다.

사나운 턱이 씩펄씩펄[51] 물고 흔들자
　　그는 끊임없이 쉴 틈도 없이
펄쩍 뛰고 버둥대고 펄떡대다가
　　결국 바닥에 뻗어 기절하였다.

공포에 찬 비명 소리를 듣고 일행이 몰려오자
　　밴더스내치는 달아났다.
종잡이가 말했다. "바로 이게 내가 우려했던 일이야!"
　　그리고 엄숙하게 종을 울렸다.

"너무 소스라쳐서 조끼가 허옇게 탈색됐으니"

그의 얼굴은 흙빛이 되었고
　　예전 모습과 닮은 부분을 전혀 찾을 수 없었다.
너무 소스라쳐서 조끼가 하얗게 탈색됐으니,
　　참으로 놀라운 광경이었다!

그날 모인 모두가 공포에 질린 가운데
　　그는 야회복을 갖춰 입은 채로 일어서더니
무의미하게 낯을 찡그리며 무슨 말을 하려 애썼지만
　　그의 혀는 이미 표현 능력을 잃은 뒤였다.

그는 의자에 주저앉아 두 손으로 머리를 쓸어 넘기고
　　뼛조각 한 쌍을 달각거리며[52]
그의 실성을 입증하는 헛소리들을
　　지극히 처여린[53] 음조로 노래하였다.

"그를 자기 운명에 맡겨두어라. 시간이 흐르고 있다!"
　　종잡이가 경악을 뚫고 소리 질렀다.
"우린 이미 반나절을 허비했다. 조금만 더 늦으면,
　　날이 저물기 전에 스나크를 잡지 못할 것이다!"

216

여덟 번째 경련
소멸

그들은 골무를 기울여 그것을 찾고, 주의를 기울여 그것을 찾
　　았다.
　　포크와 희망으로 그것을 쫓고
철도 주식으로 생명을 위협하고
　　미소와 비누로 그것을 홀렸다.

수색이 실패할지 모른단 생각에 그들은 몸을 떨었다.
　　그리고 마침내 흥분한 비버까지도
꼬리 끝으로 통통 뛰며 따라다녔다.
　　해가 거의 지려 했기 때문이었다.

"저기 거시기놈이 뭐라고 소리 지른다!" 종잡이가 말했다.
　　"미친놈처럼 소리 지른다! 들어봐!
손을 휘저으면서 머리를 건들거린다!
　　분명히 스나크를 찾은 것이야!"

일동은 기뻐하며 바라보았다. 푸주한이 외쳤다.
　　"저놈은 언제나 구제 불능의 건달[54]이었어!"
그들은 보았다. 그들의 이름 없는 영웅, 빵쟁이가
　　건너편 바위산 꼭대기에 올라선 것을.

217

한순간 숭고히 우뚝 섰던 그 사나운 형상은
　　다음 순간 (경련을 일으킨 듯)
깊은 구렁 속으로 뛰어들었다.
　　그들은 두려운 마음으로 기다리며 귀 기울였다.

"스나크다!"라고 그들에게 닿은 첫 외침은
　　거의 귀를 의심할 만큼 좋은 소식 같았고
곧이어 웃음과 환호의 물결이 휘몰아쳤다.
　　그런데 불길한 다음 말은 "아니 부—"

그리고, 침묵. 누구는 허공 속에서
　　"—줌!"이라는 종잡을 수 없는 한숨 소리를 들었다고 상상
　　　　했지만,
다른 이들은 그것이 그저
　　지나가는 바람 소리였을 뿐이라고 단언한다.

그들은 어둠이 내릴 때까지 수색했지만,
　　그들이 서 있는 자리가 바로
빵쟁이가 스나크와 마주친 곳임을 확인해주는
　　단추 하나, 깃털 하나, 흔적 하나도 찾지 못했다.

그가 하려 했던 말을 채 맺기도 전에
　그의 웃음과 환희가 채 가시기도 전에
그는 소리 없이 돌연히 꺼져버렸다.
　보다시피, 그 스나크는 **부줌**이었으니까.

"그리고, 침묵."**55**

1. An Agony in Eight Fits. 여기서 '`Agony`'는 '큰 괴로움, 신체적 고통, 죽음 등을 동반한 사투'의 의미로 쓰였다. 또 여기서 '`Fit`'는 '경련(痙攣)'과 '시의 한 연(聯)'이라는 두 가지 뜻이 있다. 여기서는 '연을 경유한다'는 뜻의 '경련(經聯)'으로 번역했다.

2. 이 시 원문의 첫 단어 '`Girt`'와 각 행의 첫 글자를 차례로 더하면, 루이스 캐럴이 이 시를 헌정한 소녀의 이름인 '거트루드 채터웨이(Gertrude Chaterway)'가 된다. 루이스 캐럴은 거트루드가 9살 때 그녀와 친구가 되었고 여러 차례의 여름휴가를 해변에서 같이 보냈다.

3. 『거울 나라의 앨리스』에 나오는 난센스 시 「재버워키」를 말한다. 『거울 나라의 앨리스』에서 험프티 덤프티의 설명에 따르면, '토브'는 오소리 비슷한 동물인데 도마뱀 같기도 하고 코르크 마개 뽑이 같기도 하며, 해시계 밑에 둥지를 틀고 치즈를 먹고 산다. 또 '보로고브'는 마치 "살아 있는 걸레"처럼 털이 삐죽삐죽 튀어나온 마르고 초라한 새다. '`slithy`'의 번역어 "나긋한"은 '나긋나긋한(lithy)'과 '끈적끈적한(slimy)'을 합성한 조어로, '위키문헌' 사이트에 실린 '`Timefly`'의 「재버워키」 번역을 참조했다(https://goo.gl/FMu1lQ).

4. 이 삽화에서 종잡이에게 머리채를 잡힌 인물은 은행가다. 그는 망원경을 옆구리에 끼고 있다. 삽화가 헨리 홀리데이가 그린 종잡이의 얼굴은 흥미롭게도 시인 앨프리드 테니슨과 닮은 모습을 하고 있다. 종잡이는 이 시의 모든 삽화에 등장한다.

5. 루이스 캐럴이 만든 '스나크(Snark)'라는 단어의 어원에 대해서는 '`snail`(달팽이)'과 '`shark`(상어)'의 합성어라는 추측도 있고 '`snake`(뱀)'와 '`bark`(짖다)'의 합성어라는 추측도 있지만 어느 하나 확실한 것은 없다.

6. Bellman. 원래 옛날에 종을 울리면서 관청의 공고를 알리던 관원을 가리키던 말이다. 이 시에서 종잡이는 사실상 배의 선장 역할을 하고 있다. 옛날 배에서는 30분짜리 모래시계가 다 떨어질 때마다 종을 치는 식으로 시간을 알렸는데, 종을 치는 패턴은 4시간 주기로 반복되었다. 4시간 동안 종이 총 8차례 울리는 것과 이 시가 '여덟 경련'으로 이루어져 있는 것을 연관시켜 볼 수도 있다.

7. Boots. 호텔이나 여관에서 구두를 닦는 등의 허드렛일을 하던 사람이다. 그는 이 시의 삽화에 한 번도 모습을 드러내지 않는 유일한 인물이다.

8. Broker. 여기서는 집세를 못 냈다든지 하는 경우 압류된 물건의 값을 평가하고 매각하는 일을 하던 사람을 가리킨다. 빅토리아시대의 카툰, 소설, 연극에는 중개상을 반유대주의적으로 묘사한 캐리커처가 흔히 등장했다.

221

9. 'Billiard marker(당구 기록원)'는 당구장에서 점수를 계산하고 기록하는 일이 주요 업무였지만 당구대를 정리하거나 담뱃불을 붙여주거나 겉옷을 받는 등의 갖가지 잔심부름도 했다.

10. 이 삽화의 위쪽 갑판에 있는 인물들은 왼쪽부터 종잡이, 빵쟁이, 변호사이고, 아래쪽 갑판의 인물들은 왼쪽부터 당구장 직원, 은행가, 모자쟁이, 중개상이다. 빵쟁이는 외투 일곱 겹을 껴입고 부츠 세 켤레를 신은 채 상자에 걸터앉아 있다(만약 이 상자가 그가 가져온 짐 중의 하나라면 그는 상자 전부를 해변에 놓고 오진 않은 셈이다). 은행가 옆에는 금과 은화를 다는 천칭이 있고, 중개상은 지팡이를 입에 물고 있다. 그림 맨 아래 가운데 부분에는 헨리 홀리데이의 이니셜 'hh'가 쓰여 있다.

11. "Fry me!", "Fritter my wig!". 이런 관용구는 실제로 존재한 적이 없기 때문에 루이스 캐럴이 만들어낸 말인 듯하다. 미국의 수학자이자 과학 저술가이며 루이스 캐럴 연구의 권위자로 이름난 마틴 가드너(Martin Gardner)는 "fry me"가 영국 콘월 지방의 속담인 "fry me for a fool and you'll lose your fat in the frying"에서 왔다고 추정한다. 여기서 'fry'는 '남을 속여먹다, 사기 치다'라는 뜻이다. 'fritter'에는 '튀김'과 '잘게 찢다'라는 두 가지 뜻이 있으므로 이에 따라 두 가지로 해석될 수 있다. 하나는 말 그대로 가발에 밀가루 반죽을 입혀서 기름이나

라드에 부쳐 '가발 부침개'를 만드는 것이고, 또 하나는 가발을 잘게 찢는 것이다.

12. 마틴 가드너는 그(빵쟁이)의 별명들이 모두 열을 가하는 것이나 뜨거운 것과 관련되어 있음을 지적했다. 이는 그가 빵을 굽는 일을 하는 것과도 관련 있지만, 그가 열대지방을 항해하면서도 외투 일곱 겹과 부츠 세 켤레를 고집스레 껴입고 있는 사실과도 연관된다. (이는 그가 자기 존재가 사라져 버릴까봐 두려워했기 때문인지도 모른다.) "몽당초(Candle-ends)"라는 별명은 마지막에 그가 스나크를 만나 꺼져버리는(vanished away) 사건을 암시하는 것일 수도 있다.

13. 이로써 열 명의 대원이 모두 소개되었다. 이 열 명은 전부 B로 시작하는 이름을 가지고 있다(Bellman, Boots, Bonnet-maker, Barrister, Broker, Billiard-marker, Banker, Beaver, Baker, Butcher). 홀리데이가 캐럴에게 그 이유를 묻자 그는 이렇게 대답했다고 한다. "안 될 것 없잖아요(Why not?)"

14. 이 시에서 비버는 대원들 중 유일하게 성별이 불분명한 '그것(it)'이라는 대명사로 지칭되고 있다.

15. 삽화에서 푸주한은 비버 털로 만든 모자를 쓰고 허리에는 칼을 가는 쇠숫돌을 차고 있다. 비버는

222

'필로우(pillow)' 위에 밑그림을 펼쳐놓고 그 위에 핀을 꽂은 다음 작은 '보빈(bobbin, 실패)'에 실을 감아 움직이며 핀에 꼬아서 엮는 방식의 '필로우 레이스'를 뜨고 있다.

16. 이와 반대로 『실비와 브루노 완결편』 11장에는 '세상 모든 것을 표시한 지도'가 나온다. 여기 나오는 한 독일인 교수는 자기 나라의 지도 제작자들이 점점 더 큰 지도를 실험하다가 마침내 일대일 축척의 지도를 만들게 된 이야기를 들려준다. "하지만 그건 아직까지 한 번도 펼쳐진 적이 없지요. 농부들이 반대했거든요. 지도가 나라 전체를 덮으면 햇볕이 못 들어온다고요!"

17. 기움 돛대는 뱃머리에서 앞으로 비스듬하게 불쑥 튀어나온 큰 돛대를 말한다. 178쪽 삽화에서 은행가의 머리채를 잡고 옮기는 종잡이의 뒤쪽 배경에 뚜렷하게 묘사되어 있고, 185쪽 삽화에서 레이스를 뜨는 비버의 뒤쪽으로도 그 일부가 보인다. 기움 돛대가 키에 들러붙은 연유에 대해서는 캐럴이 서문에서 자세히 설명하고 있다.

18. 이 '항해의 중대한 문제'는 캐럴이 서문에서 설명한 대로, 기움 돛대를 키에 동여매어 키 조종이 불가능하기 때문에 배가 거꾸로 항해한 사건을 가리키는 듯하다.

19. portmanteau. '대형 여행 가방'이란 뜻도 있지만 '합성어'란 뜻도 있다. 『거울

나라의 앨리스』에서 험프티 덤프티는 이렇게 말한다. "그건 여행 가방 같은 것이지 — 하나의 단어 안에 두 개의 의미가 담겨 있는 거지(You see it's like a portmanteau — there are two meanings packed up into one word)."

20. 이 말은 셰익스피어의 희곡 「줄리어스 시저의 비극(The Tragedy of Julius Caesar)」 중 시저의 장례식에서 행해진 안토니우스의 연설 첫 대목이다.

21. "meagre and hollow, but crisp". 허리가 꽉 끼는 외투는 야위었고(mea-gre) 속이 텅 비었으며(hollow) 빳빳하기도(crisp) 하다.

22. bathing-machines. 19세기의 해수욕장에서 쓰던, 말이 끄는 이동식 탈의차. 당시 점잖은 사람들은 해수욕을 할 때 이 안에서 몸을 씻고 옷을 갈아입었다.

23. 'Boojum'은 한글로 옮겼을 때 '부점'과 비슷하게 발음되지만, 'Snark'와 'Boojum'의 음성적 대비를 좀 더 극명히 살리기 위해 '부줌'이라고 표기했다. 'Snark'는 짧고 날카롭고 높은 음조를 띤 반면 'Boojum'은 느리고 낮고 둔중한 느낌을 준다. 또 '부줌'은 부점(附點, [부ː쩜])으로 잘못 연상될 여지가 없으며, 좀 더 낯설고 불길하면서도 약간 익살스러운 느낌이 있다.

24. mustard-and-cress. 샐러드나

223

샌드위치용으로 백겨자와 냉이 씨를 섞어 뿌려 재배한 것. 싹이 나면 잘라서 주로 빵 사이에 넣어 샌드위치를 만든 다음 티타임에 곁들여 먹었다.

25. antediluvian. '(노아의) 대홍수 이전의'라는 뜻.

26. 빵쟁이의 나이가 40대 초반임을 짐작할 수 있다. 캐럴은 42세 때인 1874년에 「스나크 사냥」을 쓰기 시작했다. 일부 평자들은 이를 빵쟁이가 (일일이 자기 이름을 적어넣었지만 깜빡 잊고) 해변에 두고 온 상자 42개와 연결시켜, 빵쟁이가 바로 캐럴 자신을 풍자한 인물이라고 추측하기도 한다. 빵쟁이의 꼴사나운 생김새, 그리 좋지 않은 머리, 여러 개의 이명(異名), 상자를 포장한 방식에서 드러난 꼼꼼한 성격, 밤마다 잠을 설치고, 하이에나와 농담을 주고받으며, 머리를 건들거리는 습관 등은 일종의 자조 섞인 자화상으로 해석할 수 있다. 캐럴은 「판타즈마고리아」에서도 작중 화자의 나이를 42세로 소개한다(이 시를 쓸 때 캐럴의 나이는 30대였다). 또 이 시 「스나크 사냥」의 서문에는 '수칙 제 42조'가, 『이상한 나라의 앨리스』에는 '규칙 제42항'이 등장한다.

27. 이는 스나크가 용처럼 입에서 불을 뿜기 때문일 수도 있고, 성냥을 그을 수 있을 정도로 살가죽이 단단하기 때문일 수도 있다.

28. 19세기 중엽 영국에서는 새로 부설되는 철도 노선에 대한 투기 열풍이 불었다. 미친 듯이 철도 주식을 사들이는 사람들을 가리켜 '철도팡(railway mania)'이라 일컫는 신조어까지 등장할 정도였다. 열풍이 지난 후에는 주식의 폭락으로 인해 자살하는 사람들이 속출했다. "철도 주식으로 생명을 위협한다"는 구절에는 이런 사회상이 반영되어 있다.

29. 원 단어는 'beamish'. 『거울 나라의 앨리스』에 수록된 「재버워키」에 나오지만 엄밀히 말하면 캐럴이 처음 만들어낸 단어는 아니다. 이 단어는 옥스퍼드영어사전에 'beaming(기쁨에 차서 환히 웃는)'의 변이형으로 등재되어 있으며 그 용례는 1530년으로 거슬러 올라간다.

30. 창문 밖 해변에 빵쟁이가 주의 깊게 포장한 42개의 상자 중 일부와 상자에 적힌 일련번호들이 보인다.

31. 홀리데이는 백부의 "마지막 말씀 (last words)"을 '죽기 전의 마지막 유언'으로 해석한 듯하다. 194쪽 삽화에서 백부는 잠옷 차림으로 침대에 앉아 있고, 손은 관절염으로 마디에 옹이가 지고 구부러졌으며, 찬장에는 약병들이 놓여 있다.

32. 원문에 쓰인 단어는 'curd'. 치즈의 원료가 되는 응유(凝乳), 또는 응유처럼 엉겨 굳어진 식품을 가리킨다.

33. 원 단어는 'uffish'. 역시 「재버워키」에 나오는 조어다. 캐럴은 한 꼬마 친구에게 보낸 편지에서 이 단어를, "목소리가 좀 무뚝뚝하고(gruffish) 태도가 좀 퉁명스럽고(roughish), 성미가 좀 뿌루퉁할(huffish) 때의 마음 상태"라고 설명했다.

34. 이 연은 이 시 전체를 통틀어 총 여섯 번이나 반복된다. 따라서 우리는 캐럴이 이 연에 자신만 아는 은밀한 암호를 숨겨 놓았으리라고 추측할 수 있다. 마틴 가드너는 골무, 포크, 철도 주식, 미소, 비누가 '두 번째 경련'에 나오는 스나크의 "틀림없는 다섯 가지 특징"과 관련이 있지 않을까 하는 가설을 내놓았다. 포크는 바삭바삭한 스나크 고기를 먹는 데 사용된다. 철도 주식은 부자가 되려는 스나크의 야심을 자극하는 덫으로 활용된다. 미소는 스나크에게 언제 말장난이 행해졌는지를 알려주는 용도로 쓰인다. 비누는 스나크가 끌고 다니는 이동 탈의실에서 쓰기 위한 것이며, 골무는 늦잠 자는 스나크의 머리를 두드려 깨우기 위한 것이다(서양 골무는 주로 금속이나 도기 같은 단단한 재료로 되어 있다).

35. 이 삽화에서 가슴을 드러낸 여인은 '희망'이다. 그녀는 닻을 들고 있는데, 비유적으로 닻은 최후의 순간에 붙들 수 있는 희망을 상징하며, 전통적으로 희망을 의인화한 도상에서 흔히 등장한다. (어쩌면 이 여인은 178쪽 삽화에서 기운 돛대 밑에 붙어 있는 선수상[船首像]일 수도 있다.) 또 삽화 뒤쪽에 고개를 숙이고 있는 여인은 '주의(Care)'이다. '주의'를 의인화한 것은 원래 캐럴의 의도가 아니라 홀리데이의 해석이었다. 이 시의 첫 연에서 종잡는 "주의 깊게(with care)" 대원들을 배에서 내리는데, 말 그대로 "주의와 더불어" 대원들을 배에서 내렸다, 즉 다른 대원들과 더불어 그녀도 같이 배에서 내려주었다고 해석할 수도 있다.

삽화의 왼쪽 위 구석에는 중개상이 지팡이를 물고 있고, 그 옆에는 빵쟁이가 있다. 변호사는 가발과 법복을 착용하고 있다. '희망'이 들고 있는 닻과 은행가가 들고 있는 소리굽쇠(tuning fork)까지 포크로 치면 이 삽화에는 포크가 총 다섯 개 등장한다. 은행가가 소리굽쇠를 들고 있는 이유는 은행가가 지폐(notes, '음[音]'이라는 뜻도 있음)를 다루는 직업이기 때문일 것이다. 그는 또 178쪽 삽화에서처럼 망원경도 들고 있다. 한편 비버는 현미경을 들고 있다. 이 시에서 캐럴은 망원경이나 현미경에 대해 언급하지 않았지만, 참고로 『거울 나라의 앨리스』의 기차 장면에서는 역무원이 앨리스를 망원경으로 관찰했다가 다시 현미경으로 관찰한다.

36. "영국은 제군 모두가 자신의 의무를 다하길 기대한다(England expects every man to do his duty)." 1805년 넬슨이 트라팔가르해전에서 전사하기 직전 영국 함대에 내린 마지막 명령이라고 알려져 있다.

37. 이서(裏書)는 수표를 양도할 때 그 뒷면에 양도인의 이름과 주소를 기입하는 것이고, 횡선은 수표 발행인 또는 소지인이 수표의 표면에 두 줄의 평행선을 사선 또는 수직으로 그은 것이다. 이렇게 횡선을 그은 수표는 은행 또는 지급인의 거래처에 대해서만 지급할 수 있으므로 도난 시 부정 이용되는 일을 방지할 수 있다.

38. 하지만 홀리데이의 삽화에서는 빵쟁이에게 구레나룻이 없다.

39. 원 단어는 'galumphing'. 캐럴이 'gallop(질주하다)'과 'triumphant(의기양양한)'를 합성하여 「재버워키」에 넣은 단어다. 이 번역어는 '위키문헌' 사이트에 실린 'Timefly'의 「재버워키」 번역을 참조했다(https://goo.gl/FMu1lQ).

40. Outgrabe. 「재버워키」에서 루이스 캐럴이 만들어낸 단어로, 『거울 나라의 앨리스』에서 험프티 덤프티의 설명에 따르면 '소 울음소리(bellowing)'와 '휘파람 소리(whitsling)'의 중간 정도에 해당하는 소리이며 중간에 재채기 비슷한 소리가 들어간다고 한다. 번역어인 '휫울다'는 '휘파람'과 '울다'를 합성하고 그 사이에 재채기 소리 'ㅊ'을 삽입해서 만들었다.

41. 이 삽화의 왼쪽에서는 '소득세(income tax)'라는 딱지를 붙인 도마뱀이 푸주한의 주머니를 뒤지고

있다. 그 밑에서는 새끼 고양이들이 푸주한의 가죽 장갑을 가지고 장난을 치고 있다. 오른쪽 맨 아래의 큰 물체는 '스탠디시(standish)'라고 하는 장식용 잉크스탠드다. 날개 달린 돼지들은 절대 있을 수 없는 일을 가리키는 속담인 "돼지가 하늘을 난다면(pigs might fly)"에서 유래한 것으로 보인다. 참고로 『이상한 나라의 앨리스』에서 공작 부인은 "돼지가 하늘을 나는 것만큼이나 옳다는 말이지"라고 말하며, 『거울 나라의 앨리스』에서 트위들디는 이렇게 노래한다. "왜 바다가 펄펄 끓는지— / 왜 돼지들이 날개가 있는지."

푸주한의 발치에 놓인 책은 존 윌리엄 콜렌소 주교(Bishop John William Colenso)가 쓴 『산술(Arithmetic)』로 당대의 유명한 교과서였다. 원래 수학 교사 출신이었던 콜렌소는 1846년 남아프리카 나탈의 주교로 파견되었는데, 그곳에서 성경에 대한 줄루족 원주민들의 의문에 대답해주다가 급기야 그 자신이 성경 자체의 역사적·수학적 신빙성에 회의를 품게 되었고, 이런 견해를 공공연히 제기하여 당시 교계와 사회에 엄청난 파문을 일으키며 파문되었다(나중에 법원의 판결로 복직되기는 했다). 캐럴이 콜렌소의 견해에 대해 어떻게 생각했는지는 알려지지 않았다.

콜렌소의 『산술』 옆에 놓인 책의 제목은 『귀류법에 대하여(On the Reductio Ad Absurdum)』이다. 'Reductio Ad Absurdum'은 부정명제가 참이라고 가정하여 그 불합리성을

증명함으로써 원래의 명제가 참임을 간접적으로 증명하는 '귀류법'을 가리키기도 하지만, 말 그대로 풀이하면 '부조리로의 환원'이라는 뜻도 된다. 마틴 가드너는 이 말이 (마치 루이스 캐럴이 해양 모험 서사시를 부조리로 환원한 것처럼) 콜렌소가 성경의 문자적 해석을 부조리로 환원한 것을 뜻하지 않을까 추측했다.

영국의 난센스 시인 J. A. 린든 (James Albert Lindon)은 이 삽화가 B로 시작하는 사물들로 가득 차 있음을 지적했다. 푸주한(Butcher), 비버(Beaver), 종잡이(Bellman), 종 (bell), 손풍금(barrel organ), 박쥐(bats), 나팔(bugles), 악대(band), 병(bottles), 책(books), 손잡이가 굽은 송곳(brace and bit) 등이다. 하지만 후대의 평자 에릭 하이만은 이 삽화에 종이(paper), 서류첩(portfolio), 펜(pens), 돼지(pigs), 새끼 고양이(pussycats), 주머니(pocket), 피콜로(piccolo), 파이프(pipes) 등 P로 시작하는 사물들도 많이 있음을 지적했다.

42. 푸주한은 증명하려는 숫자인 3으로 시작해서 일련의 계산 과정을 거쳐 도로 3을 얻는데 이는 전형적인 순환논법이다. 여기서 푸주한이 한 계산을 수식으로 옮기면 다음과 같다.

$$\frac{(x + 7 + 10)(1000 - 8)}{992} - 17$$

보다시피, x에 어떤 숫자를 넣어도 결과는 그대로 x가 된다.

43. 여기서 푸주한이 말하는 접접 요리법은 톱밥을 풀로 뭉쳐서 정다면체 모형의 뼈대를 만드는 법을 패러디한 것이라는 해석도 있다. 그렇다면 메뚜기(locust)는 궤적(locus)의, 띠(tape)는 줄자(tape measure)의 말장난으로 볼 수 있다.

44. 홀리데이가 그린 변호사의 얼굴은 당대의 유명한 소송 사건인 '티치본(Tichborne) 사건'의 변호인이었던 에드워드 케닐리(Edward Kenealy)의 캐리커처임이 거의 확실하다. 1854년 젊은 귀족이었던 로저 티치본(Roger Tichborne) 경이 바다에서 실종되었다. 아들의 사망을 믿을 수 없었던 그의 어머니 티치본 부인은 신문에 아들을 찾는 광고를 냈고, 1865년 호주 출신의 푸주한인 아서 오턴(Arthur Orton)이 자신이 티치본이라 연락을 해왔다. 그의 외모와 말투는 실종된 로저 경과 전혀 닮지 않았지만 어쨌든 모자는 감격적으로 상봉했다. 그러나 로저 경의 막대한 재산을 물려받은 티치본 부인의 며느리(죽은 둘째 아들의 부인) 측은 그의 진위에 의문을 제기하며 1871년 소송을 걸었고, 이는 영국 사법사에서 가장 길고도 우스꽝스러운 재판으로 이어졌다. 아서 측 변호인인 케닐리는 재판정에서의 무례하고 난폭한 언행으로 큰 물의를 일으켰다. 루이스 캐럴은 이 재판을 관심 있게 지켜봤고, 아서가 결국 유죄로 판결 나 14년 형을 선고받은 사실을 1874년 2월 28일 자 일기에

적었으며, 그러므로「스나크 사냥」의
재판 장면을 쓸 때 이 사건을 염두에
두었을 가능성이 있다.

45. 밴드는 직사각형의 하얀 리넨 두
개를 잇댄 목 가리개로, 영국의 판사와
변호사들이 전통적으로 법정에서
착용한다. 삽화에서는 스나크의 가발
밑으로 목 양쪽에 흰 사각형 밴드가
보인다.

46. 스나크의 주장은 재미있는
순환논법으로 볼 수 있다. 엄밀히 말해서
알리바이는 혐의자가 범행 현장에
부재했음을 의미한다. 스나크는 자신의
의뢰인이 그 시각에 다른 곳에 있었기
때문에 탈주 혐의가 없다고 주장하고
있다.

47. 삽화에서 법복을 입은 스나크는
'불법 침해(Trespass)', '명예훼손(Libel)',
'모욕죄(Contempt)'라고 적힌 서류를
들고 있다. 스나크 왼편으로는 한 손에
열쇠 꾸러미를 든 채 다른 한 손으로
눈물을 훔치고 있는 교도관이, 그
옆으로는 재판장과 배심원들과 원고측
변호인이 보인다. 이 모든 꿈을 꾸고
있는 변호사의 귓가에 대고 종잡이가
종을 울리고 있다.

48. 참고로『이상한 나라의 앨리스』에는
퓨리라는 개가 생쥐를 고소하겠다고
협박하며, 자기가 배심원도 되고 판사도
되어 생쥐를 사형에 처하겠다고 으름장
놓는 이야기가 나온다.

49.「재버워키」의 두 번째 연에
"씩씩펄펄대는 밴더스내치(frumious
Bandersnatch)"가 등장한다. 또
『거울 나라의 앨리스』 뒷부분에서 흰
왕과 같이 달리다가 숨이 찬 앨리스가
"1분만 멈추면 안 될까요?" 하고 묻자
흰 왕은 "1분은 굉장히 빠르니 차라리
밴더스내치를 멈추는 편이 더 쉬울
것"이라고 말한다.

50. 특정인을 수취인으로 지정하지
않고 그것을 소지한 사람에게 액면대로
지급하라고 적은 수표.

51. frumious. 이 단어에 대해서는
루이스 캐럴이 이 시의 서문에서 설명한
바 있다.

52. 이 장면의 삽화에서 은행가는
검은 얼굴에 흰 조끼를 입고 양손에
뼛조각 한 쌍씩을 달그락거리고
있다. 이는 백인 배우가 얼굴을
검게 칠하고 흑인을 희화화하며
익살을 떠는 민스트럴 쇼(Minstrel
Show)에서 무식하고 익살스러운 노예
캐릭터로 등장하는 미스터 본즈(Mr.
Bones)를 연상시킨다. 미스터 본즈는
뼛조각으로 된 캐스터네츠를 치며,
(탬버린을 치는 미스터 탬보와 짝을
이루어) 재담과 노래와 춤을 선보였다.
민스트럴 쇼는 미국과 유럽뿐만 아니라
빅토리아시대의 영국에서도 유행했다.
은행가의 발치에 놓인 악보에는 'con
imbecillità(멍청하게)'라는 악상 지시가
적혀 있다.

53. mimsy. 「재버워키」에 등장하는 루이스 캐럴의 조어로, 험프티 덤프티의 설명에 따르면 'miserable(처량한)'과 'flimsy(연약한)'의 합성어이다. 번역어인 '처(悽)여리다'는 '처량하다'와 '여리다'를 합성해서 만들었다.

54. 원 단어는 'wag'. '(머리나 꼬리를) 흔들다', 또는 '게으름뱅이'라는 뜻이 있다. 여기서 푸주한은 빵쟁이가 머리를 건들거리는 모습을 보고 말장난을 했다. 빵쟁이의 이런 버릇은 앞부분에서도 한 번 언급된 바 있다. "그는 하이에나들한테도 고개를 건들거리며 / 눈을 똑바로 쳐다보고 농을 걸 것이다." 마틴 가드너는 푸주한이 비버에게 강의를 하고 이런 말장난을 할 수 있는 것으로 미루어 보기보다 꽤 똑똑한 인물이라고 평가하며, "나머지 대원들이 밤이 될 때까지 무사할 수 있었던 것은 자신이 농담을 못 알아듣는다는 사실을 너무 괴로워한 스나크가 그들과의 대면을 피했기 때문일 것"이라고 말했다.

55. 이 삽화를 조금만 눈여겨보면 공포에 질려 입을 벌린 빵쟁이의 얼굴과, 빵쟁이의 손을 물고 어둠 속으로 사라지는 스나크의 뾰족한 주둥이(혹은 발?)가 그려져 있는 것을 볼 수 있다.

마틴 가드너의 주석들은 다음 책에서 인용했다. 루이스 캐럴, 『스나크 사냥』(마틴 가드너 해설, 펭귄 클래식 [Penguin Classics], 1995).

몸집과 눈물[1]

내가 모래로 뒤덮인 해변에
　소금기 머금은 파도 곁에 앉아,
감히 스쳐 갈 용기가 없기에
　결국 울음을 터뜨릴 때
내 귓가에 한 작은 속삭임이
내가 두려워하는 이유를 물었다.

나는 대답했다. "내가 여기 있는 걸
　　저 흉악한 존스가 알아본다면,
그놈은 지극히 모욕적인 말투로
　　내 이름을 소리쳐 부를 거라고.
그놈은 그런 식으로 내가 뚱뚱하다고 놀린단 말이야
(그럴 때마다 난 불쾌하단 말이야)."

아, 이를 어쩐다! 그놈이 절벽 위에 서 있는 걸 보고 말았다.
　　잘 가라, 잘 가라 희망아,
저놈이 이쪽을 본다면, 그리고
　　저놈이 망원경을 갖고 있다면!
내가 그 어디로 달아난다 해도
저 밉살스런 경쟁자는 나를 쫓아오리라!

밤이면 밤마다, 가는 데마다
　　만찬장에서 나는 저놈과 마주쳤으며,
어느 매력적인 여성을 보고
　　그녀의 마음을 얻지 못할 바엔 차라리 죽겠노라고 맹세할
　　　　때마다
저 비열한은 (저놈은 날씬하고 나는 뚱뚱한 탓에)
어김없이 끼어들어 날 따돌렸기에!

"저놈은 날씬하고 나는 뚱뚱한 탓에"

하녀들도 (마치 그녀들처럼!) 입을 모아
  J. 존스 씨를 칭송한다지.
나는 그들에게 물었지, 도대체 그놈에게
  그렇게 감탄할 구석이 어디 있냐고?
그들은 외쳤지. "그분은 늘씬하고 맵시 있어요.
보기만 해도 눈이 즐겁다고요!"

환상 속의 하녀들은
  담배 연기 속으로 사라지고—
양어깨 사이로 뭔가 뾰족한 것이
  갑자기 쿡 찌르는 느낌이 든다.
"이런, 브라운, 이 자식, 자네 살찌고 있군 그래!"
(저놈이 날 찾아낼 거라고 아까 말했지.)

"이봐, 내가 커지는 건 자네가 상관할 일이 아닌데!"
  "이젠 내 일은 아니지, 짜식!
하지만 내 짐작대로 그게 자네 일이라면,
  그렇다면 브라운, 축하하네!
일이 이토록 번창하는 사람이라면
반드시 알고 지내야 할 거물이 아니겠나!"

하지만 여기서 얘기하는 건 안전하지 않으니—
　　나는 좀 멀리 떨어져 있어야겠네.
자네 몸무게 때문에 이 해변이
　　곧 가라앉아버릴 것 같으니 말이네!"
뚱뚱하단 이유로 날 이렇게 모욕하다니!
맹세컨대 내 저놈을 잘근잘근 씹어주리라!

1. 원제는 'Size and Tears'. 'sighs and tears(한숨과 눈물)'과 발음이 같은 것을 이용한 말장난이다.

캠든 타운의 아탈란타[1]

아아, 여기였지, 바로 이 자리였지.
　　먼 옛날의 그 여름,
　　아탈란타는 나와 함께 있는 걸
　　　지루해하지는 않았지만
나의 애정 어린 말에 대답하지도 않았지, 그녀는 "그런 허튼소
　리 예전에 실컷 들어봤다"지.

　　그녀는 내가 사준 브로치와
　　　목걸이와 허리띠를 하고 있었지.
　　내가 생각했던 그대로
　　　그녀의 심장은 내 열정을 느꼈지.
그녀는 여제가 유행시킨 스타일로 머리를 올리고 있었지.

　　나는 백옥 같은 선녀[2]와
　　　연극을 보러 나갔었지 ―
　　그러나 내가 한 온갖 말들이 무색하게도
　　　그녀는 피곤하다고 했지.
"이곳은 너무 덥고 붐빈다"고, 게다가 "던드리어리[3]를 도저히
　못 참겠다"고 했지.

그래서 나는 생각했지.

　"그녀가 이처럼 징징대고 칭얼대는 게

　다 나를 향한 거로구나!"

　　그 선정적이고 바보스런 웃음을 보니 위안이 되

　　었지.

나는 말했지. "이거, 입이 호사하네요!⁴"—그건 데번셔의 새

　우잡이들에게서 배운 표현이었지.

　그리고 나는 맹세했지.

　"저는 운 좋은 녀석으로 회자될 겁니다.

　아침 식사가 차려지고

　　술꾼들이 알딸딸해지고

웨딩 케이크의 크림이 새하얗고, 찬란한 오렌지꽃⁵이 샛노랄

　때 말입니다!"

　오, 우수에 찬 저 하품이여!

　　오, 천 마디 말이 담긴 저 두 눈이여!

　나는 거창한 지레짐작의

　　서광에 취했었지.

한 번의 눈짓에 찔리고, 한 방울의 눈물에, 한숨의 폭풍에 베

　였었지.

그리고 나는 속삭였지. "바로 지금이야말로!
　　사랑이 최고로 깊어진 순간이 아닐는지요?"
그대가 기다리고 또 흐느끼는 동안
　　우리가 **삶**의 절정을 낭비해야 할까요?
우리 이걸 매듭지읍시다. 허가서로 할지, 공고로 할지?[6]—물
론 공고가 제일 저렴하겠지만요."

"아, 나의 헤로[7]여," 내가 말했지.
　　"그대의 레안드로스가 되게 해주오!"
그러나 나는 그녀의 대답을 놓치고 말았지.
　　"거위"[8]로 끝나는 말 같았는데—
합승 마차가 너무 시끄럽게 덜커덩거려서, 그 어떤 인간도 그
녀의 말을 알아들을 수 없었지.

239

1. 그리스신화를 토대로 한 영국 시인 앨저넌 찰스 스윈번(Algernon Charles Swinburne)의 고전풍 극시 「코리돈의 아탈란타(Atalanta in Corydon)」를 느슨하게 패러디한 시이다. 1867년 루이스 캐럴은 이 시를 익명으로 『펀치(Punch)』에 처음 발표했다. 아탈란타는 그리스신화 속 발 빠른 여자 사냥꾼의 이름이다.

2. "pearl of a Peri". '페리(Peri)'는 페르시아 전설에 나오는 요정으로 아름답고 우아한 여성을 가리킨다.

3. 던드리어리 경(Lord Dundreary). 톰 테일러(Tom Taylor)의 연극 「우리 미국인 사촌(Our American Cousin)」(1858)에 등장하는 어리석은 귀족의 이름. 우스운 구레나룻을 길게 기르고 말실수를 거듭한다. 에이브러햄 링컨(Abraham Lincoln)은 포드 극장에서 이 연극을 보던 도중에 암살되었다.

4. 원 단어는 'scrumptious'.

5. 신부가 결혼식에서 머리에 장식하는 꽃이다.

6. "License or Banns?". 결혼 공고 (banns)는 교회에서 식을 올리기 전에 3주 연속으로 결혼을 예고하여 이의를 묻는 제도로, 1983년에 공식 폐지되었다. 한편 수수료를 내고 성직자에게서 결혼 허가서(marriage license)를 받는 것으로

공고를 대신할 수도 있었다.

7. 헤로와 레안드로스는 그리스신화에 나오는 두 연인이다. 아프로디테의 사제인 헤로와 사랑에 빠진 레안드로스는 헤로의 탑에서 비치는 불빛을 따라 바다를 헤엄쳐 건너 그녀를 만난다. 폭풍이 치던 어느 날 밤 불이 꺼지고 레안드로스가 물에 빠져 죽자, 연인의 시체를 본 헤로도 물에 뛰어들어 죽었다.

8. 원 단어는 'gander'. '숫거위'라는 뜻이 있다. 각운을 맞추기 위해 다소 억지로 갖다 붙인 말이다. 『펀치』에 처음 발표한 판본에서 그녀의 말은 "반증해봐요!(Confound it!)"이다.

오랜 구혼[1]

한 부인이 발치에 애견을 데리고
　　　높이 솟은 격자창 앞에 서서
그 창을 통해 거리의
　　　행인들을 엿보고 있더라.

"문 앞에 어떤 사람이 서서
　　　걸쇠를 덜그럭거리는구나.
말해봐라, 팔팔아,[2]
　　　내가 저이를 들여보낼지."

그러자 부인의 머리 위를 맴돌던
　　　팔팔아가 불쑥이 가로되,
"걸쇠를 덜그럭거리는 저이를 들여보내시오.
　　　저이는 당신과 혼인하기 위해 왔나니."

오, 응접실로 들어온 그는
　　　비탄에 잠긴 한 사내라!
"그대는 그대를 사모해온 연인을
　　　새삼 알아보지 못하나이까?"

"당신이 그토록 오래 멀리 떠나 있었을진대
　　날 사모했음을 내 어찌 알리오?
당신이 한 번도 말한 적이 없었을진대
　　날 사모했음을 내 어찌 알리오?"

그러자 찝찔한, 찝찔한 눈물이
　　사내의 두 뺨에 흘러내리더라. 그가 가로되,
"부인, 저는 그대에게 제 연모의 징표들을
　　셀 수 없이 여러 주에 걸쳐 보냈나이다.

오, 부인은 그 반지들을,
　　　순금 반지들을 받지 못했나이까?
맹세하건대 내 그대에게
　　　80하고도 9개를 보냈나이다."

그 우아한 부인이 가로되, "내게로 왔소이다.
　　　맙소사, 그 조잡스러운 물건이라니!
내 애견이 두른 저 금사슬 목줄이
　　　바로 그 반지들로 만든 것이라."

"또 그대는 내 검은 머리 타래를,
　　　머리 타래를 받지 못했나이까?
내 그것을 고이 상자에 담아,
　　　심부름꾼을 시켜 우편으로 보냈나이다."

그 우아한 부인이 가로되, "그것도 왔소이다.
　　　부디 바라건대 더 보내지 마시오!
내 애견이 베고 누운 저 붉은 방석이
　　　그 머리 타래로 속을 채운 것이라."

"또 그대는 비단 끈으로 묶은
　　　내 서신들을 받지 못했나이까?
머나먼 타국에서 그대를 향해
　　　띄운 연모의 전언을?"

그러자 그 고귀한 숙녀가 가로되, "과연 비단 끈으로 묶인 서신
　　　머나먼 타국에서 오긴 왔다만,
요금이 선납되지 않았던지라
　　　도로 가져가라 일렀소이다."

"오, 그토록 명석하게 잘 쓴 편지를
　　　반송하옵시니 어찌 아니 애석한지고!
그 서신에 담았던 전언을, 그 전갈에 띄웠던 간청을
　　　이 자리에서 몸소 말해야 하나이까."

그러자 팔팔아가 불쑥 일어나
　　　그에게 현명하게 충고하며 가로되,
"이제 법도를 바로 갖추어
　　　무릎을 꿇고 말하라!"

연인은 얼굴이 달아오르는 동시에 창백해져서
　　　몸을 수그리고 무릎을 꿇었더라.
"오 부인, 제가 그대에게 꼭 해야 할
　　　비통한 이야기를 들어주시오!

내 장장 5년하고도 다시 5년간,
　　　그대에게 눈짓으로 구애하였소.
책에서 읽었던 바로 그대로
　　　목례와 윙크로, 미소와 눈물로 구애하였소.

내 장장 10년간, 오 그 지루한 날들을!
그대에게 정표로써 구애하였소.
사냥감을 보내고, 꽃을 보내고
밸런타인데이 카드를 보내 구애하였소.

내 장장 5년하고도 다시 5년간,
머나먼 타국에 나가 있었소.
그대의 마음이 나를 향해서
조금 더 상냥하게 기울 때까지.

이제 30년이라는 세월이 흘러
그대에게 마지막으로 연모를 전하기 위해
먼 타향 땅에서 돌아왔나니
오 부인, 그대 손을 내게 주시오!"

부인은 얼굴이 달아오르지도 창백해지지도 않았으나
연민이 담긴 미소를 지어보이며 가로되,
"당신이 한 것 같은 그런 구애는
길고도 지루한 시간이 걸리는구려!"

이에 팔팔아가 불쑥 나서서
신랄한 조롱의 웃음을 터뜨리더라.
"그런 식으로 구애할 거면,
애초에 하지 말았어야지!"

"이에 팔팔아가 불쑥 나서서 웃음을 터뜨리더라."

"쉿, 우리 순한 팔팔아 조용!"

그와 동시에 애견이 크게 짖으며
　　　　이리 펄쩍 저리 펄쩍 길길이 뛰며
금사슬 목줄을 마구 잡아당기며
　　　　사내를 물어뜯으려 달려들더라.

"쉿, 우리 순한 팔팔아 조용!
　　　　쉿, 우리 예쁜 멍멍아 조용!
지금부터 내 친히 건넬 말을
　　　　저이가 반드시 들어야 하느니라!"

애견이 짖는 소리를 이기기 위해
　　　　우아한 부인이 더더욱 크게 악을 써댈새
그 부인의 주의를 끌기 위해서
　　　　연인도 더더욱 크게 부르짖더라.

팔팔아의 성난 울음소리는
　　　　점점 더 찢어질 듯 높아졌으나,
그날 그중에서도 가장 시끄러웠던 건
　　　　애견이 짖는 소리였다고 사료되노라.

집안 하인과 집안 하녀들이
　　　　부엌 난롯가에 앉아 있다가
응접실에서 흘러나오는 소음을 들으매
　　　　경악해 마지않더라.

(그다지 날씬하진 않다고 여겨지는)
　　　급사 아이가 나서서 가로되,
"자, 누가 응접실로 가서
　　　이 지독한 소란을 가라앉히리까?"

이에 그들은 누가 응접실로 가
　　　이 지독한 소란을 가라앉힐지 정하기 위해
보자기 하나를 가져다 그 안에
　　　나무조각을 던져 제비를 뽑았더라.

나무조각이 동자 앞에 떨어져
　　　가공할 소음을 가라앉힐 자로 뽑히니
모두가 외치더라. "네가 들어가거라,
　　　무슨 일이 벌어지든, 용맹한 급사여!"

동자가 유연한 회초리를 집어 들고는
　　　비만한 개를 향해 내휘두르니
애견이 더더욱 목청을 높여
　　　짖고 또 짖고 또 울부짖더라.

이에 동자가 양 뼈다귀를 집어 드니
　　　애견이 짖던 것을 냉큼 멈추고
용맹한 급사를 졸졸 따라서
　　　부엌 계단을 내려오더라!

"애견이 짖던 것을 냉큼 멈추고"

우아한 부인이 미간을 찌푸리면서
　　　슬프게 가로되, "오, 나한테는
당신 같은 위인 열 명보다도
　　　내 작은 멍멍이가 더 소중하다오!

한숨과 눈물은 쓸모없다오.
　　　속 태워봤자 아무짝에도 쓸모없다오.
당신이 지난 30년간을 잘 기다렸으매
　　　조금 더 기다린다 해도 일없겠거니."

이에 사내가 슬프게, 슬프게 마루를 가로질러
　　　덜그럭덜그럭 걸쇠를 열고
아까 전에 슬프게 들어왔었던
　　　그 문으로 슬프게 도로 나가더라.

"오, 내게도 머리 위를 맴돌며
　　　무슨 말을 해야 할지 귀띔해주는
팔팔아 한 마리가 있었던들
　　　지금쯤 나는 결혼했을 터인데.

오, 내 장차 다른 여인을 찾게 된다면,"
　　　사내가 한숨과 눈물로써 가로되,
"맹세하건대 나의 구애는
　　　또다시 30년이 걸리지 않으리.

내 취향에 그야말로 꼭 들어맞는
　　화사한 여인을 찾게 된다면,
내 최소한 20년 안엔 꼭 청혼하여
　　네 아니오로 양단간에 답을 얻으리."

1. 이 시는 스코틀랜드 국경 지방의 전통 시가인 '보더 발라드(Border Ballad)'의 형식과 어조를 흉내 내어 스코틀랜드 방언으로 쓰여 있다. 보더 발라드는 비극적인 이야기를 간결한 어조로 노래한 것이 특징인데, 영국 시인 월터 스콧(Sir Walter Scott)이 1802–3년 「스코틀랜드 국경의 음유 시인(The Minstrelsy of the Scottish Border)」을 발표하면서 19세기에 새롭게 유행하였다.

2. 원 단어는 앵무새의 고어인 'popinjay'. 번역어로는 앵무새의 다른 말인 '팔팔아(八八兒)'를 썼다.

네 개의 수수께끼

(이 시는 두 편의 이중 아크로스틱과 두 편의 '제스처 게임'으로 이루어져 있다.[1]

    I번은 옥스퍼드 대학 창립 기념 무도회에 참석했던 어떤 젊은 친구들의 부탁으로 쓴 것이다.[2] 종래의 이중 아크로스틱은 생각해낼 수 있는 온갖 주제들을 각각 따로 떨어진 연에 담아 이를 나열하는 식으로 이루어져 있는데, 여기서 나는 이를 하나의 연결된 시로 만들고 마치 백과사전의 한 페이지처럼 죽 읽어내려가도 흥미롭게끔 구성해보았다. 이 시의 첫 두 연은 두 개의 중심 단어를,[3] 그 뒤에 이어지는 연들은 각각 한 개씩의 크로스 '라이트'를 묘사하고 있다.

    II번은 「햄릿」에 출연한 엘런 테리 양의 연기를 보고 나서 쓴 것이다. 이 시의 첫 번째 연은 두 개의 중심 단어를 묘사하고 있다.[4]

    III번은 길버트 씨의 연극 「피그말리온과 갈라테아」에 출연한 매리언 테리 양의 연기를 보고 나서 쓴 것이다.[5] 이 시의 세 연은 각각 "내 첫 번째 것", "내 두 번째 것", "내 전체"를 묘사하고 있다.[6])

기이한 광란에 찌든 한 오래된 **도시**[7]가 있었으니,
  여러 날 동안 그들은 아침부터 저녁까지
붐비는 시내를 서성였고
    춤으로 긴 밤을 지새웠다.

내가 그 이유를 묻자 노인은 슬픈 얼굴을 했다.
  그들은 한 높은 회색 건물을 가리키면서
쉰 목소리로 대답했다. "들어가보게, 젊은이.
    그러면 전부 알게 될 걸세."

지수와 무리수 생각으로 가득 찬 내게
  이 모든 환락이 무슨 소용이리?
    $$x^2 + 7x + 53$$
      $$= 11\frac{1}{3}.[8]$$

그러나 어떤 속삭임이 말했다. "금방 끝날 것이다.
  악단은 내내 연주할 수 없고 여인들도 내내 미소 짓지 못하니
인내심을 갖고 이 달갑잖은 소란을
    아주 잠시 동안만 참도록 하라!"

문득 눈앞의 광경이 바뀌어 — 밤이 되었다.
　　우리는 흥분한 군중 사이를 비집고 나아갔다.
사납게 요동치는 준마들이 우리를 전율케 했고
　　　　그 뒤를 따라 마차들이 돌진하였다.

대리석 홀 안에 강이 흘렀다.
　　반은 모슬린 반은 모직으로 된 세찬 급류였다.
여기서 한 사람이 부서진 화환인지 부채인지를
　　　　애도하며 울분을 삼키고 있었다.

또 여기서 누군가가 한 목마른 여인에게
　　(그의 말은 저 천둥 같은 선율 속에 반쯤 묻혀버렸다)
한 숟갈 먹을 때마다 이가 시릴 정도로
　　　　꽁꽁 언 어떤 음식을 권했다(거기엔 그런 게 많이 있었다).

행복한 휴식이 찾아왔다. 사람의 기력으로
　　쉬지 않고 춤추며 버틸 순 없기 때문에.
결국에 가서는 모두가 어김없이
　　　　완전한 탈진 상태에 다다르기 때문에.

과도한 요구를 하는 파트너에게
　　숙녀들이 선명한 네거티브[9]를
건네는 법을 배우는 게 바로 이 순간—
　　　　이는 사진사들이 사랑하는 것.

반가운 호출이 당도하니 ── 희망이 되살아나고
　　쾡해지던 눈들이 빛나며 맥박이 활기를 띤다.
코르크 마개 뽑는 소리가 끊이지 않고, 부지런한 나이프들은
　　혓바닥 요리와 닭고기를 잘라 내온다.

새로운 생기로 달아오른 군중이 다시 모이고
　　뒤얽힌 말소리와 어지러운 몸짓들이 온 사방을 채우니
마치 황금빛 이삭이 물결치는 들판과 같고
　　폭풍우 몰아치는 바다와 같다.

그렇게 그들은, 대자연이 평화로운 잠과
　　사색에 찬 코골이를 위해 마련해놓은 시간을
끝없는 소음과 무신경한 환락에
　　구두와 마룻바닥을 닳리는 데 다 써버린다.

그리고 꽃다발을 피해 달아나며, 춤을 두려워하고
　　샐러드를 멀리하는 **누군가는**(이름은 대지 않겠다),
그들은 고독한 시간을 보낼 운명을 맞는다.
　　홀로 아크로스틱 발라드를 지으며.

밤이 얼마나 깊었는지! 시간이 두 번 노크하며
　　경고할 시점이 분명 지나지 않았는가?
어스름이 가시고 마침내 아침이 왔다 ──
　　"아저씨, 지금 몇 시죠?"

아저씨는 엄숙하게 고개를 끄덕이고 현명하게 한 눈을 찡긋한다.
　　거기엔 깊은 뜻이 담겼는지도 모르지만, 그걸 어찌 알겠는가?
그가 입을 연다— 그러나 내 생각에 거기에서는,
　　그 어떤 지혜의 말도 흘러나오지 않는다.

II.

예술의 여제인 그대를 위해
　　제 빈약한 기술로 이 화환을 엮으니,
나의 **뮤즈**여, 어색한 구절 한 줄 한 줄을 용서하시고,
　　잘하고 싶었던 제 뜻만을 받아주소서!

———————

오 눈물의 나날이여! 차가운 죽음의 강물처럼
　　사랑하는 이들을 갈라놓는 이 음산한 유령은 어디서 왔는가?
여기에서 속삭이지 않고 저 위에서 들려온 서약에 의해
　　그는 그대에게, 그대는 그에게 묶여 있지 않던가?

그것은 아직 살아 있다, 천국을 향한 저 강렬한 불길은
　　그의 눈 속에서 살고, 그의 음성 속에서 떨린다.
그리고 저 열렬한 격정의 말들은
　　그대를 위해, 오직 그대만을 위해 뛰는 심장의 표시일 뿐.

그러나 모든 것이 사라졌다. 맑게 땡그랑거리는 종들처럼,
　　무너져버린 저 굳건한 마음, 실로 애처로운 광경이어라!
"별들이 불타는 것을 의심하고," 그렇게 그는 신음을 흘린다.
　　"진실 그 자체를 의심하더라도, 그대를 향한 내 사랑만은 으
　　마오!"[10]

그러나 더더욱 슬픈 광경은, 그대의 늙은 아비가
　　믿지 못할 농간으로 그의 백발을 욕되게 하는 것!
이제 그대는 진실이 거짓이라 의심하는가?
　　죽을 것인가, 웃음을 잊어버린 그대는?

아니, 그대여, 차라리 가라! 그대의 모든 사랑스런 몸짓과
　　흩어진 그대 꽃들의 희미한 향기를 남기고.
거룩한 침묵 속에서 약속된 날들을 기다리며,
　　납덩이처럼 무겁게 흐르는 시간을 눈물로 보내라.

III.

대기는 다채로운 빛으로 환하고
　　웃음과 노래로 풍요롭네.
도취된 젊은 가슴들이 드높이 고동치고
　　깃발들이 나부끼며 종소리가 울리네.
그러나 날이 기울면서 침묵이 내려앉고
환락과 놀이는 그 종막을 고하니,
　　　　아, 슬프도다!

주름진 노파여, 그대의 노쇠한 뼈를 편히 기대시오!
　　주전자가 노래하고 난로 불빛이 춤추니,
금빛 환상으로 영혼을 채워주는
　　이 마법의 한 모금을 깊이 들이켜시오!
젊음과 향락은 머물지 않으며
그대는 시들고 지친 백발이 되었으니.
　　　　아, 슬프도다!

오, 희고 차디찬 얼굴! 오, 인간의 격정을
　　미친 듯이 갈망하는 우아한 형상!
대리석에서 얻었고 대리석으로 돌아가는,
　　오, 말로 표현 못 할 절망의 지친 모습!
"그렇게 우릴 떠나지 마요!" 어리석게도 우린 기도하네.
"우린 그대를 보낼 수 없어요!"
　　　　아, 슬프도다!

IV.[11]

내 첫 번째 것은 잘해야 하나.
　　내 두 번째 것은 그보다 여럿.
내 세 번째 것은 아주아주, 지극히 여럿—
너무 여럿이라서 내 생각에는
　　거의 헤아릴 수조차 없을 정도죠.

내 첫 번째 것은 새 한 마리가 따르고,
　　내 두 번째 것은 마법을 믿는 이들이 따르고,
내 순전한 세 번째 것은 너무나 자주
어리석은 희망을, 그리고
　　그럴듯한 사기꾼들을 따르곤 하죠.

내 첫 번째 것은 지혜를 얻으려 노력하지만
　　우울하게도 실패로 끝나고 말죠!
내 두 번째 것은 지혜롭다고 존경받는 사람들.
내 세 번째 것은 지혜의 정상에서
　　미친 어리석음의 나락으로 추락하지요.

내 첫 번째 것의 시간은 하루하루 흘러가고
　　내 두 번째 것의 시간은 이미 끝났지만
내 세 번째 것은 시간을 초월하지요.
그것은 수 세기가 흐른 뒤에도
　　결코 사라지지 않을 것이라고들 하죠.

내 전체는? 그녀의 무수한 얼굴들을 채색하려면
　　　시인의 펜이 있어야 해요.
군주와 노예와 사람들을—
저 높은 산꼭대기와
　　　어둡고 무서운 미로의 소굴을—

번쩍이는 불빛을— 덧없는 그림자를—
　　　인간의 예술로 만들었거나 그 기지로 고안해낸
모든 것들의 처음과 중간과 끝을—
당신이 내 수수께끼를 읽고 싶으면,
　　　가서 그녀의 도움을 청해보세요!

1. 아크로스틱은 각 시행의 첫 글자와 끝 글자를 모으면 또 다른 단어나 어구가 되도록 짜인 짧은 시다. 캐럴은 「네 개의 수수께끼」 중 첫 번째 시가 수록된 『판타즈마고리아 그리고 다른 시들』에서, 'rose(장미)'와 'ring(반지)' 두 단어를 가지고 만든 가장 단순한 형태의 아크로스틱을 소개했다.

> r i v e r
> o b i
> s e v e n
> e g g

각 행의 첫 글자를 차례로 모으면 'rose', 마지막 글자를 모으면 'ring'이 된다.

'이중 아크로스틱(double acrostic)'은 여러 연으로 이루어져 있으며 한 연의 내용이 한 단어를 암시하고—이 단어들을 '크로스라이트(crosslight)'라고 한다— 이렇게 나온 크로스라이트들의 첫 글자들과 마지막 글자들을 각각 모으면 최종적으로 두 단어가 정답으로 나오는—이 단어들을 '업라이트(upright)'라고 한다— 형식이다. 만일 크로스라이트의 중간 글자들을 모아 세 번째 단어를 만들게 되면 이는 삼중 아크로스틱이 된다.

캐럴이 "제스처 게임(charade)"이라고 명명한 뒤의 두 편은 파자(破字) 수수께끼다. 원래 제스처 게임은 몸짓만 보고 그것이 나타내는 단어를 알아맞히는 놀이로 명절이나 파티 때 많이 한다. 캐럴은 이 게임의 명수였다.

2. 1867년 6월 25일 열린 옥스퍼드 대학 창립 기념 무도회를 말한다. 캐럴은 춤을 별로 좋아하지 않았다. 이 시에서 그는 떠들썩한 무도회장의 풍경과, 거기서 소외된 채 구석에 틀어박혀 아크로스틱을 짓고 있는 수학자—바로 자신—의 모습을 풍자하고 있다.

3. 이 시의 첫 두 연이 이 아크로스틱의 최종 정답, 즉 업라이트를 암시하고 있다는 뜻이다. I번과 II번 시의 해답은 캐럴이 생전에 끝내 밝히지 않았는데, 그의 사후에 여러 사람들이 갖가지 풀이를 내놓았지만 그중에서 I번 시의 정답에 가장 가깝다고 인정되는 것은 1915년 H. 커스버트 스콧(H. Cuthbert Scott)이 내놓은 다음의 풀이다(「최고의 아크로스틱[The Best Acrostics]」, 『더 스트랜드 매거진[The Strand Magazine]』 30호, 722–728쪽).

(업라이트를 암시한 첫 두 연을 건너뛰고)
1연: QUADRATIC (이차 [방정식])
2연: UNDERGO (견디다)
3연: ALARM (놀람)
4연: STREAM (흐름)
5연: ICE (얼음)
6연: INTERIM (막간)
7연: NO (아니오)
8연: SUPPER (식사)
9연: ARENA (장[場])
10연: NIGHT (밤)
11연: I (나)
12연: TWO (2시)
13연: YAWN (하품)

이 크로스라이트들의 첫 글자를 차례로 모으면 'quasi-insanity

(유사-정신착란)', 끝 글자를 모으면 'commemoration([여기서는 옥스퍼드 대학 창립] 기념제)'이 된다. 이 두 단어는 이 시의 첫 연과 두 번째 연에서 각각 암시되고 있다.

4. 첫 연에서 암시된 두 개의 중심 단어, 즉 업라이트는 'Ellen Terry(엘런 테리)'다. 엘런 테리는 「햄릿」에서 오필리아를 연기했다. II번 시의 크로스라이트는 2007년 에드워드 웨이클링(Edward Wakeling)과 타카야 카즈나리(高屋一成)가 다음과 같이 풀었다(일본 루이스 캐럴 협회 연회지 『미슈마슈[Mischmasch]』 9호, 152–171쪽).

> (업라이트를 암시한 첫 연을 건너뛰고)
> 1연: ENGAGEMENT (약혼)
> 2연: LOVE (사랑)
> 3연: LETTER (편지)
> 4연: EQUIVOCATOR (사기꾼, 애매한 말로 남을 속이는 사람)
> 5연: NUNNERY (수녀원)

이 크로스라이트들의 첫 글자를 차례로 모으면 'Ellen(엘런)', 끝 글자들을 모으면 'Terry(테리)'가 된다.

5. W. S. 길버트(William Schwenck Gilbert)의 연극 「피그말리온과 갈라테아(Pygmalion and Galatea)」(1871)에서 피그말리온이 만든 조각상 갈라테아는 생명을 얻어 인간이 된다. 하지만 피그말리온의 아내인 시니스카의 질투가 심해지자 갈라테아는 다시 조각상으로 돌아가기로 결심한다.

6. 1연은 첫 번째 단어, 2연은 두 번째 단어, 3연은 첫 번째 단어와 두 번째 단어를 결합한 최종 정답을 암시하고 있다는 뜻. III번 시의 풀이는 다음과 같다.

> 1연: gala (축제)
> 2연: tea (차)
> 3연: gala-tea (갈라테아)

7. 옥스퍼드 대학 캠퍼스를 의미한다.

8. 이 수식은 시의 가운에 맞추어 작성되어 있다(1행 말미의 me–3행 말미의 three, 2행 말미의 surds–4행 말미의 thirds). 이 이차방정식의 해는 실수 범위에 존재하지 않는데, 마틴 가드너는 이것이 혹시 $7x{-}53$의 오기가 아닌가 하는 의견을 내놓기도 했다(마틴 가드너, 『이상한 나라의 수학자』[김진권 옮김, 푸른미디어, 2000], 51쪽).

9. 여기서 '네거티브(negative)'는 '거절'과 '원판 사진'의 두 가지 뜻이 있다.

10. 「햄릿」 2막 2장, 햄릿이 오필리아에게 보낸 편지의 한 구절.

11. IV번 시의 풀이는 다음과 같다.

> 내 첫 번째 것: I (나)
> 내 두 번째 것: magi (동방박사)
> 내 세 번째 것: nation (국가)
> 내 전체: I-magi-nation (상상)

명성의 싸구려 트럼펫

('기부금'을 갈구하는 모든 '독창적 연구자들'에게 애정을
담아서 바친다.)¹

불어라, 너희 트럼펫을, 금이 가도록 불어대라,
        졸렬한 영혼을 지닌 졸렬한 이들아!
황금을 빨아들이는 수많은 거머리 떼를
        너희 등 뒤에 불러 모아 거느려라!

굶주린 아우성으로 온 허공을 채워라—
        "우리가 생각하거나 글쓰기 전에 먼저 보상을 주시오!
당신들의 황금 없이 지식만 갖고는
        이 걸신들린 식욕을 채울 수 없소!"

위대한 플라톤이 고요히 거닐었고
        뉴턴이 동경의 눈빛으로 멈춰 섰던 그곳에서
돼지우리의 꿀꿀대는 소음을 몰고
        더러운 발굽으로 사냥감을 향해 우우 몰려가라!

지불은 너희의 몫, 찬사는 그들의 몫.
　　우리는 그들의 응분의 몫을 빼앗지 않으리라.
또 너희를 옛 영령들과 나란히 거명하여
　　그들을 성가시게 하지도 않으리라.

그들은 불멸의 명성을 추구하여 이에 이르렀으며
　　보상이나 감사를 얻기 위해 수고하지 않았다.
그들의 뺨은 너희 현대의 돌팔이들에 대한
　　순수한 수치심으로 화끈거린다.

너희는 **정의**를 설교하며
　　사랑과 **자비**의 충만을 눈물로 호소하나
고문당하는 사냥개의 신음은
　　무심한 귀로 들어 넘기는구나.

너희는 **지혜**에 대해 떠들지만—아서라,
　　지혜가 노여워하며 너희를 해하지 않도록.
그녀의 앞길을 방해하는 기생충을
　　그 자비 없는 발로 짓밟아버리지 않도록.

가라, 서로의 응접실에 모여라,
　　옹졸한 패거리의 우상들아.
너희에게 허락된 짧은 시간을 빌린 깃털을 꽂고 거들먹거
　　리며
　　　너희의 싸구려 트럼펫을 빽빽 불어라.

너희의 따분한 대화를
　　더 순수했던 시절로부터 빼돌린 지식의 부스러기로
　　　치장하고
서로의 보잘것없는 머리에
　　끈끈한 황금빛 아첨을 발라주어라.

그리고 너희가 정상을 차지하여
　　빛나는 영예의 천상에 서고
너희 모든 수고에 대한 보상을
　　1년에 수백 파운드씩 움켜쥐었을 때,

그땐 명성의 깃발을 펼쳐라!
　　거머쥔 승리의 찬가를 불러라!
너희 양초가 세상을 밝히고
　　태양에 그림자를 드리울지 모르나—

269

"가라, 서로의 응접실에 모여라."

너희가 짧은 시간을 다 소진하고
　　희미하게 깜박이다가 결국 꺼질 때에도,
태양은 여전히 그 숭고하고 투명한 빛을
　　동에서 서로 가득히 채우리라!

1. 명성과 돈만을 쫓는 당대의
과학자들, 특히 살아 있는 동물로 생체
해부(vivisection)를 하는 사람들을
직설적으로 비판한 시. 루이스 캐럴은
과학 실험이라는 명목으로 행해지는
생체 해부를 격렬히 비판했고 이를
규탄하는 글을 몇 차례 발표했다.
그는 동물에게 고통을 가하는 이러한
실험이 교육의 세속화와 윤리의 타락을
보여준다고 생각했다. 캐럴은 이 시를
『더 폴 몰 가제트』, 『펀치』 등 몇 군데의
매체에 투고했지만 너무 격앙된 어조
탓에 거절당해 결국 자신의 시집 『운율?
혹은 의미?』에 실을 수밖에 없었다.

헝클어진 이야기

아서 B. 프로스트 삽화
박정일 감수

나의 제자에게[1]

사랑하는 제자여!
　　그대의 손가락 아래 굴복한
덧- **뺄**- **곱**- 나눗셈과 분수와 비례식은
　　그대의 능란한 속셈을 증명하노라!

그러면 더 전진하라! **명성**의 소리가
　　그대의 이야기를 **대대로** 되풀이하게 하라.
그대가 저 유클리드의 영광마저도
　　능가하는 이름을 얻을 때까지!

서문

이 이야기는 원래 『더 먼슬리 패킷』에 1880년 4월부터 연재되었던 것이다. 필자의 의도는 이 잡지 여성 독자들의 재미와 적절한 교양의 함양을 위해 (마치 우리 어렸을 때 잼 속에 쓴 약을 교묘히 그러나 헛되이 숨겼던 것처럼) 각각의 매듭에 — 경우에 따라 산술, 대수, 기하와 관련한 — 한 개 이상의 수학 문제를 담는 것이었다.

L. C.

1885년 10월.

"시속 6마일의 속도로"

1번 매듭
보다 높이

"도깨비야, 저들을 위아래로 몰아대어라."[2]

저녁놀의 붉은빛이 이미 밤의 어스름한 그림자 속으로 저물어가고 있었다. 두 나그네가 언덕의 바위투성이 사면을 빠르게 — 시속 6마일의 속도로 — 내려가는 광경이 눈에 띌지 모르겠다. 젊은 나그네는 새끼 사슴처럼 민첩하게 이 바위에서 저 바위로 건너뛰었지만, 그의 노쇠한 동행은 그 지역 여행자들의 관습에 따라 무거운 사슬 갑옷을 걸친 팔다리가 불편해 보였고, 젊은이의 옆에서 힘겹게 발을 옮기고 있었다.

그러한 상황에서는 항상 그렇듯이 침묵을 먼저 깬 쪽은 젊은 기사였다.

"이만하면 어지간한 속도요!" 그가 외쳤다. "올라올 때는 이렇게 빠르지 않았느니!"

"어지간하지!" 동행이 끙 소리를 내며 젊은이의 말을 받았다. "시속 3마일로 올라왔으니."

"그리고 평지에서 우리 속도는 — ?" 젊은이가 넌지시 물었다. 그는 통계에 약해서 그런 세부 사항은 모조리 나이 든 동행에게 일임하고 있었기 때문이다.

"시속 4마일," 동행이 녹초가 되어 대답했다. "1온스도 더함이 없이," 그는 노년에게서 흔히 보이는 은유에 대한 사랑을 담아 덧붙였다. "1파딩[3]도 덜함이 없이!"

"우리가 객사를 나선 것이 정오 하고도 세 시간이 지나서였으니," 젊은이가 생각에 잠겨 말했다. "저녁 식사 시간에 마초아 돌아가기는 거의 힘들겠소이다. 어쩌면 객주가 우리에게 식사 제공을 거부할지도 모를 일이오!"

"우리의 늦은 귀환을 질책하겠지." 그가 엄숙하게 대답했다. "그러한 힐책은 맛당홀 것이네."[4]

"기발한 표현이오!" 젊은이가 재미있다는 듯 웃으며 외쳤다. "그리고 우리가 그이에게 다음 코오-스를 내오라 명한다면, 그의 대답은 떨떠름한 감[5]일 것이오!"

"그저 맛당혼 대가를 달게 받아야겠지."[6] 평생 농담이라곤 들어본 적이 없고, 동행의 철모르는 경박한 태도가 다소 불쾌했던 나이 든 기사가 한숨을 쉬었다. 그는 덧붙였다. "우리가 객사에 당도할 시각은 9시 정각일 것이네. 오늘 우리는 아조 여러 마일을 걷는 셈이지!"

"몇 마일이오? 몇 마일이오?" 항상 지식에 목말라 있는 젊은이가 애타게 외쳤다.

노인은 침묵했다.

"말해보게나." 그는 잠시 생각한 뒤에 대답했다. "아까 우리가 저 언덕 꼭대기에 섰을 때가 몇 시였는지." 그는 젊은이의 표정에서 항의하는 기색을 읽고는 황급히 덧붙였다. "분 단위까지는 필요 없고, 30분 이내의 오차로 맞혀보게나. 단지 그것만 해보게! 그러면 우리가 3시부터

9시까지 얼마나 먼 거리를 행하게 될지, 내 최후의 1인치도 어긋남 없이 자네에게 고흐지."

젊은이의 입에서는 대답 대신 신음만 흘러나왔다. 그의 속절없는 몸부림과 그의 굳센 이마 위에서 서로 쫓고 쫓기듯 패는 깊은 주름들은, 그가 한 우연한 질문에 떠밀려 빠져든 산술적 고통의 심연을 드러내고 있었다.

2번 매듭
괜찮은 방 있음

"이 굽은 길을 따라 똑바로 가다가
네모난 광장을 둥글게 돌아가세요."[7]

"발부스 선생님한테 여쭤보자." 휴가 말했다.

"그래." 램버트가 말했다.

"그분이라면 알아내실 거야." 휴가 말했다.

"좋아." 램버트가 말했다.

더 이상의 말은 필요 없었다. 형제는 서로의 말을 완벽히 이해했다.

발부스는 호텔에서 그들을 기다리는 중이었다. 그의 말에 따르면 그는 여독으로 지쳐 있었기에, 그의 두 제자는 어린 시절부터 그들의 절친한 동반자였던 노교사를 대

281

동하지 않은 채 숙소를 찾아서 이 주변을 한 바퀴 돌아본 참이었다. 발부스는 라틴어 학습서에 등장하는 한 영웅의 이름을 따서 그들이 붙여준 별명이었다.[8] 그 책은 이 다재다능한 천재의 일화들—그 놀라운 걸출함이 그 세부 사항의 모호함을 덮고도 남는 일화들—로 가득 차 있었다. 선생은 "발부스는 모든 적을 제압했다"라는 문장에 표시하고 책의 여백에 "성공적 용맹"이라는 메모를 달아놓았다. 이런 식으로 그는 발부스에 대한 모든 일화에서 교훈을 뽑아내고자 했다. "발부스는 건강한 용 한 마리를 빌렸다"라는 문장 위에 "성급한 모험"이라고 적은 것처럼 때로는 경고의 뜻이 담긴, "발부스는 용을 설득하기 위해 그의 장모를 돕는 중이었다"라는 문장 맞은편에 "단합된 행동이 동정심에 미치는 영향"이라고 적은 것처럼 때로는 격려의 뜻이 담긴 교훈을 말이다. 때로 이는 "신중함" 같은 단 한 단어로 줄어들기도 했다. 이는 "발부스는 용의 꼬리를 그슬려놓고 떠났다"라는 감동적인 기록으로부터 그가 이끌어낼 수 있었던 교훈의 전부였다. 그의 제자들은 짧은 교훈을 제일 좋아했는데 그러면 그림을 그릴 여백이 더 넓어지기 때문이었으며, 게다가 이 경우에는 영웅의 민첩한 도주를 묘사하기 위해 자리가 아주 많이 필요했기 때문이었다.

그들의 상황 보고는 비관적이었다. 가장 잘나가는 해수욕장인 리틀 멘딥은 끝에서 끝까지 (청년들의 표현을 빌리자면) "미어터졌다". 하지만 그들은 한 스퀘어[9]에 있는 각기 다른 집에서 불타는 대문자로 **"괜찮은 방 있음"**이

"발부스는 용을 설득하기 위해 그의 장모를 돕는 중이었다."

라고 써놓은 표지판을 적어도 네 개는 보았다. "그러니까 어쨌든 선택지는 많은 셈이죠, 보시다시피." 그들의 대변인인 휴가 결론 내렸다.

"그 정보에서 그런 결론이 유도되지는 않지." 발부스가 『더 리틀 멘딥 가제트』지를 들고 꾸벅꾸벅 졸던 안락의자에서 몸을 일으키며 말했다. "다 1인실일지도 모르니. 하지만 직접 가서 확인하는 게 낫겠지. 그럼 다리를 좀 뻗어볼까나."[10]

편견 없는 관찰자라면 그런 활동이 전혀 불필요하며, 이 길고 호리호리한 존재는 다리가 짧아지는 편이 훨씬 나을 것이라고 반박했을지도 모른다. 그러나 그의 사랑스러운 제자들에게는 그런 생각이 떠오르지 않았다.

두 제자가 선생의 양옆에서 그의 거인 같은 보폭을 따라잡으려고 최선을 다하는 동안, 휴는 방금 해외에서 도착한 부친의 편지 구절을 되풀이해 읽었다. 그와 램버트는 이 구절을 이해하려고 머리를 쥐어짜는 중이었다. "아버지 말씀에 따르면, 아버지 친구분인 어디 총독이 — 거기가 어디였지, 램버트?" ("크고브즈니." 램버트가 말했다.) "음, 그래. 그…… 뭐라는 곳의 총독이 아주 조촐한[11] 만찬회를 열려고 하는데요. 그 자리에 그의 부친의 처남(brother-in-law)과, 그의 형제의 장인과, 그의 장인의 형제와, 그의 매부(brother-in-law)의 부친을 초대할 생각이래요.[12] 그리고 우리는 손님이 모두 몇 명이 될지를 맞혀야 해요."

잠시 불안한 침묵이 흘렀다. "푸딩이 얼마나 클 거라

284

고 하시든?" 마침내 발부스가 말했다. "그 부피를 한 사람이 먹을 수 있는 분량으로 나누면 그 몫이 —"

"푸딩에 대해서는 아무 말도 안 하셨어요." 휴가 말했다. "아, 여기가 스퀘어네요." 그들이 모퉁이를 돌자 **괜찮은 방 있음**이 눈에 들어왔다.

"정말로 스퀘어로군!" 발부스가 주위를 둘러보며 처음 내뱉은 환희의 외침이었다. "아름답구나! 아름-다워! 등변에! 직각이로고!"

청년들은 별다른 열의 없이 주위를 둘러보았다. "첫 번째 표지판은 9번지예요."[13] 상상력이 부족한 램버트가 말했다. 그러나 발부스는 그의 아름다운 꿈에서 금방 깨어나지 않을 성싶었다.

"보거라, 얘들아!" 그가 외쳤다. "한 변에 대문이 20개씩 달려 있구나! 멋진 대칭이다! 각 변이 21개로 등분되어 있는 것이지! 상쾌하지 않니!"

"노크를 할까요, 초인종을 누를까요?" 휴가 **초인종도 누르시오**라고만 새겨져 있는 사각형 황동 문패를 곤혹스러운 표정으로 들여다보며 말했다.

"둘 다 하렴." 발부스가 말했다. "그건 **생략법**이란다. 생략법을 한 번도 본 적이 없니?"

"거의 읽을 수가 없는데요." 휴가 얼버무렸다. "깨끗하게 유지하지 않으면 **생략법**을 써도 소용이 없죠."

"방이 딱 하나 있답니다, 신사분들." 집주인 여자가 미소 지으며 말했다. "아주 아담한 방이죠! 작고 아늑한 뒷방이 —"

"봅시다." 발부스가 침울하게 말했다. 그들은 주인을 따라 안으로 들어갔다. "어떨지 알 것 같았어! 집마다 한 개씩 남아 있는 방이 다 그렇지! 물론 전망도 별로 볼 게 없겠지요?"

"있답니다, 신사분들!" 주인이 분연히 반박하며 블라인드를 걷어 올리고 뒷마당을 가리켰다.

"양배추밭이군. 내가 보기엔." 발부스가 말했다. "뭐 어쨌든, 저것도 녹지지."

"상점에서 파는 채소들은 도무지 믿을 수가 없어요. 여기서는 저희 가게에서 재배한 최고의 채소를 드실 수 있답니다." 여주인이 설명했다.

"이 창문은 열립니까?" 이는 발부스가 숙소를 점검할 때 언제나 첫 번째로 묻는 질문이었다. 그리고 "굴뚝은 연기가 잘 통합니까?"가 두 번째 질문이었다. 모든 사항에 만족한 그는 그 방에 다른 손님을 받지 말라고 당부한 뒤 25번지로 향했다.

이곳의 주인 여자는 근엄하고 단호했다. "방은 하나밖에 안 남았어요." 그녀는 말했다. "그리고 뒷마당으로 향해 있어요."

"하지만 거기엔 양배추밭이 있겠죠?" 발부스가 넌지시 물었다.

이에 주인은 눈에 띄게 누그러졌다. "그럼요, 선생님." 그녀가 말했다. "제 입으로 말하긴 뭣하지만, 좋은 양배추랍니다. 상점 채소는 믿을 수 없어요. 그래서 직접 키운답니다."

"독보적 이점이로군요." 발부스가 말했다. 그들은 몇 가지 심상한 질문을 한 뒤에 다 같이 52번지로 갔다.

"할 수만 있다면 여러분 모두를 기꺼이 모시고 싶지만"이 그들을 맞이한 인사말이었다. "저희는 그저 평범한 인간일 뿐이라." ("그게 무슨 상관이람!" 발부스가 중얼거렸다.) "하나 빼고는 전부 세놓았답니다."

"아마 뒷방이겠지요." 발부스가 말했다. "그리고 아마— 양배추밭을 향하고 있겠지요?"

"네, 그렇답니다, 선생님!" 여주인이 말했다. "다른 사람들이 어떻게 하든, 우린 우리 건 직접 길러 먹는답니다. 상점들은—"

"탁월한 방침이오!" 발부스가 말을 끊었다. "그렇다면 품질은 과연 믿을 수 있겠군요. 창문은 열립니까?"

늘 하는 질문들에 대해서도 만족스러운 대답이 나왔다. 하지만 이번에는 휴가 독창적인 질문을 덧붙였다—"저 고양이 할퀴나요?"

여주인은 마치 고양이가 듣고 있지 않은지 확인하려는 듯 의심스러운 눈초리로 주위를 둘러보았다. "거짓말을 하지는 않겠어요, 신사 여러분." 그녀가 말했다. "물론 할퀴긴 하지만, 수염을 잡아당기지만 않는다면 절대 그러지 않는답니다!" 그녀는 자신과 고양이가 맺은 모종의 서면 계약서에 적힌 문구를 정확히 기억해내려는 듯

287

눈에 띄게 노력하면서 천천히 되풀이했다. "수염을 잡아당기지만 않는다면요!"

"고양이를 그런 식으로 다룬다면 그렇게 당해도 싸지요." 발부스가 말했다. 그들은 그 집을 나와 73번지로 가로질러 갔다. 여주인은 문간에서 절을 하며 여전히 기도문을 읊듯 혼잣말을 중얼거리고 있었다. "— 수염을 잡아당기지만 않는다면요!"

73번지에는 수줍은 어린 소녀 한 명뿐이었다. 소녀는 그들에게 집을 보여주며 모든 질문에 "네 ㅅ님"[14]이라고만 대답했다.

"평범한 방에," 안으로 들어가며 발부스가 말했다. "평범한 뒤뜰에, 평범한 양배추밭이고. 아마 상점에서는 좋은 채소를 구할 수 없어서겠지요?"

"네 ㅅ님." 소녀가 말했다.

"음, 우리가 방을 잡겠다고 주인한테 전하세요. 또 양배추를 직접 길러 드시다니 참으로 감탄스럽다고도 전해주세요!"

"네 ㅅ님." 소녀가 문밖까지 바래다주면서 말했다.

"휴게실 하나에 침실 세 개." 호텔로 돌아오면서 발부스가 말했다. "우리가 가장 짧게 걸어서 닿을 수 있는 방을 우리의 공동 휴게실로 삼기로 하지."

"저희가 문에서 문까지 걸어가보고 몇 걸음인지 세어야 할까요?" 램버트가 말했다.

"아니, 아니지! 계산을 해보게, 계산을!" 발부스는

불쌍한 제자들 앞에 펜과 잉크와 종이를 갖다놓고는 이렇게 경쾌히 외치며 방을 나갔다.

"휴, 이거 힘들겠는걸!" 휴가 말했다.

"그러게!" 램버트가 말했다.

3번 매듭
미친 마테시스[15]

"나는 기차를 기다렸네."[16]

"음, 내가 조금 미쳤기 때문에 그렇게들 부르는 것 같구나." 어떻게 해서 그녀가 그렇게 괴상한 별명을 갖게 됐는지에 대한 클라라의 조심스러운 질문에 그녀가 쾌활하게 말했다. "나는 요즈음 제정신인 사람이라면 응당 하리라고 기대되는 행동을 하지 않잖니. 나는 옷자락[17]이 기차처럼 길게 끌리는 옷을 입지 않고(기차에 대해 말하자면 그들은 채링크로스 메트로폴리탄 철도역[18] 앞에 있었다—이것에 대해서는 다소 할 말이 있다), 테니스도 치지 않고, 오믈렛도 만들 줄 모르고, 심지어 부러진 다리도 맞출 줄 모르잖니! 그런 게 무식쟁이라는 거지!"

클라라는 그녀의 조카딸이었고 그녀보다 족히 20년은 어렸다. 사실 클라라는 고등학교—미친 마테시스가 노골적인 혐오감을 담아 언급하는 기관—에 다니고 있었다. 그녀는 말하곤 했다. "너희 고등학교는 하나부터 열까지 나랑 안 맞아!" 하지만 지금은 방학이었고, 클라라는 그녀의 손님이었으며, 미친 마테시스는 조카에게 세계 8번째 불가사의 ─ 런던 ─ 의 명소들을 구경시켜주는 중이었다.

"채링크로스 메트로폴리탄 철도역!" 그녀는 마치 조카를 친구에게 소개하는 것처럼 입구를 향해 손을 저으면서 하던 말을 이었다. "베이스워터[19]와 버밍엄을 잇는 연장선이 막 완공돼서 이제는 기차가 계속 순환하고 있어. 웨일스 경계를 둘러, 요크를 찍고 동해안을 따라서 런던으로 되돌아오지. 이 기차 노선은 대단히 독특한 것이, 서쪽 방향으로는 2시간이 걸리고 동쪽 방향으로는 3시간이 걸린단다. 하지만 언제나 이곳에서 정확히 15분마다 두 열차가 반대 방향으로 출발하도록 만들었지."

"다시 만나기 위해 헤어지는 거로군요." 클라라가 이 낭만적인 생각에 눈물이 그렁그렁 맺혀 말했다.

"그런 걸 갖고 울 필요는 없어!" 그녀의 고모가 엄하게 말했다. "어차피 그들은 같은 철로에서 만나지 않아. 만남 얘기가 나와서 말인데, 한 가지 생각이 떠올랐다!" 그녀가 늘 그렇듯 갑작스러운 방식으로 화제를 바꾸며 덧붙였다. "각기 반대 방향으로 출발해서, 어느 쪽 기차가 더 많은 기차를 만나게 될지 보기로 하자. 여성 전용 객실이 있으니 보호자도 필요 없어. 너는 아무 쪽이나 가고 싶은 방향으로 가면 돼. 우리는 이걸로 내기를 할 거야!"

"전 내기는 안 하겠어요." 클라라가 엄숙하게 말했다. "우리 훌륭하신 지도 선생님께서 우리에게 여러 번 경고하시길 —"

"그래도 나쁠 것 없어!" 미친 마테시스가 말을 끊었다. "장담컨대 너는 여간내기가 아니니까!"[20]

"우리 훌륭하신 지도 선생님께서는 말장난도 용인하지 않으세요." 클라라가 말했다. "하지만 고모가 원하신다면 한번 시합해 보겠어요. 제 기차를 고를게요." 그녀는 잠깐 머릿속으로 계산을 하고는 덧붙였다. "고모보다 정확히 1배 반 더 많은 기차를 만나는 쪽으로요."

"제대로 세면 그렇지 않지." 미친 마테시스가 불쑥 끼어들었다. "우리는 가는 길에 마주치는 기차만 센다는 것을 기억하렴. 같이 출발하는 기차나 같이 도착하는 기차는 세면 안 된다."

"그래도 한 대 차이밖에 안 날 거예요." 클라라가 말했다. 그들은 돌아서서 역사 안으로 들어가는 중이었다. "하지만 난 혼자서는 한 번도 여행해본 적이 없어요. 내릴 때 도와줄 사람도 없겠죠. 그래도 상관없어요. 우리 시합해요."[21]

누더기를 입은 한 소년이 어깨너머로 그 말을 엿듣고 그녀를 쫓아 달려왔다. "시가용 성냥 사세요, 아가씨!" 소년은 주의를 끌기 위해 그녀의 숄을 잡아당기며 간청했다. 클라라가 가던 길을 멈추고 말했다.

"나는 시가를 피우지 않는단다." 그녀가 미안한 듯

온화한 말투로 말했다. "우리 훌륭하신 지도 선생님께서—" 하지만 미친 마테시스가 그녀를 성급히 재촉하자, 소년은 놀란 눈을 동그랗게 뜨고 그녀가 가는 모습을 바라보았다.

두 숙녀는 차표를 끊고는 중앙 플랫폼을 따라 천천히 걸었다. 미친 마테시스는 여느 때처럼 계속 지껄였지만, 클라라는 계산을 머릿속으로 다시 초조하게 굴려보며 침묵을 지켰다. 승부에서 이길 수 있는 희망이 이 계산에 달려 있었기 때문이다.

"발밑 조심해라, 애야!" 고모가 외치면서 그녀의 걸음을 제때 저지했다. "한 걸음만 더 떼면 저 차가운 물 양동이²² 속으로 빠지고 말 거야!"

"알아요, 알아요." 클라라가 꿈꾸듯 말했다. "창백한, 차가운, 달빛 같은—"²³

"스프링보드 위에 서세요!" 짐꾼이 외쳤다.

"저건 뭐하는 거죠?" 클라라가 겁먹은 목소리로 속삭였다.

"우리가 기차에 타는 걸 돕는 장치일 뿐이야." 나이든 숙녀는 이 절차에 아주 익숙한 듯 대수롭지 않게 말했다. "아무 도움 없이 3초 이내에 객차에 오를 수 있는 사람은 거의 없고, 기차는 단 1초 동안만 정차하거든." 그 순간 호각이 울리고 두 대의 기차가 역 안으로 돌진했다. 기차는 한순간 섰다가 곧바로 출발했다. 하지만 그 짧은 사이에 수백 명의 승객이 기차로 발사되어, 마치 미니에식 총

알[24]처럼 정확하게 각자 자기 좌석을 향해 똑바로 날아갔다. 동시에 그와 비슷한 수의 승객이 플랫폼으로 쏟아져 나왔다.

3시간이 흐른 뒤, 두 친구는 채링크로스 역 플랫폼에서 재회하자마자 들떠서 쪽지를 교환했다. 클라라가 한숨을 쉬며 돌아섰다. 그녀와 같은 젊은이의 충동적인 마음에 실망이란 언제나 쓴 알약 같은 것이었다. 미친 마테시스가 따뜻한 동정이 어린 눈으로 그녀를 바라보며 뒤따라왔다.

"다시 해보자, 얘야!" 그녀는 쾌활하게 말했다. "실험을 달리해보자. 아까처럼 출발하되, 우리가 탄 기차가 서로 만날 때까지는 수를 세지 않는 거야. 우리가 서로를 본 순간 '하나!'를 세고, 그때부터 여기로 되돌아올 때까지 마주치는 기차 수를 세는 거지."

클라라의 표정이 밝아졌다. "이번엔 이길 거예요." 그녀가 열의에 차서 소리쳤다. "내가 기차를 택한다면요!"

다시금 기관차의 기적이 울리고, 다시금 스프링보드가 올라오고, 다시금 두 열차가 스쳐 지나가는 순간 살아 있는 산사태가 객차 안으로 돌진해 들어가는 동시에 승객들이 쏟아져 나왔다.

두 사람은 차창 밖을 열심히 내다보면서 손수건을 들어 올려 상대방에게 신호를 보냈다. 두 기차가 터널 안에서 서로를 스쳐 지나간 뒤, 두 여행자는 안도의 한숨—아니 두 숨—을 내쉬며 좌석 귀퉁이에 등을 기댔다. "하나!" 클라라는 혼잣말로 중얼거렸다. "이겼다!²⁵ 징조가 좋은 단어야. 어쨌든 이번의 승리는 내 것이야!"

하지만 그랬을까?

4번 매듭
추측항법²⁶

"어젯밤에 돈주머니 꿈을 꿨거든."²⁷

적도에서 불과 몇 도 떨어진 공해(公海)의 한낮은 숨이 막힐 정도로 더웠다. 그리고 지금 우리의 두 여행자는, 얼마 전에 그들이 들이마셨던 차가운 산 공기 속에서 내구성을 갖추었을 뿐 아니라 고지대에 들끓는 산적들의 단검 방비책으로도 요긴했던 사슬 갑옷을 벗어 던지고 눈부시게 흰 리넨 슈트를 가볍게 걸치고 있었다. 그들은 휴가를 끝내고, 그들이 탐험한 섬의 두 큰 항구를 잇는 월 정기선²⁸에 몸을 실은 채 집으로 돌아가는 길이었다.

그들은 갑옷과 더불어 그들이 기사 흉내를 내는 동안 즐겨 썼던 예스러운 말투 또한 벗어던지고, 두 20세기 시골 신사의 평범한 말씨로 되돌아와 있었다.

그들은 큼지막한 양산 그늘이 드리운 쿠션 더미 위에 몸을 늘어뜨린 채, 작지만 묵직한 자루를 어깨에 하나씩 짊어지고 지난번 부두에서 승선한 원주민 어부 몇 명을 느긋하게 바라보고 있었다. 갑판에는 지난번 항구에서 화물의 무게를 다는 데 쓰였던 육중한 저울 한 대가 놓여 있었고, 어부들은 그 주위에 둥그렇게 모여 알아들을 수 없는 말들을 지껄이며 자루를 저울에 달고 있는 것처럼 보였다.

"사람의 말이라기보다는 나무 위의 참새가 지저귀는 소리 같지 않니?" 나이 든 여행객이 아들에게 말을 걸었다. 아들은 희미하게 미소 지었지만 굳이 대답할 정도의 열의를 보이지는 않았다. 노인은 또 다른 청자와 대화를 시도했다.

"저 사람들의 자루 안에는 뭐가 들었습니까, 선장님?" 그가 물었다. 갑판을 끝없이 위엄 있게 왔다 갔다 하고 있던 그 위대한 존재가 마침 그의 옆을 지나칠 때였다.

선장은 걸음을 멈추고, 침착한 만족감을 띤 채 그 큰 키로 엄숙하게 두 승객을 굽어보았다.

그는 설명했다. "어부들은 본인의 배를 자주 이용하는 승객이오. 저 다섯 명은 음흐룩시 ― 우리가 방금 상륙했던 곳 ― 에서 왔는데, 화폐를 저런 식으로 가지고 다닌다오. 신사 여러분, 이미 짐작하셨겠지만, 이 섬의 화폐는 무거워도 값어치는 얼마 안 되오. 우리는 이 화폐를 무게로 달아서 ― 1파운드당 약 5실링씩을 주고 사들이지요. 아마 10파운드 지폐 한 장으로 저 자루들을 전부 다 사들일 수 있을 거요."[29]

이때쯤 노인은 이미 눈을 감고 있었는데, 물론 이 흥

미로운 사실에 생각을 집중하기 위해서였다. 그러나 그의 동기를 깨닫지 못한 선장은 툴툴거리며 단조로운 산보를 재개했다.

한편 그 저울을 둘러싼 어부들의 목소리가 너무 시끄러워지자 선원 한 명이 그 방지책으로 저울추들을 모조리 치워버렸다. 그들은 윈치 손잡이나 밧줄 걸이나 기타 저울추를 대신할 만한 눈에 띄는 물건들을 가지고 한동안 끙끙댔지만, 그들의 흥분은 급속히 식어버렸다. 그들은 두 여행자들로부터 멀지 않은 갑판에 펼쳐져 있는 삼각돛의 주름 사이에 자루들을 조심스럽게 감추어놓고는 저쪽으로 어슬렁어슬렁 사라졌다.

그다음 번에 선장의 묵직한 발걸음이 그들을 지나칠 때, 젊은이가 일어나 말을 걸었다.

"저 친구들이 어디서 왔다고 하셨죠, 선장님?" 그가 물었다.

"음흐룩시라오, 선생."

"그리고 지금 우리가 가는 곳은요?"

선장은 깊게 한 번 숨을 들이쉬고는 그 단어 속으로 뛰어들었다가 당당하게 헤엄쳐 나왔다. "이곳 사람들은 크고브즈니라고 하오, 선생."

"크…… 관두겠어요!" 젊은이가 힘없이 말했다.

그는 얼음물 잔을 향해 한 손을 뻗었다. 동정심 많은 승무원이 1분 전에, 공교롭게도 양산 그늘 바로 옆에 가져다놓은 물은 이미 뜨겁게 달아올라 있었기에 그는 그것을 마시지 않기로 결심했다. 이 결심을 하는 데 소요된 노고는, 방금 감내한 고된 대화와 더불어 그에게 너무나 버거운 것이었다. 그는 말없이 쿠션 더미 속에 도로 맥없이 주저앉았다.

그의 아버지는 아들의 냉담함을 보상하려는 듯 예의 바르게 물었다.

"지금 우리는 어디쯤에 와 있습니까, 선장님? 혹시 아시는지요?"

선장은 이 무지한 육지 사람을 향해 딱하다는 듯한 눈길을 던졌다. "내 1인치도 틀림없이 말해드릴 수 있소이다!" 그는 거만하게 내려다보는 듯한 어조로 말했다.

"설마 그럴 리가요!" 노인이 별다른 열의 없이 짐짓 놀란 듯한 어조로 말했다.

"당연히 그렇소!" 선장이 우겼다. "아니, 내가 본인의 경도와 본인의 위도를 잊어버리면 본인의 배가 어떻게 되겠소? 본인의 추측항법에 대해 선생은 알기나 하시오?"

"분명 아무도 모를 겁니다!" 젊은이가 열렬히 응수했다.

그러나 그는 이로써 모든 힘을 소진해버렸다.

선장은 기분이 상한 듯한 어조로 말했다. "그런 것을 이해하는 사람한테는 지극히 알기 쉬운 것이오." 이 말과 함께 그는 그 자리를 떠나, 삼각돛을 끌어올릴 준비를 하는 선원들에게 지시를 내리기 시작했다.

우리의 여행객들은 대단한 흥미를 띠고 그 작업을

지켜보았기에 다섯 개의 돈 자루에 대해서는 둘 다 까맣게 잊어버리고 있었다. 그다음 순간 삼각돛이 바람을 받아 부풀어 오르자, 돈 자루들은 배 밖으로 휙 날아가 바닷속에 풍덩 빠져버렸다.

그러나 불쌍한 어부들은 그들의 재산을 그처럼 쉽게 망각하지 않았다. 그들은 순식간에 그 자리로 우르르 몰려가 선 채 바다를 가리켰다가 이 재난을 초래한 선원들을 가리켰다가 하면서 분개하여 외쳐댔다.

노인이 이 일의 전말을 선장에게 설명했다.

"배상은 우리가 해드리겠소." 그가 결론으로 덧붙였다. "아까 말씀하셨듯이 10파운드면 되겠지요?"

그러나 선장은 손을 내저으며 그 제안을 뿌리쳤다.

"아니오, 선생!" 그는 예의 그 장중한 태도로 말했다. "말하기 실례되지만 저 사람들은 **본인**의 승객이오. 이 사고는 **본인**의 배에서 **본인**의 지시하에 일어난 일이오. 따라서 보상도 **본인**의 몫이오." 그는 성난 어부들을 향했다. "여보게들, 이리 와보게!" 그가 음흐룩시의 방언으로 말했다. "방금 전에 자네들이 무게 다는 걸 봤으니, 각 자루들의 무게를 말해보게."

그러자 왁자지껄한 대혼란이 빚어졌다. 5명의 원주민은 앞다퉈 소리를 지르며, 선원들이 저울추를 치워버려 손에 잡히는 아무것이나 가지고 무게를 달 수밖에 없었다고 설명했다.

철로 된 밧줄 걸이 2개, 벽돌 3개, 갑판 닦는 숫돌 6

개, 윈치 손잡이 4개, 그리고 커다란 망치 1개의 무게가 조심스럽게 측정되었다. 선장이 그 과정을 감독하며 결과를 기록했다. 그러나 그런 다음에도 문제가 해결되지 않은 듯, 선원들과 다섯 원주민이 모조리 참여한 열띤 토론이 이어졌다. 그리고 마침내 선장이 당혹스러운 표정을 너털웃음으로 짐짓 감추며 우리의 여행객들을 향해 다가왔다.

"이거 터무니없이 어렵군요." 그가 말했다. "어쩌면 신사분들이 묘안을 내주실 수 있을지 모르겠소. 저 친구들이 한 번에 자루 두 개씩의 무게를 단 것 같소!"

"저 사람들이 다섯 번 따로따로 무게를 달지 않았으면 당연히 각각의 무게를 알 수가 없죠." 젊은이가 성급히 결론 내렸다.

"끝까지 들어보자꾸나." 좀 더 신중한 노인의 말이었다.

"사실 저 친구들은 다섯 번 따로따로 무게를 달았소." 선장이 말했다. "그런데—본인은 도무지 모르겠구려!" 그는 돌연 속내를 토로하며 덧붙였다. "결과는 이렇소. 첫 번째와 두 번째 자루는 12파운드, 두 번째와 세 번째는 13과 ½파운드, 세 번째와 네 번째는 11과 ½파운드, 네 번째와 다섯 번째는 8파운드요. 그리고 저들 말에 따르면 남은 저 커다란 망치 하나를 다는 데 자루 세 개—첫 번째, 세 번째, 다섯 번째—가 들었고 그것들이 16파운드라 하오. 자, 신사 여러분! 생전 이런 걸 들어보신 적이 있소?"

노인은 작은 소리로 "여기에 내 여동생만 있었더라면!" 하고 중얼거리고 속절없이 아들을 쳐다보았다. 그의 아들은 다섯 원주민을 쳐다보았다. 다섯 원주민은 선장을 쳐다보았다. 선장은 아무도 쳐다보지 않았다. 그는 두 눈을 내리깔고 혼잣말을 하듯 작은 소리로 말했다. "혹시 마음 내키면 머리를 맞대고 한번 생각해보시오, 신사 여러분, 본인도 생각해보리다!"

300

5번 매듭
공표와 가위표[30]

"자, 보십시오! 여기 이 그림과 저 그림을."[31]

"그래서 왜 첫 번째 기차를 택했니, 이 바보야?" 미친 마테시스가 말했다. 두 사람은 마차에 오르는 중이었다. "그보다 좀 더 잘 계산할 수는 없었니?"

"극단적인 길을 택했어요." 조카가 눈물을 머금고 대답했다. "우리 훌륭하신 지도 선생님께서는 언제나, '얘들아, 확신이 서지 않을 때는 극단적인 경우를 택하거라' 하시거든요. 그리고 저는 확신이 안 섰어요."

"그렇게 하면 항상 성공하니?" 고모가 물었다.

클라라가 한숨을 쉬며 마지못해 수긍했다. "항상은 아니에요. 왜 그런지 모르겠어요. 하루는 선생님께서 아이들에게 이렇게 말씀하셨어요 — 아시다시피 아이들은 차 마시는 시간에 시끄럽게 떠들거든요. '너희가 시끄럽게 떠들면 떠들수록 너희가 받을 잼은 점점 줄어들 거다. 그 반대도 마찬가지지(vice versa).' 저는 사람들이 '반대'의 의미를 잘 모르는 것 같다는 생각이 들어서 설명을 해 주었어요. '우리가 무한히 시끄럽게 떠들면 우리는 잼을 받지 못하겠죠. 그리고 전혀 떠들지 않으면, 무한히 많은 잼을 받게 되겠죠.' 하지만 우리의 훌륭하신 지도 선생님은 그건 별로 좋은 예가 아니라고 하셨어요. 왜죠?" 그녀

301

가 하소연하듯 덧붙였다.

고모는 그 질문에 대한 답을 회피했다. "그것에 대해
선 확실히 반박할 이유가 있지." 그녀가 말했다. "하지만
메트로폴리탄 철도에는 그걸 어떻게 적용했니? 내 생각
에는 그 어떤 기차도 무한히 빠르지 않은데."

"저는 그 기차들을 토끼와 거북이로 생각했어요."
클라라가 자신 없이 말했다. 놀림받을 것이 두려웠기 때
문이다. "그리고 그 노선에 토끼들이 거북이들만큼 많을
리는 없다고 생각했어요. 그래서 극단적인 경우를 가정했
죠— 토끼는 한 마리 있고 거북이는 무한히 많다고요."

"정말로 극단적인 경우로구나." 고모가 경탄할 만큼
근엄한 어조로 말했다. "게다가 극도로 위험한 상태로구
나!"

"그리고 생각했죠. 내가 만약 거북이와 함께 가면 토
끼를 한 마리만 만날 거고, 토끼와 함께 가면— 거북이들
은 떼로 몰려올 거 아니에요!"

"터무니없는 생각은 아니었어." 나이 든 부인이 말
했다. 그들은 벌링턴 하우스[32] 입구에 도착하여 마차에서
내리는 중이었다. "오늘 기회를 한 번 더 주지. 이번엔 그
림에 표시하는 시합을 할 거란다."

클라라의 표정이 밝아졌다. "꼭 다시 도전하고 싶어
요." 그녀가 말했다. "이번에는 좀 더 신중하게 할 거예요.
어떻게 하는 건데요?"

미친 마테시스는 이 질문에 대답하지 않았다. 그녀

는 카탈로그의 여백에 선을 긋느라 여념이 없었다. "보렴." 잠시 후에 그녀가 말했다. "긴 전시실에 걸린 그림들 제목 위에 세 칸씩을 그려놨다. 이 칸들을 공표와 가위표로 채우렴 ─ 좋으면 공표, 나쁘면 가위표로 말이다. 첫 번째 칸은 주제 선택, 두 번째 칸은 배치, 세 번째 칸은 채색에 해당된다. 이제 경기 규칙을 알려주지. 2점 또는 3점의 그림에는 가위표가 3개 있어야 한다. 또 4점 또는 5점의 그림에는 가위표가 2개 있어야 하고 ─"

"가위표가 딱 2개만 있어야 하나요?" 클라라가 말했다. "아니면 가위표 3개짜리 그림도 가위표가 2개 있는 그림에 포함시켜 셀 수 있나요?"

"물론 그럴 수 있지." 고모가 말했다. "세눈박이라면 눈 두 개는 충분히 가지고 있다고 말할 수 있지 않니?"

클라라는 고모의 꿈꾸는 듯한 눈길을 따라, 혹시 세눈박이가 눈에 띄지 않을까 반쯤 두려워하며, 붐비는 전시실을 둘러보았다.

"그리고 그림 9점 또는 10점에는 가위표가 1개 있어야 한다."

"그럼 어떤 사람이 이기나요?" 클라라가 카탈로그의 공란에 이 규칙들을 꼼꼼히 기입하면서 물었다.

"표시한 그림의 수가 가장 적은 사람이지."

"하지만 우리가 표시한 그림의 수가 같다면?"

"그럼 가장 많은 표시를 한 사람이지."

클라라가 생각에 잠겼다. "이건 별로 시합이 안 될

것 같아요." 그녀가 말했다. "그림 9점에 표시하고, 그중 3점에는 가위표를 3개 주고, 2점에는 2개를 주고, 나머지는 1개씩 주면 되잖아요."

"정말로 그럴까?" 고모가 말했다. "규칙을 다 말할 때까지 기다리렴, 이 성급한 녀석. 1점 또는 2점에는 공표 3개가, 3점 또는 4점에는 공표 2개가, 8점 혹은 9점에는 공표 1개가 있어야 한다. 왕립 아카데미의 작품에 너무 가혹하게 굴면 안 되지."

클라라는 입을 딱 벌리고 이 새로운 규칙들을 받아 적었다. "이건 소수 계산보다 훨씬 더 어렵네요!" 그녀가 말했다. "그래도 전 꼭 이길 거예요!"

고모가 냉혹한 미소를 머금었다. "여기서부터 시작하자." 그들은 한 거대한 그림 앞에 멈추어 섰다. 카탈로그에 따르면 그 그림의 제목은 '총애하는 코끼리 위에 올라타는 브라운 중위의 초상'이었다.

"저 사람 너무 거만해 보여요!" 클라라가 말했다. "저 사람은 절대로 저 코끼리가 총애하는 중위였을 것 같지 않아요. 진짜 흉측한 그림 아닌가요! 게다가 다른 그림 스무 점은 족히 걸고도 남을 자리를 차지하고 있잖아요!"

"말조심해라, 얘야!" 고모가 끼어들었다. "왕립 아카데미 그림이잖니!"

하지만 클라라는 거침없었다. "누가 그렸건 상관없어요!" 그녀가 외쳤다. "이 그림엔 '나쁨' 표시를 3개 줄 거예요!"

고모와 조카는 곧 관람객 무리 속으로 흩어졌다. 그로부터 반 시간 동안 클라라는 표시를 했다 도로 지웠다 하면서, 또 적당한 그림을 찾아 이리저리 헤매 다니면서 열심히 숙제를 했다. 사실 이 부분이 그녀에겐 제일 어려운 일이었다. "내가 원하는 그림을 찾을 수가 없어!" 마침내 그녀는 짜증으로 거의 울상이 되어 외쳤다.

"애야, 무슨 그림을 찾고 싶은데?" 그 목소리는 클라라에게 낯설었지만 너무나 감미롭고 부드러워서, 클라라는 그 목소리의 주인을 채 보기도 전에 그녀에게 끌리는 듯한 느낌이 들었다. 그리고 그녀가 뒤돌아 작달막한 두 노부인의 미소 띤 표정을, 단 한 점의 근심도 알지 못하는 듯한, 서로 꼭 닮은, 보조개가 들어간 두 둥그런 얼굴을 보았을 때, 그녀는—나중에 매티 고모에게 고백한 바에 따르면—두 사람을 와락 껴안는 것을 간신히 자제해야 했다.

"그림 하나를 찾고 있어요." 그녀가 말했다. "주제가 좋고— 배치도 좋지만— 채색이 안 좋은 그림이요."

작달막한 두 노부인은 다소 놀란 기색으로 서로를 향해 곁눈질을 했다. "진정하거라, 애야." 처음 입을 열었던 부인이 말했다. "어떤 그림이었는지 기억을 더듬어보렴. 그 그림의 주제가 뭐였니?"

"예를 들어 코끼리 같은 거였니?" 그녀의 자매가 제안했다. 아직까지 그들은 그 '브라운 중위'가 보이는 위치에 서 있었다.

"그런 건 몰라요!" 클라라가 불쑥 대답했다. "주제가 뭔지는 전혀 상관없어요, 그냥 좋은 주제이기만 하면 돼요!"

두 자매는 다시금 서로 놀란 눈빛을 교환했다. 둘 중한 명이 상대방에게 무슨 말을 속삭였다. 클라라가 그중에서 알아들은 말은 "미친"이라는 딱 한 마디뿐이었다.

"물론 매티 고모를 말하는 거겠지." 그녀는— 순진하게도 런던이 모두가 서로를 잘 알고 지내는 그녀의 고향 마을과 같으리라고 상상하면서 — 혼잣말했다. "혹시 저희 고모를 말씀하시는 거라면," 그녀가 큰 소리로 덧붙였다. "그분은 저쪽에 계세요—'브라운 중위' 옆으로 세번째 그림 앞에요."

"아, 그래! 그럼 저분한테로 가보거라, 얘야!" 그 새로운 친구는 그녀를 달래듯이 말했다. "저분이 네가 원하는 그림을 찾아주실 거야. 잘 가거라, 얘야!"

"잘 가거라, 얘야!" 그녀의 자매도 따라 했다. "고모님을 잃어버리지 않게 조심하거라!" 그리고 나서 둘은 그들의 태도에 다소 어리둥절해진 클라라를 남겨둔 채 다른 전시실로 총총히 사라졌다.

"정말 친절한 분들이셨어!" 그녀는 혼잣말했다. "왜날 그렇게 측은한 표정으로 바라봤는지는 모르겠지만!" 그녀는 이렇게 중얼거리며 발걸음을 옮겼다. "'좋음' 표시가 두 개 있어야 하고, 또—"

6번 매듭
찬란하신 여왕 폐하

"나 이거 하나 가지고 있어.
이거 없으면 나 아무것도 못 해.
이게 뭔지 모르겠다고?
대나무."[33]

그들은 상륙한 뒤에 곧 궁으로 안내되었고, 가는 도중에 총독을 만났다. 우리의 여행자들은 총독이 그들을 영어로 맞이하는 데 대단히 안도했다. 그들의 가이드는 크고브즈니 말밖에 하지 않았기 때문이다.

"우리가 지나갈 때 저 사람들이 우릴 보고 씩 웃는 모양새가 영 맘에 안 들어!" 노인이 아들에게 속삭였다. "그리고 저들은 '대나무!'라는 말을 왜 저렇게 자주 하는 거지?"

"그건 이 지역의 관습을 암시하는 것이오." 총독이 그 질문을 어깨너머로 듣고 대답했다. "여하한 방식으로든 찬란하신 여왕 폐하의 심기를 불편하게 만든 자는 대개의 경우 회초리로 매를 맞는다오."

노인은 몸을 부르르 떨었다. "극도로 혐오스러운 관습이군!" 그가 한 마디 한 마디를 힘주어 말했다. "우리는 상륙하지 말았어야 했어! 노먼, 저 검은 친구가 우리를 향해 저 거대한 입을 벌리는 걸 봤니? 필시 우리를 잡아먹고

307

"저들은 '대나무!'라는 말을 왜 저렇게 자주 하는 거지?"

싶은 게야!"

노먼은 그의 옆에서 걷고 있는 총독에게 호소해보기로 했다. "저 사람들은 눈에 띄는 외지인들을 자주 잡아먹나요?" 그는 짐짓 최대한 무심한 말투를 띠고 말했다.

"자주가 아니라— 전혀 아니오!" 하고 반가운 대답이 돌아왔다. "그들은 먹기에 좋지 않소. 우리는 돼지를 먹소. 돼지는 통통하니까. 이 노인은 말랐소."

"천만다행이로군!" 나이 든 여행자가 중얼거렸다. "매는 틀림없이 맞겠지. 비(B) 없이 맞진(Beaten) 않으리란 걸 아니 위안이 되는군![34] 애야, 저 공작들 좀 보렴!"

그들이 지나가는 양옆으로 그 화려한 새들이 길게 도열해 있었다. 흑인 노예들이 저마다 황금 목줄과 사슬을 채운 새 한 마리씩을 붙들고, 사각거리는 깃털과 수백 개의 눈알이 엮인 그 반짝이는 꼬리를 감상하는 데 방해되지 않게끔 뒤로 멀찍이 물러서 있었다.

총독은 자랑스럽게 미소 지으며 말했다. "찬란하신 여왕 폐하께서는 그대들을 환영하기 위해 1만 마리의 공작을 추가로 주문하셨소. 물론 그분께서는 그대들이 떠나기 전에 그대들을 별과 깃털로 치장해주실 것이오."

"에스(S) 빠진 별(Star)이겠지!"[35] 이 말을 들은 둘 중 한 명이 더듬거리며 말했다.

"너무 낙심하지 마세요!" 다른 한 명이 말했다. "저한텐 이 모두가 굉장히 매력적으로 보이는데요."

"노먼, 너는 젊으니까," 그의 아버지가 한숨을 쉬었

다. "젊고 아무 근심 없으니까 그렇겠지. 나한테 이건 씨(C) 없는 매력(Charm)이란다."[36]

"저 노인은 슬퍼 보이는군." 총독이 다소 걱정스러운 듯 말했다. "그는 필시 무슨 무서운 범죄를 저지른 것이오?"

"아니오!" 불쌍한 노인은 황급히 외쳤다. "전혀 그렇지 않다고 해라, 노먼!"

"아닙니다, 아직은요." 노먼이 부드럽게 설명했다. 총독은 만족스러운 어조로 그 말을 되받았다. "아직은 아니다."

"그대들의 나라는 경탄스럽소!" 잠시 침묵이 흐른 후 총독이 다시 말을 이었다. "여기에 상인인 내 친구가 런던에서 보낸 편지 한 통이 있소. 그는 1년 전에 동생과 함께 각각 1000파운드씩을 가지고 그곳에 갔는데, 설날이 되자 그들 사이에 6만 파운드가 생겼다 하오!"

"어떻게 했길래요?" 노먼이 흥분해서 소리쳤다. 심지어 나이 든 여행자도 다소 상기돼 보였다.

총독은 그에게 개봉된 편지를 건네주었다. 그 비밀의 문서에는 이렇게 쓰여 있었다. "방법만 알면 누구나 할 수 있지. 우리가 빌린 돈은 0파운드고, 훔친 돈 역시 0파운드라네. 그해가 시작될 때 우리 수중엔 각각 1000파운드씩이 있었을 뿐이네. 그런데 다음 해 설날에 우리 사이에 6만 파운드가 생겼다네 — 금화로 6만 파운드가!"

노먼은 생각에 잠긴 듯한 심각한 표정으로 편지를

돌려주었다. 그의 아버지가 과감히 넘겨짚어 보았다. "도박으로 딴 게 아닐까요?"

"크고브즈니 인은 도박을 하지 않소." 총독이 그들을 궁전 문 안으로 안내하며 엄숙히 말했다. 그들이 조용히 그를 따라서 긴 복도를 걸어가니, 곧 공작 깃털만으로 줄줄이 장식된 드높은 홀이 나왔다. 그 중앙에는 진홍색 쿠션 더미가 있고, 그 속에 찬란하신 여왕 폐하가 모습이 거의 보이지 않을 정도로 파묻혀 있었다. 그녀는 통통하고 자그마한 처녀로, 은빛 별이 점점이 박힌 녹색 새틴 옷을 입고 있었다. 그녀의 창백하고 둥근 얼굴은 여행자들이 그녀 앞에서 절할 때 희미한 미소를 띠며 잠깐 밝아졌다가 곧 밀랍 인형과 똑같은 표정으로 되돌아갔다. 그녀는 크고브즈니 어로 한두 마디를 나른하게 웅얼거렸다.

총독이 통역했다. "찬란하신 여왕 폐하께서는 그대들을 환영하시오. 폐하께서는 노인의 **침투 불능한 평온함**과 젊은이의 **감지 불능한 예리함**을 눈여겨보셨소."

이때 그 자그마한 통치자가 손뼉을 치자 곧 한 무리의 노예가 커피와 사탕이 든 쟁반을 들고 나타나, 총독의 신호에 따라 양탄자 위에 자리 잡고 앉은 빈객들 앞에 차려놓았다.

"눈깔사탕이라!" 노인이 중얼거렸다. "차라리 제과점에 가는 게 낫겠다! 노먼, 1페니 빵[37] 하나 달라고 해라!"

"목소리 좀 낮추세요!" 아들이 속삭였다. "뭐라고 인사치레를 하셔야죠!" 총독은 분명히 답례의 말을 기다리고 있었기 때문이다.

"지고하시고 권세 있으신 폐하께 감사드리며," 노인이 쭈뼛거리며 입을 뗐다. "저희는 폐하의 미소로써 광명을 입은 바—"

"노인의 말이 미흡하오!" 총독이 화를 내며 끼어들었다. "젊은이가 말하시오!"

"폐하께 이렇게 전해주세요!" 노먼이 이렇게 외치며 현란한 수사를 터뜨렸다. "저희는 마치 화산 속에 든 두 마리 메뚜기와 같으며 별처럼 번쩍이는 폐하의 맹위가 임하심에 한없이 쪼그라들었나이다!"

"좋소." 총독이 이렇게 말하고 이를 크고브즈니 말로 통역했다. "이제," 그가 말을 이었다. "그대들이 이곳을 떠나기 전에 찬란하신 여왕 폐하께서 그대들에게 요청하시는 바를 말하겠소. 황실 스카프 제작자 직위를 놓고 매년 열리는 경진 대회가 방금 종료되었소. 그대들이 심판이오. 그대들은 작업 속도가 얼마나 빠른가, 스카프가 얼마나 가벼운가, 그리고 얼마나 따뜻한가를 고려해야 하오. 대개의 경우 참가자들은 이 중 한 가지 점에서만 차이가 난다오. 작년에 피피와 고고는 대회 기간 동안 동수의 스카프를 짰고 그 무게도 같았지만, 피피의 스카프가 고고의 것보다 두 배 더 따뜻했기에 피피의 것이 두 배 더 우수하다고 선언되었소. 그러나 올해는, 오호통재라, 그 누가 이를 심판할 수 있겠소? 여기 이 세 명의 참가자는 모든 점에서 차이를 보이고 있소! 그대들이 그들의 주장을 듣고 판정을 내리는 동안, 그대들은 최고급 지하 감옥에 찬란하신 여왕 폐하의 분부에 따라 공짜로 묵으며 가장 좋은 빵과 물을 풍부히 지급받을 것이오."

노인이 신음하며 "다 틀렸어!" 하고 부르짖었다. 그러나 노먼은 그에게 신경 쓰지 않고 공책을 꺼내어 차분하게 세부 사항을 적어내려갔다.

총독은 말을 이었다. "롤로, 미미, 주주, 이렇게 세 명이오. 미미가 스카프 2장을 짜는 동안 롤로는 5장을 짰지만, 롤로가 3장을 짜는 동안 주주는 4장을 짰다오! 또 주주의 솜씨는 마치 요정의 그것과도 같아 그녀가 짠 스카프 5장이 롤로의 것 1장 무게밖에 나가지 않소. 그러나 미미의 것은 그보다 더 가벼워, 그녀의 스카프 5장이 주주의 것 3장 무게와 맞먹소! 그리고 보온성에 대해 말하자면 미미의 스카프가 주주의 것 4장만큼 따뜻하지만, 롤로의 스카프는 미미의 것 3장만큼 따뜻하다오!"

이때 자그마한 숙녀가 다시금 손뼉을 쳤다.

"이는 물러가라는 신호요!" 총독이 다급히 말했다. "찬란하신 여왕 폐하께 작별 인사를 올리고 뒷걸음질 쳐 나가시오."

노인은 그중 뒷걸음질 치는 부분만을 간신히 할 수 있었다. 노먼은 이렇게 간단히 말했다. "찬란하신 여왕 폐하께 전해주세요. 우리는 폐하의 고요하시고 눈부신 장관 앞에 얼어붙었으며, 고도로 응축된 우윳빛 폐하께 고통에 찬 작별 인사를 올리나이다!"

"찬란하신 여왕 폐하께서 흡족해하시오." 총독이 절차에 맞추어 이 말을 통역한 뒤 이렇게 알렸다. "폐하의 천안(天眼)이 그대들을 일별하셨으며 그대들도 이를 인지하였음을 의심치 않으시오!"

"물론 그러셨겠지!" 나이 든 여행자가 혼잣말로 산만하게 투덜거렸다.

그들은 한 번 더 깊숙이 머리를 조아리고 총독을 따라서 나선 계단을 내려가 황실 지하 감옥으로 갔다. 그곳의 벽은 총천연색 대리석으로 마감했고 천장에는 조명이 달려 있었으며, 반들반들하게 윤이 나는 공작석 벤치가 사치스러울 정도는 아니지만 근사하게 비치되어 있었다. "그대들이 계산을 지체하지 않으리라고 믿겠소." 총독은 이렇게 말하며 한껏 격식을 차려 그들을 감방 안으로 안내했다. "나는 찬란하신 여왕 폐하의 어명을 수행하는 데 지체한 불운한 자들에게 초래된 지대한 애로에 대해—지대하고도 심각한 애로에 대해—잘 알고 있소! 그리고 본건에 대해 폐하께서는 단호하시오. 폐하께서는 이 일이 반드시 수행되어야 하며 또 수행될 것이라고 말씀하셨소. 그리고 폐하께서는 대나무 1만 대를 추가로 주문하시었소!" 이 말과 함께 그는 감방을 나갔다. 그들은 그가 밖에서 문을 걸어 잠그고 빗장을 지르는 소리를 들었다.

"결국 이렇게 될 거라고 내가 말했지!" 나이 든 여행자가 초조하게 양손을 비비며 앓는 소리를 냈다. 그는 너무나 괴로운 나머지 자기가 처음 이 탐험을 제안했으며 이런 식의 일을 전혀 예측하지 못했음을 까맣게 잊고 있었다. "오, 우리가 이 무시무시한 일에 연루되지만 않았더라면!"

"용기를 내세요!" 젊은이가 쾌활하게 외쳤다. "'언젠가 우리는 이를 회고하며 기뻐하리라(*Hæc olim meminisse juvabit*)!'**38** 이 일의 끝에는 영예가 기다리고 있을 거예요!"

"엘(L) 빠진 영예(Glory)겠지!"**39** 불쌍한 노인은 공작석 벤치에 앉아 몸을 앞뒤로 흔들며 이 말만을 겨우 내뱉었다. "엘 빠진 영예!"

7번 매듭
잡비

"빚을 갚는 건 비천한 노예들이나 하는 짓이지."**40**

"매티 고모!"

"왜 그러니, 애야?"

"이거 지금 바로 적어주시면 안 될까요? 안 그러면 저는 분명히 잊고 말 거예요!"

"애야, 마차가 멈출 때까지 기다려야 한단다. 이렇게 사방이 덜컹거리는데 어떻게 글씨를 쓸 수 있겠니?"

"하지만 저는 정말로 잊어버릴 거예요!"

클라라가 간곡한 목소리로 애원하자 그녀의 고모는 버틸 재간이 없었다. 나이 든 부인은 한숨을 내쉬며 상아로 된 메모첩을 꺼내, 방금 클라라가 과자점에서 지출한 액수를 기록할 준비를 했다. 그녀의 지출은 항상 고모의 지갑에서 빠져나갔지만, 이 가여운 소녀는 뼈저린 경험을 통해, 조만간 자기가 쓴 돈을 단 1페니도 빠짐없이 미친 마테시스에게 보고해야 한다는 사실을 알고 있었다. 그녀가 초조함을 숨기지 못하고 기다리는 동안, 나이 든 부인은 '잡비'라는 제목이 붙은 장이 나올 때까지 메모첩을 계속 넘겼다.

"여기로군." 그녀가 마침내 말했다. "여기에 우리가 어제 먹은 점심 내역이 정확히 기입되어 있군. 레모네이드 1잔(너도 나처럼 그냥 물을 마실 수는 없니?), 샌드위치 3개(겨자가 채 반도 안 들어가 있었지. 내가 그 젊은 여자 얼굴에 대고 그 말을 하니 고개를 홱 돌리더라니까. 뻔뻔한 것!), 비스킷 7개. 도합 1실링 2펜스. 그럼 오늘은?"

"레모네이드 1잔—" 클라라가 말을 시작하는데 갑자기 마차가 서더니, 그녀가 문장을 채 끝맺을 시간도 없이 한 정중한 철도 짐꾼이 다가와서 당황한 소녀의 손을 붙들고 마차에서 내려주었다.

고모는 곧바로 메모첩을 주머니에 집어넣었다. "일이 먼저고," 그녀가 말했다. "잡비는—네가 어떻게 생각하든, 이것도 일종의 재미니까—나중이지." 그녀는 이어 마부에게 삯을 치른 뒤, 나머지 점심값 명세를 기입하겠다는, 불만에 찬 조카딸의 간청에도 아랑곳없이 수하물에 대해 아주 장황한 지시를 내렸다. "얘야, 정말이지 너는 좀 더 넓은 마음을 길러야겠구나!" 그것이 그녀가 그 불쌍한 소녀에게 선사한 위로의 전부였다. "네 기억의 메모첩은 단 한 끼의 점심값 기록을 담을 만한 넓이도 안 되니?"

"충분히 넓지 않아! 그 절반도 못 미쳐!" 격렬한 대답이 돌아왔다.

말은 마침맞게 들려왔지만 그 목소리는 클라라의 것이 아니었기에, 두 여인은 조금 놀라서 그들의 대화에 그처럼 갑자기 끼어든 사람이 누구인지 보려고 몸을 돌렸다. 뚱뚱하고 작달막한 나이 든 부인이 한 마차 문간에 서서, 마부를 도와 자기 자신과 꼭 닮은 복제판처럼 보이는 이를 마차 안에서 끄집어내고 있었다. 두 자매 중 어느 쪽이 더 뚱뚱한지, 혹은 어느 쪽이 더 쾌활해 보이는지 판단하기란 쉽지 않은 일이었다.

"정말이지 마차 문이 충분히 넓지가 않아!" 마치 딱총에서 총알이 튀어나오듯 그녀의 자매가 마침내 간신히 빠져나오자, 그녀가 재차 말하고는 몸을 돌려 클라라에게 호소했다. "그렇지, 얘야?" 그녀는 미소로 잔물결이 이는 얼굴을 찌푸려보려고 애를 쓰면서 말했다.

"그리로 나가기에 너무 넓은 사람들도 있습죠." 마부가 딱딱거렸다.

"약 올리지 말게, 이 사람아!" 작달막한 노부인이 자기 딴에는 무섭게 격분한 어조로 소리쳤다. "한 마디만 더

"정말이지 마차 문이 충분히 넓지가 않아!"

하면 내 자넬 지방법원으로 보내, 인신보호법⁴¹ 위반으로 고소할 걸세!" 마부는 모자에 가볍게 손을 대고는 씩 웃으며 성큼성큼 가버렸다.

"무뢰한들을 위협하는 데는 법만 한 것이 없지!" 그녀는 비밀 이야기를 들려주듯이 클라라에게 말했다. "내가 인신보호법을 들먹이니까 저자가 움찔하는 거 봤니? 나도 그게 무슨 뜻인지 알고 한 말은 아니지만, 뭔가 아주 굉장한 것처럼 들리지, 안 그러니?"

"아주 도발적이에요." 클라라가 다소 애매하게 대답했다.

"아주 그렇지!" 작달막한 노부인이 말을 받아 따라했다. "그리고 우리는 정말로 굉장히 화가 많이 났단다. 그렇지 않아?"

"내 평생 그렇게 화난 적이 없었어!" 좀 더 뚱뚱한 자매가 활짝 미소 지으며 동의했다.

이때서야 클라라는 그들이 미술관에서 안면을 익힌 사람들임을 깨닫고, 고모를 옆으로 끌어당겨 그때의 기억을 다급히 속삭였다. "저 왕립 아카데미에서 이분들을 만난 적이 있어요. 저한테 아주 친절하게 대해주셨죠— 그리고 아까 전에도 우리 바로 옆 테이블에서 점심을 들고 계셨어요— 또 제가 원하는 그림을 찾는 걸 도와주려고 애쓰셨고요— 아주 다정한 할머니들이세요!"

"네 친구분들이구나?" 미친 마테시스가 말했다. "인상이 괜찮네. 내가 표를 끊으러 간 동안 저분들을 공손히

웅대하고 있으려무나. 하지만 생각을 좀 더 시간 순서대로 정리하는 데 신경을 쓰렴!"

잠시 후 네 여인은 같은 벤치에 나란히 앉아 기차를 기다리며, 서로 수년간 알고 지낸 것처럼 잡담을 나누고 있었다.

"정말로 놀라운 우연이에요!" 두 자매 중에 더 작고 더 말이 많은 부인—마부를 법률 지식으로 찍어 누른 부인—이 외쳤다. "우리가 같은 역에서, 같은 기차를 기다린다는 그것만으로도 충분히 별난 일인데—이처럼 같은 날, 같은 시각에 기다리고 있으니 말이에요! 난 그런 생각이 아주 강하게 드네요!" 부인이 더 뚱뚱하고 더 말수가 적으며, 가족의 의견에 맞장구치는 일이 그녀 삶의 주된 기능인 듯 보이는 자매 쪽을 흘긋 돌아보자 그녀가 온순하게 대답했다.

"나도 그래!"

"그건 독립적인 우연이 아니라—" 미친 마테시스가 말을 막 시작하려 할 때 클라라가 용기를 내어 끼어들었다.

"여기는 덜컹거리지 않으니까," 그녀가 소심하게 부탁했다. "혹시 지금 적어주시면 안 될까요?"

다시금 상아 메모첩이 그 모습을 드러냈다. "그다음에 뭐였지?" 고모가 말했다.

"레모네이드 1잔, 샌드위치 1개, 비스킷 1개—아, 어떡해!" 가여운 클라라가 외쳤다. 그녀의 말투는 갑자기 고통에 찬 부르짖음으로 바뀌었다.

"치통이니?" 고모가 항목을 받아 적으면서 침착하게 말했다. 두 자매는 그 즉시 손가방을 열고, 각각 "원조"라고 쓰여 있는 서로 다른 두 종의 신경통 치료제를 꺼냈다.

"아니에요!" 가여운 클라라가 말했다. "고맙습니다. 그냥 제가 얼마를 지불했는지 도저히 기억이 안 나서 그런 것뿐이에요!"

"그러면 한번 계산해보렴." 고모가 말했다. "어제 먹은 점심값 기록이 있으니 이걸 보면 알 수 있을 거야. 또 여기 그 전날 — 우리가 그 식당에 처음 간 날 — 먹었던 점심값 기록이 있네 — 레모네이드 1잔, 샌드위치 4개, 비스킷 10개. 도합 1실링 5펜스." 그녀는 메모첩을 클라라에게 건네주었다. 클라라는 눈물이 고여 흐려진 눈으로, 메모첩이 거꾸로 들려 있음을 금방 알아채지 못한 채 멍하니 들여다보았다.

그때 이 대화에 지대한 관심을 보이며 귀 기울이고 있던 두 자매 중 작은 쪽이 클라라의 팔에 가만히 손을 얹었다.

"있잖니, 애야," 그녀가 달래듯 말했다. "우리 자매도 같은 고충을 겪고 있단다. 완전히 동일한 그야말로 똑같은 고충을 말이다! 그렇지 않아?"

"완전히 동일한, 그야말로 전적으로 — " 더 뚱뚱한 자매가 말을 시작했지만 그녀가 만들고 있는 문장의 규모가 너무 크고 거창했기에 더 작은 부인은 그 문장이 끝날 때까지 기다려주지 않았다.

"그래, 얘야," 그녀가 말을 이었다. "우리도 너희 일행과 같은 식당에서— 레모네이드 2잔과 샌드위치 3개와 비스킷 5개를 점심으로 먹었는데— 얼마를 지불했는지 우리 둘 다 전혀 모른단다. 안 그래?"

"그야말로 똑같이 전적으로—" 다른 부인이 중얼거렸다. 그녀는 지금 자기가 한 문장 전체를 체납한 상태이며 새 대출 계약을 맺기 전에 기존의 채무를 이행해야 함을 인식하고 있음이 분명했지만, 작은 부인이 또다시 말을 끊고 끼어드는 바람에 이미 파산해버린 대화를 관두고 물러났다.

"우리 것도 좀 계산해주겠니, 얘야?" 작은 노부인이 간청했다.

"물론 산수는 할 수 있겠지?" 고모가 다소 걱정스럽게 말했다. 클라라는 원래 메모첩과 또 다른 메모첩을 번갈아 보며 생각을 가다듬으려 애썼지만 소용이 없었다. 그녀의 머릿속은 하얗게 되었고, 그녀의 얼굴에서는 일체의 인간적인 표정이 급속히 사라져갔다.

암담한 침묵이 이어졌다.

8번 매듭
합승 마차의 수수께끼[42]

"이 아기 돼지는 시장에 갔어요.
이 아기 돼지는 집에 있었어요."[43]

"찬란하신 여왕 폐하의 어명을 받들어," 총독이 마침내 어전에서 물러난 여행자들을 안내하면서 말했다. "나는 그대들을 군사 구역의 바깥 출입문까지 호위하는 환희를 누릴 것이오. 그리고 바로 그곳에서 작별의 고통을 — 실로 대자연이 그 충격을 딛고 생존할 수 있다면 — 감당해야 하오! 출입문 앞에서 그루름스팁스스[44]가 출발하오. 매 15분마다 양방향으로 —"

"다시 한 번만 말씀해 주시겠어요?" 노먼이 말했다. "그루름 — ?"

"그루름스팁스스," 총독이 되풀이했다. "당신네 영국에서는 이를 합승 마차라고 부르지요. 양방향으로 운행하니, 그대들은 그중 하나를 타고 항구까지 한 번에 갈 수 있소."

노인은 안도의 한숨을 쉬었다. 그는 장장 네 시간에 걸친 궁중 의례로 녹초가 되었고, 추가 주문한 1만 대의 대나무를 사용해야 하는 일이 벌어지지 않을까 내내 공포에 떨고 있었다.

다음 순간 그들은 널찍한 사각형 안뜰을 가로지르

고 있었다. 그 안뜰은 바닥이 대리석으로 포장돼 있고, 각 모퉁이에 돼지우리가 하나씩 놓여 운치를 더하고 있었다. 돼지를 안은 병사들이 사방팔방으로 급히 걸어 다녔고, 그 한가운데에는 마치 거인 같은 한 장교가 서서, 돼지 울음소리를 다 뚫고 들릴 만큼 천둥 같은 고함을 지르며 명령을 내리고 있었다.

"저분이 총사령관이오!" 총독이 일행에게 다급히 속삭이자 그들은 즉시 총독을 따라서 그 거대한 남자 앞에 엎드렸다. 사령관은 답례로 엄숙히 절을 했다. 그는 머리부터 발끝까지 금몰[45]로 덮여 있었고, 얼굴에는 수심이 깊은 표정을 띤 채 양팔에 작은 흑돼지 한 마리씩을 끼고 있었다. 시시각각 부하들에게 명령을 내리는 와중에도, 그 용맹한 사내는 떠나는 빈객들에게 최선을 다해 정중한 작별 인사를 했다.

"잘 가시오, 오 연로한 이여 — 이 세 마리는 **남쪽** 모퉁이로 데려가게 — 그리고 잘 가시오, 그대 젊은이여 — 그 살찐 놈은 **서쪽** 우리의 다른 놈들과 함께 넣고 — 만수무강하시기를 — 아이고 골치야, 잘못되었어! 우리를 전부 비우고 다시 시작하게!" 그러자 병사는 검에 기대어 한 줄기 눈물을 닦았다.

"그는 곤경에 처해 있소." 안뜰을 나오면서 총독이 설명했다. "찬란하신 여왕 폐하께서 돼지 24마리를 네 곳의 우리에 나누어 넣으라고 그에게 명하셨소. 단 폐하께서 안뜰을 한 바퀴 도실 때에, 각 우리에 있는 돼지의 수가 바로 그 전에 지나친 우리의 돼지 수보다 항상 10에 더 가깝게 되어야 하오."

"폐하께선 10을 9보다 10에 더 가까운 수로 간주하시나요?" 노먼이 말했다.

"물론이오." 총독이 말했다. "찬란하신 여왕 폐하께옵서는 10이 9보다, 또한 11보다 더 10에 가깝다고 인정하시오."

"그렇다면 가능할 것 같은데요." 노먼이 말했다.

총독이 머리를 저었다. "사령관이 지난 4개월간 돼지들을 이리저리 옮겨보았지만 소용없었소." 그가 말했다. "더 이상 무슨 희망이 남아 있겠소? 그리고 찬란하신 여왕 폐하께서는 추가로 1만 대의 —"

"돼지들은 우리를 옮기는 걸 그리 좋아하지 않는 것 같습니다." 노인이 급히 끼어들었다. 그는 대나무가 화제로 떠오르는 것이 편치 않았다.

"아시다시피 돼지들은 어디까지나 임시로 옮겨지는 것이오." 총독이 말했다. "대부분의 경우에는 옮긴 즉시 되돌려놓기 때문에 돼지들이 불편할 건 없소. 그리고 이 모든 일은 각별한 주의를 기울여, 총사령관의 직접 감독 하에 이루어지고 있소."

"물론 폐하께선 딱 한 바퀴만 도시겠지요?" 노먼이 말했다.

"아아, 아니오!" 그들의 안내인이 한숨을 쉬었다. "돌고, 돌고, 돌고 또 돌리라. 이것이 찬란하신 여왕 폐하께서 직접 내리신 말씀이오. 그러나 오, 그저 괴로울 뿐이오! 자, 바깥 출입문에 다 왔소. 우리는 여기서 헤어져야 하오!" 그는 흐느끼면서 일행과 악수하고는 다음 순간 성큼성큼 걸어가버렸다.

"그는 우리를 배웅할 때까지 좀 더 기다려줄 수도 있었을 텐데!" 노인이 애처롭게 말했다.

"그리고 하필이면 우리와 헤어지는 바로 그 시점에 휘파람을 불기 시작할 필요도 없었죠!" 젊은이가 신랄하게 말했다. "하지만 서둘러요, 여기 그…… 뭐라고 하는 것 두 대가 막 출발하려고 해요!"

공교롭게도 해안으로 가는 합승 마차는 만석이었다. "괜찮아요!" 노먼이 쾌활하게 말했다. "다음 차가 우릴 추월할 때까지 걸어가면 돼요."

두 사람은 저마다 그 군사적 문제에 대해 골똘히 생각하면서 말없이 터벅터벅 걸었다. 얼마 후 그들은 해안에서 돌아오는 마차와 마주쳤다. 나이 든 여행자는 시계를 꺼냈다. "우리가 걷기 시작한 이후로 정확히 12분 30초가 흘렀군." 그가 방심한 듯 중얼거렸다. 그때 노인의 머리에 어떤 생각이 떠오른 듯, 그의 멍한 얼굴이 삽시간에 환하게 밝아졌다. "아들아!" 그가 이렇게 외치며 노먼의 어깨에 너무 갑자기 손을 짚는 바람에, 순간적으로 그의 무게중심이 지탱 범위를 벗어나버렸다.

불시에 습격을 당한 젊은이는 앞으로 크게 휘청거리며 자칫 허공으로 거꾸러질 듯했으나 다음 순간 멋지게 균형을 잡았다. "세차운동과 장동[46]에 좀 문제가 있었어요." 그가 — 어디까지나 아들 된 도리로서 일말의 짜증을 간신히 숨긴 어조로 — 말했다. "뭔데요?" 혹시 아버지가 이를 불쾌하게 받아들일까 걱정이 된 그가 서둘러 덧붙였다. "브랜디 좀 드실래요?"

"다음 마차가 언제 우리를 추월할까? 언제? 언제?" 노인이 점점 더 신이 나서 외쳤다.

노먼은 침울해 보였다. "시간을 주세요." 그가 말했다. "생각 좀 해봐야겠어요." 그리고 여행자들은 다시금 말없이 길을 걸었다. 정적이 흘렀다. 총사령관의 직접 감독하에 아직까지 우리에서 우리로, 임시로 옮겨지고 있는 불운한 새끼 돼지들의 울음소리만이 이따금 멀리서 들려올 따름이었다.

9번 매듭
똬리 튼 뱀

"사방에 물, 물이었지만
마실 물은 단 한 방울도 없었소."[47]

"자갈 한 개만 더 넣으면 될 거야."

"대체 이 양동이들 가지고 뭐하는 거야?"

목소리의 주인공은 휴와 램버트였다. 장소는 리틀

멘딥의 해변. 시간은 오후 1시 30분. 휴는 큰 양동이 안에 작은 양동이를 띄운 뒤, 양동이를 가라앉히지 않은 채 얼마나 많은 자갈을 그 안에 넣을 수 있을지 실험하는 중이었다. 램버트는 아무 일도 안 하고 드러누워 있었다.

휴는 1~2분 동안 말이 없었다. 깊은 생각에 잠겨 있는 게 분명했다. 갑자기 그가 입을 열었다. "있지, 여기 봐 봐, 램버트!" 그가 외쳤다.

"그게 살아 있고 끈적끈적하고 발이 달렸더라도 난 상관 안 해."[48] 램버트가 말했다.

"오늘 아침에 발부스 선생님이, 물체가 액체 속에 잠기면 그 부피만큼의 액체를 밀어낸다고 말씀하시지 않았어?" 휴가 말했다.

"뭐 그런 비슷한 말씀을 하셨지." 램버트가 흐리멍덩하게 말했다.

"아니, 잠깐만 여기 좀 봐. 작은 양동이가 거의 다 잠겨 있지. 그러니까 밀려난 물도 이것과 거의 같은 부피여야 해. 그런데 이것 좀 봐!" 그는 말하면서 작은 양동이를 꺼내고 큰 양동이를 램버트에게 건네주었다. "이런, 찻잔 한 잔 분량도 안 돼! 이 물의 부피가 작은 양동이와 같단 말이야?"

"물론이지." 램버트가 말했다.

"그럼 다시 봐봐!" 휴가 큰 양동이의 물을 작은 양동이에 부으며 의기양양하게 외쳤다. "반도 안 차잖아!"

"그건 그것의 문제지." 램버트가 말했다. "발부스 선생님이 같은 부피라고 하셨으면 뭐, 같은 부피인 거야."

"흠, 난 못 믿겠는데." 휴가 말했다.

"믿지 않아도 돼." 램버트가 말했다. "그건 그렇고 지금 식사 시간이야. 따라와."

발부스는 그들을 기다리느라 식사를 미루고 있었다. 휴는 곧바로 그에게 자신이 품은 이의를 제기했다.

"먼저 식사를 좀 들렴." 발부스가 구운 고기를 기운차게 잘라내며 말했다. "'양고기 먼저, 역학은 나중에'라는 옛 격언을 아니?"

청년들은 그런 격언을 알지 못했지만 믿어 의심치 않고 수긍했다. 그들은 선생 같은 무오류의 권위자에게서 나오는 정보라면 그것이 아무리 경악스럽더라도 한 개도 빠짐없이 수긍해온 터였다. 그들은 말없이 침착하게 음식을 먹었다. 식사가 끝나자 휴는 늘 하던 식으로 펜과 잉크와 종이를 꺼내 가지런히 늘어놓았고, 그동안 발부스는 오후 과제를 위해 준비한 문제를 그들에게 읽어주었다.

"내 친구 한 명이 꽃밭을 가지고 있다―아주 예쁜 꽃밭이다. 그리 크진 않지만―"

"크기가 얼마나 되는데요?" 휴가 말했다.

"바로 그걸 자네들이 알아내야 한다네!" 발부스가 명랑하게 대답했다. "그리고 나는―그것이 직사각형이고―길이가 너비보다 딱 ½야드 더 길고―1야드 너비의 자갈길이 한쪽 귀퉁이에서 시작하여 꽃밭을 빙 둘러싸고 있다는 것만 말해주겠네."

"그 길이 돌아서 다시 만나나요?"

"다시 만나진 않아, 젊은이. 그러기 직전에 꺾여서, 아까 그 길을 따라 다시 뜰을 한 바퀴 돌고, 다시 그 안쪽으로 꺾여 계속 감기지. 이렇게 한 바퀴 감긴 환(環)이 그 직전의 환과 접하여 돌고 돌아 전체 면적을 꽉 채우고 있다네."

"똬리 튼 뱀처럼요?"

"바로 그렇지. 그리고 그 길의 정확히 한가운데로 걸어서 처음부터 마지막 1인치 끝까지 가면, 그 길이는 정확히 2마일하고 ½펄롱[49]이네. 이제 자네들이 이 뜰의 길이와 너비를 구하는 동안, 나는 바닷물 퍼즐을 해결할 수 있을지 한번 생각해보겠네."

"선생님은 이게 꽃밭이라고 하셨잖아요?" 발부스가 방을 나가려고 할 때 휴가 물었다.

"그랬지." 발부스가 말했다.

"꽃은 어디에 심나요?" 휴가 말했다. 그러나 발부스는 질문을 듣지 않는 편이 최선이라고 생각했다. 그는 청년들을 문제와 씨름하게 내버려두고, 조용한 자기 방으로 돌아와 휴의 역학적 패러독스를 푸는 일에 착수했다.

"생각을 정돈하기 위해," 그는 두 손을 주머니에 깊이 찔러 넣은 채 방 안을 왔다 갔다 하면서 혼자 중얼거렸다. "측면에 인치 눈금이 표시된 원통형의 유리병을 가져다, 그 안에 10인치 높이까지 물을 채우자. 그리고 이 병의 1인치 깊이에 물 1파인트가 들어간다고 가정하자. 이제 깊이 1인치가 물 ½파인트 부피에 해당하는 속이 꽉 찬

330

원통을 가져다, 그것을 4인치 깊이로, 즉 이 원통의 밑바닥이 6인치 높이에 오게끔 물에 담근다. 그러면 2파인트의 물이 밀려나겠지. 그 물은 어떻게 될까? 뭐, 그 공간에 원통이 없다면, 그 물은 아무 문제 없이 12인치 눈금까지 올라갈 것이다. 그러나 유감스럽게도 지금은 원통이 10인치와 12인치 눈금 사이 공간의 절반을 차지하고 있으므로, 이곳에는 물 1파인트만 들어갈 수 있다. 그럼 나머지 1파인트의 물은 어떻게 될까? 그 공간에 원통이 없다면 그 물은 아무 문제 없이 13인치 눈금까지 올라갈 것이다. 그러나 유감스럽게도—뉴턴의 유령!" 그는 갑자기 공포가 담긴 어조로 외쳤다. "언제가 되어야 물이 상승을 멈출까?"

한 가지 명안이 그에게 떠올랐다. "이것에 대해서 짧은 글을 하나 써야겠어." 그가 말했다.

발부스의 소론(小論)

"고체가 액체에 완전히 잠겼을 때 자신의 부피에 해당하는 액체 일부를 밀어내며, 그 고체의 부피와 같은 양의 액체를 더 부은 것만큼 액체의 수면이 상승한다는 사실은 잘 알려져 있다. 라드너[50]는 고체의 일부가 잠겼을 때도 정확히 같은 과정이 발생한다고 말한다. 즉 밀려나는 액체의 부피는 이 경우 고체의 잠긴 부분과 동일하며, 수위도 이에 비례하여 상승한다.

한 고체가 일부분만 잠겨 있고 일부는 액체의 표면

331

위로 올라와 있다고 가정해보자. 그러면 액체의 일부가 밀려나고 그 수위는 상승한다. 그러나 수위가 상승하면 당연히 고체의 좀 더 많은 부분이 잠기게 될 것이고, 그에 해당하는 부피의 액체가 두 번째로 밀려나며, 그 결과 수위도 더 상승할 것이다. 이 두 번째 수위 상승으로 고체는 다시금 더 많이 잠기게 되며, 그 결과로 액체는 더 밀려나고 수위도 더 상승한다. 이 과정은 고체 전체가 잠길 때까지 계속되며, 그다음으로 액체는 그 고체를 붙들고 있는 것—고체와 연결되어 있기 때문에 잠시 동안이나마 그 일부로 간주되는 것—까지 가라앉히기 시작할 것임이 분명하다. 만약 당신이, 물컵에 끝부분이 잠긴 6피트 길이의 막대기 하나를 붙든 상태로 충분히 오랫동안 기다린다면 당신은 결국 물속에 잠기고 말 것이다. 그 많은 물이 어디서 공급되는가의 문제—고도의 수학적 분야에 속하며, 따라서 지금 우리의 범위를 벗어나는 문제—는 바다에서는 적용되지 않는다. 그러므로 우리는 썰물 때 바닷가에 서 있는 한 남자라는 익숙한 사례를 들어보기로 하자. 그는 일부가 바닷물에 잠겨 있는 한 고체를 붙든 채 움직이지 않고 꿋꿋이 서 있으며, 우리 모두는 그가 틀림없이 익사하리라는 것을 알고 있다. 날이면 날마다 철학적 진실을 증명하기 위해 이런 식으로 횡사하며, 이성을 알지 못하는 파도에 휩쓸려 그 시체가 우리 해변으로 음울하게 떠내려오는 많은 이들은 저 갈릴레오나 케플러보다도 과학의 순교자로 불릴 더욱 진정한 자격이 있다. 코

"그는 움직이지 않고 꼿꼿이 서 있으며"

슈트[51]의 웅변적 구절을 인용하면, 그들이야말로 19세기의 이름 없는 반신(半神)들이다."*

　"어딘가에 오류가 있어," 그는 그 긴 다리를 소파 위에 뻗으며 나른하게 중얼거렸다. "다시 생각해봐야 해." 그는 좀 더 완벽하게 주의를 집중하기 위해 눈을 감았다. 그리고 그로부터 약 한 시간 동안, 그의 느리고 규칙적인 숨소리는 그가 이 주제에 대한 새롭고도 당혹스러운 시각을 심사숙고하여 검토 중임을 입증하고 있었다.

* 이 소론을 쓰면서 나는 이제 고인이 된 한 절친한 친구에게 큰 빚을 졌다. —원주

10번 매듭
첼시 번[52]

"오, 번, 번, 번!"
— 옛 노래.

"어쩜, 그렇게 슬플 수가!" 클라라가 외쳤다. 그 상냥한 소녀는 두 눈에 눈물을 가득 담은 채 말하고 있었다.

"슬프지— 만 이를 산술적으로 보면 매우 흥미롭단다." 고모의 덜 낭만적인 대답이었다. "그들 중 일부는 국가에 봉사하다가 팔 한 짝을 잃었고, 일부는 다리 한 짝을, 일부는 귀 한 짝을, 일부는 눈 한 짝을—"

"그리고 일부는, 그 전부를 잃었겠죠!" 클라라가 꿈꾸듯 중얼거렸다. 그들은 갖은 풍상을 겪고 이제는 햇볕을 쬐고 있는 상이용사들의 기나긴 줄 옆을 지나고 있었다.[53] "아까 붉은 얼굴을 한 아주 늙은 분 보셨어요? 그분이 나무다리로 흙바닥에 지도를 그리고, 다른 사람들은 모두 그걸 들여다보고 있었어요. 내 생각에는 무슨 전투의 전략이었던 것 같은데—"

"물론 트라팔가르해전이겠지." 고모가 기세 좋게 끼어들었다.

"그럴 리가 없어요." 클라라가 용기를 내어 말했다. "그렇다면 그분은 살아 있을 수가 없을 텐데요—"[54]

"살아 있을 수가 없다고!" 노부인이 경멸에 찬 어조

334

로 말을 받았다. "그는 너와 나를 합친 것만큼이나 잘 살아 있어! 흙바닥에 그림을—나무다리로—그리는 것이 그 사람이 살아 있다는 증명이 아니라면, 그게 무얼 증명하는 건지 말해보렴!"

클라라는 이 곤경에서 어떻게 빠져나와야 할지 몰랐다. 예나 지금이나 논리학은 그녀의 장기가 아니었다.

"산술 문제로 돌아와서," 미친 마테시스가 말을 이었다—이 별난 노부인은 조카딸에게 계산을 시킬 기회를 절대 놓치지 않았다—"이 네 가지—다리 한 짝, 팔한 짝, 눈 한 짝, 귀 한 짝—를 전부 잃은 사람의 비율은 얼마나 될까?"

"제가 어떻게 알 수 있겠어요?" 겁에 질린 소녀가 숨을 들이켰다. 그녀는 앞으로 무슨 일이 닥칠지 잘 알고 있었다.

"물론 알 수 없겠지. 정보가 없다면." 고모가 대답했다. "하지만 지금 내가 그 정보를 네게—"

"아가씨한테 첼시 번 하나 사주세요, 부인! 젊은 아가씨들이 제일 좋아하는 거랍니다!" 낭랑하고 음악적인 목소리가 들려왔다. 목소리의 주인은 바구니를 덮고 있던 새하얀 천을 능숙하게 젖히고, 눈에 익은 정사각형 번들이 먹음직스럽게 줄지어 배열된 모습을 보여주었다. 달걀을 듬뿍 넣고 노릇노릇하게 구운 빵들이 햇빛을 받아 반짝였다.

"아뇨! 그렇게 소화하기 힘든 건 애한테 안 줄 거예

요! 저리 비키세요!" 노부인은 위협적으로 양산을 내저었다. 하지만 그 즐거운 노인의 쾌활함은 무슨 수로도 꺾지 못할 성싶었다. 그는 구성진 후렴구를 부르며 성큼성큼 걸어갔다.

"소화가 전혀 안 된단다, 얘야!" 노부인이 말했다. "비율 계산이 네 체질에는 훨씬 더 잘 맞을 거다!"

클라라는 한숨을 쉬었다. 멀리 작아져가는 바구니를 쳐다보는 그녀의 두 눈에는 허기진 표정이 감돌았다. 하지만 그녀는 도무지 굽힐 줄 모르는 노부인의 말에 순순히 귀 기울였다. 노부인은 곧바로 정보를 하나씩 손가락으로 꼽아가며 열거하기 시작했다.

"70퍼센트가 눈 한 짝을 잃었고— 75퍼센트가 귀 한 짝을— 80퍼센트가 팔 한 짝을— 85퍼센트가 다리 한 짝을 잃었다고 치자. 이렇게 하면 딱 떨어질 거야. 그러면 얘야, 이 네 부분을 모두 잃은 사람은 최소한 몇 퍼센트일까?"

대화는 더 이상 진전되지 않았다— 바구니가 모퉁이를 돌아 사라졌을 때 클라라의 입에서 터져 나온, "갓

구-운!"이라는 억눌린 외침을 그 대화의 일부로 치지 않
는다면 말이다 — 그렇게 그들은, 지금 클라라의 아버지
가 그의 세 아들과 그들의 노선생과 함께 머물고 있는 오
래된 첼시 저택까지 다다랐다.

발부스, 램버트, 휴는 그들보다 불과 몇 분 먼저 집
으로 들어와 있었다. 그들은 산책을 나갔다가 돌아왔는데,
거기서 휴는 램버트를 깊은 우울 속에 빠뜨리고 심지어
발부스까지 헷갈리게 만든 난제를 제기해놓은 참이었다.

"자정에 수요일에서 목요일로 바뀌는 거죠, 그렇
죠?" 휴는 이렇게 말을 시작했다.

"때로는 그렇지." 발부스가 조심스럽게 말했다.

"언제나 그렇죠." 램버트가 단호히 말했다.

"때로는 그렇지." 발부스가 부드럽게 고집했다. "일
주일 가운데 여섯 번의 자정에는 다른 요일로 바뀌지."

"물론 제 말은," 휴가 자기 말을 정정했다. "수요일
에서 목요일로 바뀔 때가 오로지 자정이라는 뜻이었어요."

"그렇지." 발부스가 말했다. 램버트는 말이 없었다.

"자, 이곳 첼시가 지금 자정이라고 가정해봐요. 그
러면 아직 자정이 되지 않은 첼시의 서쪽(아일랜드나 미
국 같은 곳)은 수요일이고, 이미 자정이 지난 첼시의 동쪽
(독일이나 러시아 같은 곳)은 목요일이죠?"

"그렇지." 발부스가 아까 했던 말을 반복했다. 이번
에는 램버트도 고개를 끄덕였다.

"하지만 그 나머지 지역은 자정이 아니니까, 그 나

머지 지역은 다른 요일로 바뀌고 있지 않죠. 하지만, 아일
랜드와 미국 등이 수요일이고 독일과 러시아 등이 목요일
이라면, 양쪽이 서로 다른 요일이 되는 어떤 장소가 (첼시
가 아닌 다른 곳에) 존재해야 해요. 그리고 설상가상으로,
그곳 사람들의 날짜는 거꾸로 흐르게 돼요. 그곳의 동쪽
은 수요일이고 서쪽은 목요일이니까— 그곳 사람들은 목
요일에서 수요일로 넘어가게 되는 거죠!"

"그 수수께끼, 전에 들어본 적 있어!" 램버트가 외쳤
다. "내가 설명해줄게. 우리는 배가 동에서 서로 지구를 한
바퀴 돌아 항해할 때, 그 배의 계산에서 하루를 잃게 된다
는 걸 알고 있지. 즉 배가 고국에 도착했을 때 그들은 수요
일인 줄 알았는데, 이곳 사람들에게는 그날이 목요일인 거
지. 우리는 배에 탄 사람들보다 자정을 한 번 더 거쳤기 때
문이야. 또 그 반대편으로 한 바퀴 돌면 하루를 벌게 되지."

"그건 나도 다 알아." 이 그리 명료하지 않은 설명에
대한 대답으로 휴가 말했다. "하지만 알아도 도움이 안 되
는 게, 배 위에서는 날짜가 제대로 흐르지 않잖아. 한쪽으
로 돌면 하루가 24시간보다 길어지고, 그 반대쪽으로 돌
면 하루가 그보다 짧아지니까. 그러니까 당연히 요일도
달라지지. 하지만 한 장소에서 계속 사는 사람들에게는
언제나 하루가 24시간이지."

"내 생각에는 그런 곳이 있을 것 같군." 발부스가 골
똘히 생각에 잠겨 말했다. "전혀 들어본 적은 없지만 말이
네. 그리고 그곳 사람들은, 자기 지역의 동쪽이 이미 지나

338

간 날짜고 서쪽이 새 날짜라는 게— 휴의 말대로— 매우 이상하다고 생각하겠지. 그들이 자정을 맞을 때 자정 앞에는 새 날짜가, 자정 뒤에는 지난 날짜가 온다면 정확히 어떻게 된 영문인지 이해할 수 없을 테니까. 좀 더 생각해 봐야겠군."[55]

이렇게 해서 그들은 내가 앞에서 기술한 바와 같은 — 발부스는 헷갈리고, 램버트는 우울한 생각에 잠긴 — 상태로 집에 들어왔던 것이다.

"예, ㅁ님, 모두들 집에 계십니다, ㅁ님." 위풍당당하게 나이 든 집사가 말했다.* "ㅇ인장께서는 ㅅ재에서 기다리고 계십니다."

"저 집사가 너희 아버지를 노인장이라고 부르는 게 맘에 안 들어." 그들이 복도를 지날 때 미친 마테시스가 조카딸에게 속삭였다. "주인장이라고 한 거예요."[57] 클라라는 그 대답으로 이렇게만 간신히 속삭이고는 곧 안내를 따라서 서재로 들어섰다. 그곳에 모인 다섯 명의 엄숙한 얼굴을 보고 그녀는 찬물을 뒤집어쓴 듯 조용해졌다.

테이블의 상석에 앉은 그녀의 아버지는 여인들을 보며 자기 양쪽의 두 빈 좌석을 말없이 가리켰다. 그의 세 아들과 발부스는 이미 자리에 앉아 있었다. 테이블 위에는 필기도구들이 무슨 귀신들의 만찬회풍으로 빙 둘러서

---

* 세 개의 M을 중간에 모음 없이 연달아 발음해낼 수 있는 사람은 오로지 경험 많은 집사뿐이다.[56] —원주

차려져 있었다. 집사는 이 엄숙한 도구들을 심사숙고해서 배치한 것이 분명했다. 양 옆구리에 펜과 연필을 낀 4절판 종이는 접시 대신이었고—펜 닦는 헝겊은 롤 역할이었고—주로 와인 잔이 차지하는 자리에는 잉크병이 놓여 있었다. 그날의 '주요 상연물'은 녹색 모직으로 된 커다란 가방이었다. 노인이 그것을 잠시도 가만두지 못하고 들어서 이쪽저쪽으로 옮겨놓을 때마다, 그 속에서는 마치 기니 금화가 잔뜩 들어 있는 것처럼 멋지게 쩔그렁거리는 소리가 났다.

"누이야, 딸과 아들아, 그리고 발부스 선생—"노인이 너무 긴장하며 말을 시작해서, 발부스는 작은 소리로 "옳소, 옳소!" 하며 거들었고 휴는 테이블을 주먹으로 두드렸다. 이는 미숙한 연사를 더 불안하게 만들었다. "누이야—" 그는 다시 말을 시작했다가 잠시 멈추고 가방을 다른 쪽으로 옮겨놓은 후 다시 급하게 말을 이었다. "내 말은— 이 자리는 다소— 중차대한 시기로서—그러니까—내 아들 중 한 명이 성년이 되는 해로서—"[58] 그는 조금 당황하여 다시 말을 멈추었다. 연설이 그가 의도한 것보다 더 일찍 중간 부분으로 진입해버린 것이 분명했다. 하지만 처음으로 되돌아가기엔 이미 늦었다. "옳소, 옳소!" 발부스가 소리쳤다. "그렇소," 노신사가 다소 침착성을 되찾으며 말했다. "내가 처음 이 연중행사를 시작했을 때— 혹시 내가 틀린 부분이 있으면, 내 친구 발부스가 바로잡아줄 것이오—" (휴가 "채찍으로!"라고 속삭였지만 램버트를 제외하고는 아무도 그 소리를 듣지 못했다. 램버트는 얼굴을 찌푸리며 그를 향해 머리를 흔들기만 했다.) "내 아들들 모두에게 각자 자기 나이에 해당하는 수의 기니 금화를 주는 이 연중행사를 시작했을 때— 발부스가 내게 알려준 바에 따르면— 그때는 바로 너희 중 두 명 나이의 합이 나머지 한 명의 나이와 같아지는— 중차대한 시점이었다— 그래서 그때에 즈음하여, 나는 한차례 연설을 했다—" 그가 너무 오랫동안 말을 멈추고 있어서, 발부스는 말을 거들어 그를 구출해주는 게 좋을 것 같다고 생각했다. "이는 그야말로—" 하지만 노인은 경고의 눈길로 그를 제지했다. "그렇다, 연설을 했다." 그는 되풀이했다. "그로부터 몇 년 뒤 발부스가 또 지적하길— 다시 말하지만 지적하길—" ("옳소, 옳소!" 발부스가 소리쳤다. "그렇소." 노인이 감사하며 말했다.) "— 또다시 중대한 시점이 왔다고 하였다. 너희 중 두 명의 나이의 합이 나머지 한 명 나이의 두 배가 되었다는 것이었다— 그리하여 나는 다시금 연설을— 연설을 했다. 그리고 이제, 다시금 중대한 시점에 이르렀다— 고 발부스가 말했다— 그래서 나는 지금—" (이때 미친 마테시스가 드러내놓고 티를 내면서 자기 시계를 들여다보았다.) "최대한 빨리 끝내겠소!" 노인이 놀라운 침착성을 발휘하며 소리쳤다. "진짜로, 누이야, 이제 요점으로 들어가고 있다니까! 첫 번째 행사 이후로 지금까지 경과한 햇수는, 첫해에 내가 너희에게 주었던 기니 금화 수의 정확히 ⅔이다.

자, 아들들아, 이상의 정보를 토대로 너희의 나이를 계산하여라, 그러면 너희는 돈을 받게 될 것이다!"

"하지만 우리는 우리 나이를 알고 있는 걸요!" 휴가 외쳤다.

"조용히 해라!" 노인이 고함치며 분연히 몸을 일으켜 꼿꼿이 섰다(그의 키는 정확히 5피트 5인치[59]였다). "너희는 오로지 주어진 정보만을 이용해야 한다! 성년이 되는 사람이 누구인지를 섣불리 가정해서도 안 된다!" 그는 말을 하면서 가방을 움켜쥐고는, 휘청이는 걸음걸이로(그것을 들고 걸어가려면 그러는 수밖에 없었다) 방을 나갔다.

"그리고 너도 선물을 받게 될 거야." 노부인이 조카딸에게 속삭였다. "네가 그 비율을 계산해내면!" 그러고는 오라버니를 따라 방을 나갔다.

늙은 한 쌍이 테이블을 뜬 뒤의 엄숙한 분위기는 그 무엇으로도 능가할 수 없었다. 그런데 저것은—불운한 아들들을 등지고 돌아설 때 아버지의 얼굴에 어린 저것은 혹시 미소였을까? 그리고 저것은—절망한 조카딸을 버려두고 나올 때 고모가 보인 저것은 윙크였을까? 그리고 (두 사람을 따라 나간) 발부스가 방문을 닫기 직전에 방 안으로 흘러들어온 저것은—혹시 숨죽여 킬킬대는 웃음소리였을까? 분명 아니었으리라. 하지만 집사가 요리사에게 전한 이야기는—아니, 그것은 그저 한가한 뒷말이었을 뿐이므로 여기에 옮기지 않겠다.

저녁 어스름은 그들의 무언의 청원을 받아들여, 그들을 "에워싸지 않았다"[60](집사가 램프를 들여놓았기 때문에). 그 친절한 어스름은 한 "외로운 울부짖음"[61](뒤뜰에서 개 한 마리가 달을 쳐다보며 짖어대는 소리) 속에 그들을 "잠시" 내버려두었다. 그러나 "아, 아침은"(아니, 그 어떤 다른 시간도), 이 문제들이 그들을 덮쳐 불가해한 수수께끼의 짐으로 짓누르기까지 한때 그들이 지녔던 마음의 평화를 "돌려주지" 않을 성싶었다!

"이건 불공평해." 휴가 중얼거렸다. "이렇게 뒤죽박죽인 문제를 우리가 잘 풀 수 있을 것 같아?"

"잘?" 클라라가 그의 말을 비꼬듯 따라 했다. "있어야 해!"[62]

그리고 내 모든 독자들에게, 나는 그저 상냥한 클라라의 마지막 말을 옮길 수 있을 따름이다—

잘 있어야 해요!

부록

"매듭이라고!" 앨리스가 말했다.
"오, 내가 푸는 걸 도와줄게!"[63]

1번 매듭의 풀이

문제— 두 나그네가 3시에 숙소를 출발하여, 평지를 걷고 한 언덕 위에 올라갔다가 도로 내려와서 9시까지 숙소로 돌아온다. 그들의 속도는 평지에서 시속 4마일, 언덕을 오를 때 시속 3마일, 언덕을 내려올 때 시속 6마일이다. 그들이 걷게 될 총 거리와, 그들이 언덕 꼭대기에 도달한 시각을 (30분의 오차 이내로) 구하라.[64]
답— 24마일, 6시 30분.

———————

풀이— 1마일을 걷는 데 평지에서는 ¼시간, 오르막길에서는 ⅓시간, 내리막길에서는 ⅙시간이 걸린다. 따라서 같은 거리를 왕복하는 데는 평지든 사면이든 똑같이 ½시간이 걸린다.[65] 따라서 6시간 동안 이들은 12마일을 갔다가 12마일을 돌아오게 된다. 만약 첫 12마일이 거의 다 평지였다면 3시간을 약간 넘는 시간이, 거의 다 오르막길이었다면 4시간에 조금 못 미치는 시간이 걸렸을 것이다. 따라

345

서 그들이 언덕 꼭대기에 다다르는 데 걸린 시간은 앞뒤로 ½시간의 오차를 두고 3 ½시간이 된다. 그들이 3시에 출발했으므로, 그들이 꼭대기에 다다른 시각은 6시 30분에서 앞뒤로 ½시간 이내가 된다.

총 27개의 답변이 들어왔다. 이 중에서 9개는 정답이고 16개는 일부분만 맞았으며 2개는 틀렸다. 이 16명은 거리를 맞추었지만, 두 사람이 6시에서 7시 사이에 언덕 꼭대기에 도달했다는 사실을 파악하지 못했다.

　　두 개의 오답은 '거티 버넌'과 '허무주의자'의 것이다. '거티 버넌'은 거리를 "23마일"로, 그녀의 혁명적 동지는 "27마일"로 적어냈다. '거티 버넌'은 두 사람이 "평지를 따라 4마일을 걸은 뒤 4시에 언덕 기슭에 도착했다"고 썼다. 물론 그랬을 수도 있음을 인정하지만, 그대는 그들이 그러했다는 근거를 제시하지 못했다. "언덕 꼭대기까지는 7 ½마일이었고, 그들은 7시 15분 전에 그곳에 도착했다." 여기서 그대는 계산이 틀렸으므로, 나는 비록 내키진 않지만 그대에게 작별을 고해야만 한다. 7 ½마일 거리를 시속 3마일로 걷는 데는 2 ¾시간이 걸리지 않는다. '허무주의자'는 "전체 마일 수를 x로, 언덕 꼭대기까지 가는 데 걸린 시간을 y로 놓자. ∴ $3y$ = 언덕 꼭대기까지의 마일 수이고, $x - 3y$ = 반대쪽의 마일 수이다"라고 적었다. 그대는 내게 혼란을 주었다. 무엇의 반대쪽이란 말인가? "언덕"이

346

라고 그대는 말하리라. 하지만 그렇다면, 그들은 어떻게 숙소로 되돌아간단 말인가? 하지만 그대의 견해를 수용하여 우리는 언덕의 반대편 기슭에 새 여인숙을 짓고, 게다가 평지가 전혀 없다고 (이는 반드시 참은 아니지만 가능한 일임을 인정한다) 가정해보겠다. 그렇게 하더라도 그대는 틀렸다.

그대는 이렇게 말한다.

$$y = 6 - \frac{x - 3y}{6} \cdots\cdots \text{ (i)}$$

$$\frac{x}{4\frac{1}{2}} = 6 \cdots\cdots\cdots \text{ (ii)}$$

나는 (i)은 인정하지만 (ii)는 부인한다. 이는 일부 시간 동안 시속 3마일로 이동하고 그 나머지 시간 동안 시속 6마일로 이동하면 그 결과는 내내 시속 4½마일로 이동하는 것과 같다는 가정에 근거해 있다. 그러나 이 가정은 그 "일부" 시간이 딱 절반일 때, 예컨대 3시간 동안 언덕을 올라가고 나머지 3시간 동안 언덕을 내려갈 때에만 성립된다. 그러나 그들이 그렇게 하지 않았음은 분명하다.

일부분 정답을 맞춘 16명은 '애그니스 베일리', 'F. K.', '파이피', 'G. E. B.', 'H. P.', '키트', 'M. E. T.', '마이시', '어머니의 아들', '나이람', '레드루스 사람', '사회주의자', '처녀 창기병', 'T. B. C.', '관성력', '야크'였다. 이 중에서 'F. K.', '파이피', 'T. B. C.', '관성력'은 두 번째 질문을 풀려는 시도를 전혀 하지 않았고, 'F. K.'와 'H. P.'는 풀이 과정을 적지 않았다. 나머지는 평지가 없다든지, 혹은 평지로 된 길이 6마일이라든지 하는 등의 특수한 가정을 했고, 이를 통해 언덕 꼭대기에 다다르는 데 걸린 시간을 딱 떨어지게 구했다. 그중에서 가장 흥미로운 가정은 '애그니스 베일리'의 것이다. 그녀는 "x = 올라가는 데 걸린 시간으로 놓자. 그러면 $x/2$ = 내려가는 데 걸린 시간, $4x/3$ = 평지를 걷는 데 걸린 시간이 된다"라고 말한다. 그대는 사면과 평지에서의 상대적 속도에 대해 생각한 것 같은데, 이는 "그들이 일정한 시간 동안 언덕으로 x마일을 올라갔다면, 같은 시간 동안 평지에서는 $4x/3$마일을 이동했을 것"이라고 표현해야 맞을 것이다. 실제로 그대는 그들이 평지로 가는 데 걸린 시간과 언덕을 올라가는 데 걸린 시간이 같다고 가정했다. '파이피'는 그들이 평지에서 "한 시간에 4마일로" 이동했다고 나이 든 기사가 말했을 때의 4마일이 속도가 아니라 실제 이동한 거리라고 가정했다. '파이피'가 속어 사용을 양해해준다면, 이는 영웅의 품위에 걸맞지 않는 "뻥"일 것이다.

이제 "내려오소서, 그대들!" 모든 문제를 푼 "고전의 아홉 뮤즈여!" 내 그대들에 대한 찬가를 노래하리라.[66] 그대들의 이름은 '블라이스', 'E. W.', 'L. B.', '맬버러 보이', 'O. V. L.', '퍼트니의 보행자', '로즈', '바다의 미풍', '얼뜨기 수전'[67]과 '돈거미'[68]이다. (이 마지막 두 명은 공동으

348

로 답안을 보내왔기 때문에 한 명으로 세웠다.) 사실 '로즈'와 '얼뜨기 수전 외 1인'은 두 사람이 6시와 7시 사이에 언덕 꼭대기에 도착했다고 적지는 않았지만, 1마일을 올라갔다가 도로 내려오는 데 걸리는 시간이 평지에서 2마일을 가는 데 걸리는 시간과 같다는 사실을 분명히 파악했기에 "맞는 답"으로 인정했다. '맬버러 보이'와 '퍼트니의 보행자'의 대수적 풀이는, 이 문제가 부정방정식[69]으로 이어짐을 인식했다는 점에서 특별히 칭찬받을 자격이 있다. 'E. W.'는 나이 든 기사가 거짓말을 했다고 주장했는데, 그는 기사도의 정수 그 자체이므로 이는 매우 심각한 비난이다! 그녀는 이렇게 말한다. "주어진 수치에 따르면, 정상에 섰을 때의 시각은 전체 거리를 알려주는 단서를 제공하지 않는다. 이것만 가지고서는 그 길에 평지가 얼마나 되고 언덕길이 얼마나 되는지 정확히 알 길이 없다." 이에 대해 나이 든 기사는 이렇게 대답하리라. "낭자여, 만일 내 추측대로 그대의 이니셜이 '젊은 여성(Early Womanhood)'의 약자라면, '알 길'이라는 말이 내 말이 아니라 그대의 말임을 마음에 새기시오. 내가 언덕 꼭대기에 도달한 시각을 물은 것은 그저 협상을 위해 내건 조건이었을 따름이오. 이제 내가 진실을 사랑하는 사나이임을 그대가 인정하지 않는다면, 나는 이 이니셜이 '독기 띤 사악함(Envenomed Wickedness)'의 약자라고 단언하겠소!"

합격자 명단

1등

맬버러 보이   퍼트니의 보행자

2등

블라이스   로즈
E. W.   바다의 미풍
L. B.   얼뜨기 수전, 돈거미
O. V. L.

'블라이스'는 이 문제에 대단히 독창적인 뒷이야기를 덧붙였고, '얼뜨기 수전 외 1인'은 이를 대단히 유려한 시구절로 풀어냈기에 여기 그들이 보내온 해답의 전문을 게재한다. 나는 '블라이스'의 해답에서 그대로 놔두기엔 그다지 분명치 않은 한두 단어를 수정했는데 그녀가 너그러이 양해해주리라 믿는다.

———————

"하지만 잠깐만." 젊은이가 말했다. 정지된 그 얼굴의 이완된 근육에 영감의 한 줄기 빛이 점화되었다. "잠깐. 내 생각에 우리가 정상, 즉 우리 노고의 정점에 언제 올랐는가는 그리 중요하지 않은 것 같소. 우리가 1마일을 기어올랐다가 같은 거리를 도로 내려오는 데 걸리는 시간 동안,

350

평지에서는 2마일을 걸을 수 있으니까 말이오. 그러면 우리는 기나긴 6시간 동안 24마일을 터벅터벅 걷는 셈이오. 우리는 잠깐 멈춰서 숨을 돌리거나 주변 경치를 돌아볼 시간조차 갖지 못했잖소!"

"훌륭하네." 노인이 말했다. "12마일을 갔다가 12마일을 돌아오는 셈이지. 그리고 우리는 6시에서 7시 사이에 꼭대기에 도달했다네. 이제 내 말을 잘 듣게! 우리가 저 정상에 선 시각이 6시에서 5분씩 더 경과하는 만큼, 우리가 저 황량한 산비탈로 힘겹게 올라간 거리도 더 늘어나는 셈이지!"

젊은이는 끙 하고 신음을 뱉고는 숙소를 향해 달음질쳤다.

블라이스

늙은 기사와 젊은 기사가
　3시에 길을 나섰다네.
그들이 평지에서 얼마나 많이 갔는지
　나는 상관하지 않는다네.
몇 시에 그들이 언덕 기슭에 도달했는지,
　언제 그들이 언덕을 오르기 시작했는지도
내가 보기에는 아주 사소한
　문제일 뿐이라네.

그들이 언덕 꼭대기에서
　모자를 흔들어댄 시점—

이런 시시한 질문에 대한 해답을
  나는 구하지 않으리.
그러나 그들이 주행해야 할 거리는
  확실히 말할 수 있으니,
3시에서 9시 사이에 언덕길과 평지로
  총 24마일이라네.

평평한 길을 따라 1시간에 4마일의
  안정된 페이스로,
오르막길에서는 시속 3마일로, 그러나
  내리막길로 성큼성큼 돌아갈 때는 시속 6마일로.
그리고 오르막길과 내리막길을 아울러
  그들이 시속 4마일로 나아갔음을 보이는 데는
별다른 기술이 필요 없을 듯하네.

그들이 언덕길을 가는 데 걸린 시간의
  길고 짧음을 말하면,
올라가는 데 그 3분의 2가
  내려가는 데 그 3분의 1이 걸렸다네.
시속 3마일로 3분의 2, 6마일로 3분의 1을
  올바로 계산하면
전체 시간 동안은 시속 4마일이 되니,
  이제 이야기는 헝클어지지 않게 되었네.
                              얼뜨기 수전, 돈거미

2번 매듭의 풀이

§ 1. 만찬회

문제 — 크고브즈니의 총독이 매우 조촐한 만찬회를 열어, 그의 아버지의 처남(brother-in-law), 그의 형제의 장인, 그의 장인의 형제, 그의 매부(brother-in-law)의 아버지를 초대하려고 한다. 손님의 수를 구하라.

답 — 한 명.

이 가계도에서 남자는 대문자, 여자는 소문자로 표시되었다. 총독은 E고 그의 손님은 C다.

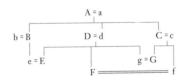

10개의 답변이 들어왔다. 이 중에서 한 명, '갈란투스 니발리스 메이저'[70]가 틀렸다. 그녀는 총독의 부인의 형제의 아버지를 포함하여 두 명의 손님을 초대해야 한다고 주장했다. 만약 그녀가 총독의 누이의 남편의 아버지를 택했다면, 손님을 한 명으로 줄일 수 있음을 깨달았을 것이다.

정답을 보내온 9명 중에서, '바다의 미풍'은 그 이름에 담긴 그 어떤 미풍보다도 미약한 간발의 차이로 시험을 통과했다! 그녀는 총독의 삼촌이 "근친혼을 통해" 이

353

모든 조건을 충족시킬 수 있을 것이라고만 적고 끝냈다![71] "서쪽 바다에서 부는 바람"[72]이여, 그대는 매우 아슬아슬했다! 합격자 명단에 오른 것만으로도 감사하라! '매목(埋木)'[73]과 '미래의 안내서'[74]는 총독의 아버지의 부인의 형제 대신에 총독의 아버지의 누이의 남편을 넣어 총 14명이 아닌 16명이 들어간 가계도를 구성했다. 내 생각에 이는 14명만 들어간 풀이만큼 좋은 해답 같지 않다. 실제 가계도를 첨부한 사람은 '키즈'와 '밸런타인' 둘뿐이므로 이들은 특별히 언급될 자격이 있다.

합격자 명단

1등

꿀벌	M. M.	늙은 고양이
키즈[75]	매튜 매틱스[76]	밸런타인

2등

매목	미래의 안내서

3등

바다의 미풍

§ 2. 숙소 구하기

문제— 한 정사각형 광장의 한 변에 대문이 20개씩 달려 각 변을 21부분으로 등분하고 있다. 이 문들에는 한쪽 귀퉁이부터 시작해서 쭉 돌아가며 1번지, 2번지, 3번지…… 로 번호가 붙어 있다. 9번지, 25번지, 52번지, 73번지의 네 대문 중에서 나머지 세 대문까지의 거리의 합이 가장 짧은 것은?

답—9번지.

A를 9번지, B를 25번지, C를 52번지, D를 73번지라고 하자.[77] 그러면

$$AB = \sqrt{(12^2 + 5^2)} = \sqrt{169} = 13$$

$$AC = 21$$

$$AD = \sqrt{(9^2 + 8^2)} = \sqrt{145} = 12+$$

(여기서 12+는 12와 13 사이의 값을 뜻한다.)

$$BC = \sqrt{(16^2 + 12^2)} = \sqrt{400} = 20$$

$$BD = \sqrt{(3^2 + 21^2)} = \sqrt{450} = 21+$$

$$CD = \sqrt{(9^2 + 13^2)} = \sqrt{250} = 15+$$

따라서 A로부터의 거리의 총합은 46과 47 사이, B로부터의 총합은 54와 55 사이, C로부터의 총합은 56과 57 사이, D로부터의 총합은 48과 51 사이다. (왜 "48과 49 사이"가 아니냐고? 이건 여러분이 생각해보시라.) 따라서 거리의 합이 가장 짧은 지점은 A다.

25개의 답변이 들어왔다. 이 중에서 15개는 0점으로 처리해야 했고, 5개는 부분적으로 맞았고 5개가 정답이었다. 15명 중에서 '알파벳의 유령', '매목', '다이너 마이트', '파이피', '갈란투스 니발리스 메이저'(나는 봄 날씨가 추워서 우리의 스노우드롭이 말라 죽은 것이 아닌지 걱정스럽다), '가이', 'H. M. S. 피나포어',[78] '재닛', '밸런타인'은 우리의 불운한 하숙인들이 보도를 따라서 이동해야 한다고 주장했기 때문에 제외했다. (나는 지름길이 가능함을 보여주려는 특수한 목적으로 "73번지로 가로질러 갔다"라는 표현을 썼다.) '바다의 미풍'도 같은 주장을 하면서 그들이 광장을 가로질러 갔어도 "결과는 똑같았을 것"이라고 덧붙였지만 그 근거는 제시하지 않았다. 'M. M.'은 다이어그램을 그리고 "다이어그램에서 볼 수 있듯이" 9번지가 답이라고 적었는데 어떻게 해서 그렇게 되는지 내 눈에는 보이지 않는다. '늙은 고양이'는 그 집이 9번지 혹은 73번지일 것이라고 추측했지만 어떻게 거리를 추산했는지는 설명하지 않았다. '꿀벌'은 계산이 틀렸다. 그녀는 $\sqrt{169} + \sqrt{442} + \sqrt{130} = 741$이라

고 적었다. (그대는 √741이라 쓰려고 한 듯한데 이것이 참에 약간 더 가까울 것이다. 하지만 제곱근은 이런 식으로 더할 수 없다. 그대 생각에는 √9 + √16이 25일 것 같은가? 아니 √25라도 될 것 같은가?) 그러나 '에어'[79]의 답안은 이보다 더 위태롭다. 그녀는 무서울 정도로 침착하게 비논리적 결론을 이끌어낸다. 그녀는 AC가 BD보다 작음을 (바르게) 지적한 다음, "그러므로 나머지 세 집에 가장 가까운 집은 A 혹은 C"라고 말한다. 그리고 다시, 그녀는 B와 D가 (A가 포함된) 정사각형 위쪽 절반 안에 들어 있음을 (바르게) 지적한 다음, "그러므로" AB + AD는 BC + CD보다 작다고 말한다. (여기서의 "그러므로"에는 둘 다 논리적 설득력이 없다. 첫 번째 것을 1번지, 21번지, 60번지, 70번지로 놓고 다시 해보면, 이는 그대의 전제에 부합하지만 결론은 맞지 않음이 확실히 드러날 것이다. 마찬가지로 두 번째 것도 1번지, 30번지, 51번지, 71번지로 놓고 다시 해보라.)

부분적으로 맞은 5개의 해답 중에서, (공동으로 답안을 보내온) '넝마'와 '미친 모자 장수'는 25번지가 모퉁이에서 5칸이 아니라 6칸 떨어져 있다고 놓았다. '침',[80] 'E. R. D. L.', '메기 포츠'는 스퀘어의 각 모퉁이에 입구를 터 놓았는데 주어진 정보에는 이런 내용이 나와 있지 않다. 게다가 '침'은 거리 값들이 근사치일 뿐임을 나타내는 아무런 표시도 하지 않았다. '크로피와 모피'는 각 변에 집이 발부스가 말한 대로 20채가 아니라 실은 21채씩 있다는 용감하고도 근거 없는 가정을 했다. 그들은 "우리는 21번지, 42번지, 63번지, 84번지의 대문이 광장의 중심에서는 보이지 않는다고 가정할 수 있다"고 덧붙였다! 나는 '크로피와 모피'가 가정하지 않은 것이 무엇인지가 궁금하다.

정답을 맞춘 5명 중에서 '미래의 안내서', '키즈', '클리프턴 C.', '마트레브'는 흠잡을 데 없는 분석적 풀이를 보내왔기에 특별히 칭찬받을 자격이 있다. '매튜 매틱스'는 9번지를 택한 다음 이 집이 맞음을 두 가지 방법으로 매우 깔끔하고 재치 있게 증명했지만 처음에 왜 그 집을 골랐는지는 밝히지 않았다. 이는 매우 훌륭한 종합적 증명이지만 다른 네 명이 제공한 분석이 빠졌다.

합격자 명단

1등

| 미래의 안내서 | 클리프턴 C. |
| 키즈 | 마트레브 |

2등

매튜 매틱스

3등

침	메기 포츠
크로피와 모피	닝마, 미친 모자 장수
E. R. D. L.	

1번 매듭과 관련하여 '따지는 사람'의 항의가 들어왔다. 그는 1번 매듭의 문제가 "문제로 성립되지 않는다"고 주장했다. 그는 "두 문제가 있는데, 하나는 이를 풀 수 있는 정보가 없고 나머지 하나는 스스로 답을 제시하고 있다"고 말했다. 첫 번째 것에 대해 말하자면 '따지는 사람'은 잘못 알고 있다. 이 문제에 답하기에 충분한 (두 개 이상의) 정보가 존재한다. 두 번째 것에 대해 말하자면, 문제 "스스로가 답을 제시하고 있음"을 안다는 건 흥미로운 일이며, 이는 이 문제에 대한 대단한 칭찬이라고 확신한다. 그러나 이 퀴즈 경연은 오로지 인간만을 대상으로 하고 있기에, 유감스럽지만 나는 이것[81]을 합격자 명단에 올릴 수 없다.

3번 매듭의 풀이

문제 — (1) 두 승객이 각자 기차를 타고 한 역에서 동시에 반대 방향으로 출발하여 순환 철로를 따라 한 바퀴를 돈다. 기차는 매 15분마다 출발하고, 동쪽으로 가는 기차는 3시간, 서쪽으로 가는 기차는 2시간마다 한 바퀴씩 순환선을 돌고 있다. 출발점과 종착점에서 만나는 기차를 제외하고, 두 사람은 가는 길에 각각 몇 대의 기차와 마주치게 될까? (2) 두 승객이 먼젓번과 똑같이 가되, 상대 여행객이 탄 기차를 만나면 그것을 '첫 번째' 기차로 세기로 했다. 두 사람은 각각 몇 대의 기차와 마주치게 될까?

답—(1) [둘 다] 19대. (2) 동쪽으로 가는 여행객은 12대, 그 반대편 여행객은 8대.

한쪽으로 가는 기차들은 한 바퀴를 도는 데 180분이 걸리고, 그 반대쪽으로 가는 기차들은 120분이 걸린다. 둘의 최소공배수인 360을 잡아서 철도 노선 전체를 360칸으로 나누어보자. 그러면 한쪽 기차들은 30칸 간격을 두고 분당 2칸씩 전진하며, 반대쪽 기차들은 45칸 간격을 두고 분당 3칸씩 전진한다. 동쪽으로 막 출발한 기차와 그것이 첫 번째로 만나게 될 기차 사이에는 45칸의 간격이 있다. 이 기차가 이 간격의 ⅖만큼 이동하는 동안 마주 오는 기차는 ⅗만큼 이동하므로, 이 기차는 18번째 칸의 끝에서 마주 오는 기차와 만나게 된다. 한편 서쪽으로 막 출발한 기차와 그것이 첫 번째로 만나게 될 기차 사이에는 30칸의 간격이 있다. 이 기차가 이 간격의 ⅗을 이동하는 동안 마주 오는 기차는 ⅖를 이동하므로, 이 기차 역시 18번째 칸의 끝에서 마주 오는 기차와 만나게 되며 이런 식으로 한 바퀴 내내 반복된다. 따라서 출발점(종착점)을 제외하고 노선 전체를 19개 지점으로, 즉 한 구간에 18칸씩 총 20개 구간으로 나누면 기차들은 그 모든 지점에서 서로 만나게 된다. (1)에서 두 승객은 한 바퀴를 도는 동안 19개 지점을 지난다. 다시 말해 19대의 기차와 만나게 된다. 하지만 (2)

에서 동쪽으로 가는 승객은 전체 노선의 ⅔만큼을 이동했을 때, 즉 8번째 지점에 도달했을 때부터 수를 세기 시작하므로 총 12개 지점을 세게 된다. 마찬가지 방식으로 반대편 승객은 8개 지점을 세게 된다. 그들은 3시간의 ⅖ 혹은 2시간의 ⅗이 경과한 시점, 즉 72분 후에 서로 만나게 된다.

45개의 답변이 들어왔다. 이 중에서 12개는 풀이 과정을 적지 않았으므로 논의할 여지가 없다. 나는 그들의 이름만을 열거할 수 있을 뿐이다. '아드모어', 'E. A.', 'F. A. D.', 'L. D.', '매튜 매틱스', 'M. E. T.', '푸-푸', '붉은 여왕'[82]은 모두 틀렸다. '베타'와 '로웨나'는 (1)번은 맞았고 (2)번은 틀렸다. '건방진 밥'과 '나이람'은 답을 맞혔지만, 만약 이것이 상을 주는 대회였다면 그들은 점수를 받지 못했을 것이다. 이 말을 들으면 '건방진 밥'은 좀 덜 건방져지고 '나이람'[83]은 매사를 거꾸로 보는 시각을 좀 누그러뜨릴지 모르겠다.*

　풀이 과정을 적은 33개의 답안 중에서 10개는 틀렸고, 11개는 둘 중 하나만 맞았고, 3개는 맞았지만 동쪽으로 가는 기차를 탄 사람이 클라라라고 착각하고 있으

---

* 나는 'E. A.'의 온전한 이름을 공개할 수 없다. 그녀는 자신의 답안이 맞았을 경우에 한해 조건부로 이름을 밝혔기 때문이다. —원주

며— 주어진 정보만 가지고는 이를 확신할 수 없다— 9 개는 완전한 정답이다.

10개의 오답은 '보핍',[84] '금융업자', 'I. W. T.', '케이트 B.', 'M. A. H.', 'Q. Y. Z.', '갈-매기', '엉경퀴 갓틸', '톰-쿼드',[85] 그리고 서명을 하지 않은 한 사람의 것이다. '보핍'은 동쪽으로 가는 승객이 그녀가 여행한 3시간과 그 이전의 2시간 동안 출발한 모든 기차를 만난다고, 즉 한 주기가 15분으로 이루어진 총 20차례 주기의 시작점마다 출발한 모든 기차를 만난다고 바르게 적었다. 그리고 같이 출발한 기차를 제외한 것도 맞았다. 하지만 마지막 기차를 제외한 것은 틀렸다. 여기서 마지막 기차는 종착역이 아니라 종착역에 도착하기 15분 전에 만나는 기차이기 때문이다. 그녀는 (2)번 문제에서도 같은 실수를 했다. '금융업자'는 두 번 이상 마주친 기차는 세지 않는다고 잘못 생각했다. 'I. W. T.'는 설명이 제시되지 않은 모종의 과정에 의해, 두 승객이 71분 26½초 후에 서로 만난다는 결론을 내렸다. '케이트 B.'는 출발점과 도착점에서 만나는 기차들은 다른 지점에서 다시 만나더라도 셈에서 뺀다고 생각했다. 'Q. Y. Z.'는 다소 복잡한 대수 풀이를 시도하여 두 사람이 만난 시점을 정확히 구하는 데 성공했지만 나머지는 전부 틀렸다. '갈-매기'는 (1)번에서 동쪽으로 향하는 기차가 3시간 내내 가만히 서 있었다고 생각한 듯하다. 그리고 (2)번에서는 두 승객이 71분 40초 후에 만난다고 적었다. '엉경퀴 갓틸'은 계산을 전혀 안 하고 그냥 철로 그림을 그려서 기차를 셌다고 당당하게 고백했는데, (1)번에서는 셈이 틀렸고 (2)번에서는 두 승객을 75분 뒤에 만나게끔 했다. '톰-쿼드'는 (1)번 답안을 빠뜨렸고, (2)번에서는 클라라가 도착 지점에서 만나는 기차까지 세게 만들었다. 서명하지 않은 사람의 답안도 이해할 수 없는데, 그는 승객들이 "통과해야 하는 전체 거리보다 $\frac{1}{24}$만큼을 더 간다"고 썼다! 그리고 이들 중 5명 — '보핍', '금융업자', '케이트 B.', '톰-쿼드', 이름 없는 독자 — 은 앞에서 언급한 "클라라" 이론을 적용했다.

절반만 맞힌 11개의 답안은 '매목', '브리짓', '캐스터', '체셔 고양이',[86] 'G. E. B.', '가이', '메리', 'M. A. H.', '노처녀', 'R. W.', '방드르디'의 것이다. 이들은 모두 "클라라" 이론을 적용했다. '캐스터'는 (1)번 답안을 빼먹었다. '방드르디'는 (1)번은 맞혔지만 (2)번에서는 '보핍'과 똑같은 실수를 했다. 나는 그대의 풀이에서 경탄할 만한 비례식을 발견했다 — "300마일 : 2시간 = 1마일 : 24초". 나는 여기서 마일과 시간 사이에 비율을 상정할 수 있다는 믿음을 하루빨리 버릴 것을 그대에게 감히 충고하는 바이다.[87] 그대의 "우회적 풀이"에 대한 두 친구의 신랄한 논평에 기죽지 말라. 12와 8을 더하는 그들의 간편한 방법은 오답을 도출해낸다는 경미한 단점이 있다. "우회하는" 방법이 그것보다는 더 낫다! 'M. A. H.'는 (2)번에서 두 승객이 서로 만난 시점부터가 아니라 그다음 번부터 수를 세었다. '체셔 고양이'와 '노처녀'는 종착점에서 만나는 기차를 제외해야 한다는 점을 잊고 (1)번의 답을 "20대"라고 적었다. 나머지 모두는 다양한 방법을 통해 "18대"라는 답을 도출했다. '매목', '가이', 'R. W.'는 서쪽으로 가는 승객이 만나야 하는 기차들을 두 조로 나누었다. 즉 이미 노선을 돌고 있는 기차가 "11대", 그녀가 노선을 도는 2시간 사이에 새로 출발한 기차가 (종착점에서 만나는 기차를 제외하고) "7대"라고 (틀리게) 구했다. 그리고 동쪽으로 가는 기차에 대해서도 비슷한 착오를 범했다. '브리짓'은 서쪽으로 가는 승객이 2시간 동안 매 6분마다 기차를 만난다고 (바르게) 적었지만, 그 기차들의 숫자를 "20대"라고 (틀리게) 구했다. 이는 "21대"가 되어야 한다. 'G. E. B.'는 '보핍'의 방식을 적용했지만, 그 이전의 2시간이 시작된 시점에 출발한 기차를 제외해서 틀렸다. 메리는 종착역에서 만나게 되는 기차는 그 전에 다른 지점에서 마주치더라도 세지 말아야 한다고 잘못 생각했다.

두 문제 다 맞혔지만 유감스럽게도 "클라라" 이론을 지지한 3명은 'F. 리', 'G. S. C.', 'X. A. B.'였다.

그리고 이제 "내려오소서, 그대들!" 모든 문제를 푼 "고전의 열 뮤즈여!" 그대들의 이름은 '엑스레뱅', '앨저넌 브레이'(대서양도 식히지 못할 훈훈한 온기로 내 가슴을 덥혀준 다정한 말에 감사드린다), '아번', '미래의 안내서', '파이퍼', 'H. L. R.', 'J. L. O.', '오메가', 'S. S. G.', '기차를 기다리며'이다. 이들 중 몇 명은 풀이 과정에서 클라라를 편의상 동쪽으로 가는 기차에 놓기도 했지만, 주어진

정보만 가지고는 이를 단정할 수 없음을 충분히 이해하고
있는 것으로 보인다.

합격자 명단

1등

엑스레뱅	H. L. R.
앨저넌 브레이	오메가
미래의 안내서	S. S. G.
파이피	기차를 기다리며

2등

아번	J. L. O.

3등

F. 리	G. S. C.	X. A. B.

4번 매듭의 풀이

문제 — 5개의 자루가 있다. 이 중에서 1, 2번의 무게는 12파
운드, 2, 3번은 13 ½파운드, 3, 4번은 11 ½파운드, 4, 5번
은 8파운드, 1, 3, 5번은 16파운드이다. 각 자루의 무게를

구하라.

답 — 5 ½, 6 ½, 7, 4 ½, 3 ½(파운드).

측정 결과들을 모두 더하면 61파운드가 되며, 이는 3번 자루 무게를 세 번, 나머지 자루들 무게를 두 번씩 더한 것과 같다. 여기서 첫 번째와 네 번째 측정 결과의 합에 2를 곱한 것을 빼면 3번 자루 무게의 세 배 값인 21파운드가 된다. 따라서 3번 자루의 무게는 7파운드다. 이를 두 번째와 세 번째 측정식에 대입하면 2번 자루는 6 ½파운드, 4번 자루는 4 ½파운드가 된다. 그리고 이 결과를 다시 첫 번째와 네 번째 측정식에 대입하면 1번 자루는 5 ½파운드, 5번 자루는 3 ½파운드가 된다.[88]

97개의 답안이 들어왔다. 이 중에서 15개는 풀이 과정을 적지 않았으므로 논의의 여지가 없다. 여기서는 그들의 이름만을 열거하겠다. 그리고 답을 구한 과정에 대한 단서를 전혀 첨부하지 않은 응시자들의 이름을 열거하는 것은 이번이 마지막임을 이 기회를 빌어 밝히고자 한다. 수수께끼를 풀거나 벼룩을 잡았을 때, 우리는 그 숨 가쁜 승리자에게 그가 성공에 이른 정신적 · 육체적 노력의 과정에 대한 냉철한 설명을 기대하지 않는다. 하지만 수학 계산은 문제가 다르다. 이 "말 없는 무명의"[89] 무리들의 이

름은 다음과 같다. '상식', 'D. E. R.', '더글러스', 'E. L.', '엘런', 'I. M. T.', 'J. M. C.', '조지프', '1번 매듭', '루시', '순둥이', 'M. F. C.', '퓌라무스',[90] '샤', '베리타스'.

풀이 과정 또는 그와 비슷한 것을 적은 82개의 답안 중에서, 1개는 틀렸고 17개 답안의 풀이 과정은 (이런저런 이유로) 사실상 유명무실했다. 나는 남은 64개의 답안을 그 풀이 과정의 간결함과 깔끔함을 기준으로 등수를 매겨 합격자 명단에 올리려고 한다.

한 개의 오답은 '넬'의 것이었다. 이토록 "무리 중에 유일한" 경우는 특출하다. 물론 괴롭지만 그래도 특출하다. 딱하도다, 친애하는 젊은 숙녀여, 그대가 다음 문장을 읽을 때의 눈물 어린 절규가 마치 내 귀에 들리는 듯하다. "아! 이는 내 모든 희망의 조종(knell)이로다!"[91] 어째서, 오 어째서 그대는 4번째와 5번째 자루를 각각 4파운드로 구하였는가? 또 어째서 그대는 검산을 해보지 않았는가? 그러나 부디 재도전하기 바란다. 그리고 부디 그대의 필명을 바꾸지 말기 바란다. 다음번에는 꼭 '넬'을 1등 합격자 명단에 올리도록 하자!

풀이 과정이 유명무실했던 17개의 답안은 '아드모어', '준비된 계산원', '아서', '습지 종달새', '매목', '브리짓', '최초의 시도', 'J. L. C.', 'M. E. T.', '로즈', '로웨나', '바다의 미풍', '실비아', '엉겅퀴 갓털', '5분의 3이 잠든', '방드르디', '위니프레드'의 것이었다. '습지 종달새'는 1번과 2번 자루가 각각 6파운드라고 시험적으로 가정하는 일종의 "임시법"⁹²을 시도했다. 이렇게 해서 1번, 3번, 5번 자루 무게의 합이 16파운드가 아닌 17 ½파운드로 나오자 그녀는 "여분의 1파운드 반"을 빼냈는데, 이 수를 어디서 뺄지를 어떻게 알았는지에 대해서는 설명하지 않았다. '5분의 3이 잠든'은 (그런 특이한 상태에서) "5개 중에 3개의 자루가 두 번씩 측정되었으므로, 자루 다섯 개의 무게 총합이 45의 ⅗ = 27파운드"임은 "지극히 분명해 보인다"고 말했다. 이에 대해, 나는 선장의 표현을 빌려 "본인은 도저히 모르겠구려"라고밖에 할 말이 없다. '윈프레드'는 "어쨌든 출발점이 있어야 함"을 핑계 삼아 1번 자루가 5 ½파운드라고 (우려하건대 단순한 짐작으로) 가정했다. 그 나머지도 전체적 혹은 부분적으로 어림짐작에 의한 풀이들이었다.

물론 이 문제는 (대수학자라면 곧바로 파악하겠지만) '연립 1차방정식'의 예다. 하지만 산술적 해법을 통해서만 쉽게 풀 수 있다.⁹³ 그리고 나는 이런 경우에 그보다 더 복잡한 방법을 동원하는 것은 기량이 모자란 탓이라고 본다. 이번에는 산술적 해법에 가산점을 부여하지 않았지만, 다음번부터는 (다른 조건이 비등할 경우) 가장 단순한 방법을 사용한 사람에게 가장 높은 점수를 주려고 한다. 나는 특히 간결하고 깔끔한 답안들을 1등으로, 특히 길거나 어설픈 답안들을 3등으로 올렸다. 3등 답안 중에서 'A. C. M.', '가시금작화 덤불', '제임스', '뇌조',⁹⁴ 'R. W.', '기차를 기다리며'는 대입이 일관성 있게 이루어지지 않은 길고 복잡한 풀이를 보내왔지만, 거기서 무엇이 도출되는지에 대해서는 파악한 듯 보인다. '칠폼'과 '더블린 보이'는 풀이 과정의 일부를 빼먹었다. '아번 맬버러 보이'는 자루 한 개의 무게만을 구했다.

합격자 명단

1등

B. E. D.	5번
C. H.	페드로
콘스턴스 존슨	R. E. X.[95]
그레이스테드	일곱 노인
가이	관성력
후투티[96]	윌리 B.
J. F. A.	야후
M. A. H.	

2등

미국의 독자	J. B. B.
눈 높은 여교사	크고브즈니
에어	육지 사람
미래의 안내서	L. D.
침	까치

C. M. G.

메리

다이너 마이트

음흐룩시

오리 날개

미니에

E. C. M.

돈거미

E. N. 로우리

나이람

시대[97]

늙은 고양이

유로클리돈[98]

폴리치넬라

F. H. W.

얼뜨기 수전

파이피

S. S. G.

G. E. B.

티스베[99]

할리퀸

베레나

호손

왐바

허프 그린

울프

J. A. B.

위케하미쿠스[100]

뱃사람

Y. M. A. H.

3등

A. C. M.

제임스

아번 맬버러 보이

뇌조

칠폼

R. W.

더블린 보이

기차를 기다리며

가시금작화 덤불

문제 — 그림 밑에 ○, × 기호를 표시하되, × 기호를 그림 2점 또는 3점에는 3개씩, 4점 또는 5점에는 2개씩, 9점 또는 10점에는 1개씩 표시하라. 또 ○ 기호를 그림 1점 또는 2점에는 3개씩, 3점 또는 4점에는 2개씩, 8점 혹은 9점에는 1개씩 표시해서 가능한 가장 적은 수의 그림에 가능한 가장 많은 기호가 표시되게끔 하라.

답 — 10점의 그림에 29개의 기호를 아래와 같이 배치한다.

×　×　×　×　×　×　×　×　×　○

×　×　×　×　×　　　○　○　○　○

×　×　○　○　○　○　○　○　○　○

───────────

풀이 — 가능한 모든 × 기호들을 주어진 조건대로 표시하고, 선택 가능한 [표시해도 되고 안 해도 되는] × 기호를 괄호 안에 넣으면, 우리는 아래와 같이 표시된 총 10점의 그림을 얻게 된다.

×　×　×　×　×　×　×　×　×　(×)

×　×　×　×　(×)

×　×　(×)

그런 다음 ○ 기호를 같은 방식으로 반대편 끝 쪽부터 배치하면, 우리는 아래와 같이 표시된 9점의 그림을 얻게 된다.

<pre>
                         (○) ○
                    (○) ○   ○   ○
          (○) ○   ○   ○   ○   ○   ○   ○   ○
</pre>

이제는 이렇게 얻어진 두 쐐기 모양을, 그림의 수가 최소로 되게끔 최대한 가까이 결합하기만 하면 된다. 이 과정에서 괄호 안의 기호를 지움으로써 둘을 더 가까이 붙일 수 있으면 기호를 지우고, 그렇지 않은 경우에는 그냥 놔둔다. 이렇게 했을 때 첫 번째 줄과 세 번째 줄에는 10개의 기호가 있어야 하지만, 두 번째 줄에는 7개만 있어도 된다. 따라서 첫 번째 줄과 세 번째 줄의 선택 가능한 기호들은 모두 지우고, 두 번째 줄의 선택 가능한 기호들은 그대로 둔다.

22개의 답안이 들어왔다. 이 중에서 11개는 풀이 과정을 쓰지 않았다. 지난 회 문제의 답안들을 논평하면서 예고한 대로 나는 이들의 이름을 밝히지 않고, 다만 이 중 5개가 정답, 6개가 오답이라는 사실만을 언급하겠다.

어떻게든 풀이 과정을 적은 11개의 답안 중에서 3개는 오답이다. 'C. H.'는 주어진 조건하에서 "계산이 불가능하다, 왜냐하면"이라는 경솔한 단언으로 시작했다. 그 또는 그녀는(이렇게 이니셜로 이름을 적은 투고자들은 부르기가 몹시 애매하다. 어쩌면 "그것"이 더 적절한 대명사일지도 모르겠다) 이렇게 덧붙였다. "가능한 최소한의 그림 개수는 10이다." (인정.) "따라서 우리는 6점의 그림에 × 2개씩을 표시하거나, 5점의 그림에 ○ 2개씩을 표시해야만 한다." 왜 꼭 "해야만" 하는가, 그대 알파벳으로 된 유령이여? 모든 그림에 기호를 3개씩 표시"해야만" 한다고는 그 어디에도 정해져 있지 않다! '파이피'는 종이 한 장에 걸친 풀이를 보내왔으므로 좀 더 나은 운명을 맞이할 자격이 있다. 그녀는 10개의 그림에 30개의 기호를 표시한 총 세 가지 답을 제시했다. 하나는 그림 6점에 ×가 2개씩, 또 하나는 그림 7점에 ×가 2개씩, 세 번째는 그림 5점에 ○가 2개씩 있었다. 따라서 모든 답안이 주어진 조건을 무시했다. (여기서 잠시 멈추어, "그림 4점 또는 5점에 ×를 2개씩 표시한다"는 조건은 오로지 "그림 4점에, 아니면 그림 5점에"라는 뜻임을 언급해야겠다. 만약 한 응모자의 주장대로 이것이 4점보다 적지 않은 모든 개수를 의미한다면, "또는 5점에"라는 말을 군이 붙일 필요가 없었을 것이다.) 'I. E. A.'(나는 이런 핏기 없는 유령들이 이번 회에선 합격자 명단에 하나도 모습을 드러내지 않았음을 알릴 수 있어서 기쁘다. 이건 'IDEA'에서 'D'가 빠진 것인가?)는 그림 6점에 × 2개씩을 표시했다. 그리고 그녀는 내가 "nought(영표)" 대신에 "ought(공표)"를 썼다고 비난하였다.[101] 자신을 안내하기 위해 마련된 규칙에 그토록 반항한 자에게 이는 필시 불쾌한 단어일 것이다. 하지만 'I. E. A.'는 이와 유사한 'adder(살무사)'의 사례를 기억하지 못하는 것인가? 이 피조물은 원래 'a nadder'[102]였다. 하지만 두 단어는 가련한 'n'을 마치 셔틀콕처럼 앞뒤로 치고받기 시작했고, 마침내 이 경기는 'an adder'의 상태로 종료되었다. 'a nought'도 이와 비슷하게 'an ought'가 되지 않겠는가? 어쨌든 'oughts and crosses(공표와 가위표)'는 매우 오래된 놀이다. 나는 이것이 "noughts and crosses(영표와 가위표)"라고 불리는 것을 한 번도 들어본 적이 없다.

다음의 합격자 명단에서 혼자 3등을 차지한 이는 자기 이름이 아예 거명되지도 못할 위험을 매우 아슬아슬하게 모면했다. 그러니 그녀가 발톱을 도로 집어넣기를 바란다. 그녀가 답을 구한 과정에 대한 설명은 마치 '마이너리 잭' 이야기[103]처럼 (나는 'I. E. A.'가 이 철자법에 자비를 베풀리라고 믿는다) 너무나 빈약해서 '영(0)'과 거의 구분할 수가 없었다.

합격자 명단

1등

가이	늙은 고양이	바다의 미풍

2등

에어	F. 리
미래의 안내서	H. 버넌

374

6번 매듭의 풀이

문제 1 — A와 B가 각각 1000파운드씩만을 가지고 한 해를 시작했다. 그들은 0파운드를 빌렸고 또 0파운드를 훔쳤다. 그런데 다음 해 설날에 그들 사이에 60000파운드가 생겼다. 그들은 어떻게 했을까?

답 — 두 사람이 그날 영란은행으로 가서, A는 은행 앞에 서고 B는 건물을 돌아가 그 뒤에 섰다.[104]

2개의 답안이 들어왔고, 둘 다 상당한 칭찬을 받을 자격이 있다. '돌머리'는 그들이 '0'을 빌리고 또 '0'을 훔치게 한 뒤 이 두 '0'을 1000파운드의 오른편 끝에 놓아 100000파운드로 만들었는데, 기준치를 훌쩍 넘어선 액수다. 하지만 (라틴어로 표현하자면) '아트 스페스 인프락타'[105]의 풀이는 그보다도 더 독창적이다. 그는 첫 번째 '0'자를 가지고 1000파운드의 '1'을 '9'로 만든 다음, 이를 원래 금액과 합산해서 10000파운드를 만들었다. 그런 다음 두 번째 '0'자를 가지고 '1'을 '6'으로 만들어 정확히 60000파운드를 맞추었다.

합격자 명단

1등
아트 스페스 인프락타

2등
돌머리

문제 2 — M(미미)이 스카프 2장을 짜는 동안 L(롤로)은 스카프 5장을 짜고, L이 스카프 3장을 짜는 동안 Z(주주)는 스카프 4장을 짠다. Z의 스카프 5장은 L의 스카프 1장 무게와 같고, M의 스카프 5장은 Z의 스카프 3장 무게와 같다. M의 스카프 1장은 Z의 스카프 4장만큼 따뜻하고, L의 스카프 1장은 M의 스카프 3장만큼 따뜻하다. 작업 속도, 가벼움, 따뜻함을 동일한 비중으로 평가했을 때 누구의 스카프가 가장 우수할까?

답 — M, L, Z의 순서로 우수하다.

풀이 — (다른 조건들은 일정하다 가정하고) 작업 속도에서 L과 M의 우수성을 비례로 나타내면 5대 2이고, Z와 L의 비례는 4대 3이다. 이 조건을 충족하는 3개의 숫자를 구하는 가장 간단한 방법은, 여기서 두 번 등장하는 사람

의 점수를 '1'로 놓고 나머지의 점수를 분수로 표시하는 것이다. 그러면 L, M, Z의 점수는 각각 1, 2/5, 4/3가 된다. 가벼움을 평가할 때 우리는 무게가 나갈수록 품질이 떨어진다고 보므로, Z와 L의 우수성을 비례로 표시하면 5 대 1이다. 따라서 가벼움 점수는 각각 1/5, 5/3, 1이 된다. 마찬가지 방식으로 보온성 점수는 3, 1, 1/4이다. 점수를 집계한 결과를 얻으려면 L의 점수 세 개를 곱하고, M과 Z의 점수들도 각각 마찬가지로 곱해야 한다. 따라서 최종값은 $1 \times 1/5 \times 3$, $2/5 \times 5/3 \times 1$, $4/3 \times 1 \times 1/4$, 즉 3/5, 2/3, 1/3이 된다. 이 값들에 각각 15를 곱하면(그래도 비율은 달라지지 않는다) 9, 10, 5이고, 이를 점수가 높은 순서대로 나열하면 M, L, Z이다.

29개의 답안이 들어왔다. 이 중 5개는 맞았고 24개는 틀렸다. 이 박복한 이들은 (3명만 빼고) 전부가, 후보자들의 비례 점수들을 곱하는 대신 더해버리는 실수를 저질렀다. 덧셈이 아니라 곱셈이 맞는 이유에 대해서는 교과서에 충분히 증명되어 있으므로 이 자리에서 재차 설명하여 자리를 낭비하지 않겠지만, 이 점은 길이, 너비, 깊이의 사례를 가지고 아주 쉽게 보여줄 수 있다. A와 B가 땅에 직육면체 모양의 저장고를 파는 시합을 한다고 가정하자. 이때 각자가 한 일의 양은, 물론 몇 세제곱피트를 파냈느냐로 측정된다. A가 길이 10피트, 너비 10피트, 깊이 2피트

짜리 저장고를, B가 길이 6피트, 너비 5피트, 깊이 10피트 짜리 저장고를 팠다고 치자. 그러면 저장고의 부피는 각각 200세제곱피트와 300세제곱피트이므로, B가 3대 2의 비로 더 우수한 일꾼이다. 자, 그럼 이제는 길이, 너비, 깊이 점수를 따로따로 매겨보라. 각 부문의 승자에게 최고 점수 10을 주고, 그 결과들을 더해보라!

24명의 범죄자 중 한 명은 풀이 과정을 적지 않았으므로 이름이 불릴 자격이 없지만, 1번 문제를 풀었음을 존중하는 뜻에서 이번만은 규칙을 깨도록 하겠다. 그 또는 그녀 또는 그것은 다름 아닌 '돌머리'다. 나머지 23명은 다섯 그룹으로 나눌 수 있다.

첫 번째이자 최악의 그룹은 적법한 우승자를 꼴찌에 놓아 "롤로, 주주, 미미" 순으로 배치한 이들이다. 이 극악한 범법자들의 이름은 '에어', '미래의 안내서', (공동으로 답안을 보내온) '가시금작화 덤불'과 '폴룩스', '그레이스테드', '가이', '늙은 암탉', '얼뜨기 수전'이다. 이 중 마지막 사람은 한때 가장 우수한 성적을 거둔 바 있는데, 아무래도 그녀가 얼뜨기라는 사실을 '늙은 암탉'이 이용해서, 자기가 병아리일 적에 당했던 재난의 씨앗인 왕겨를 가지고 '얼뜨기 수전'을 꼬드긴 것 같다.[106]

두 번째로는 "주주, 미미, 롤로" 순으로 꼴찌 후보자를 1등에 올려놓은 사람들을 지목하겠다. 그들은 '그라이키아',[107] 'M. M.', '늙은 고양이', 'R. E. X.'이다. "이는 그리스이다. 그러나—"[108]

세 번째 그룹은 답을 "롤로, 미미, 주주"라고 적음으로써 이 두 극악한 범죄 행위를 면했고, 심지어 꼴찌를 맨 마지막에 놓는 데도 성공했다. 그들의 이름은 '에어'(이 이름은 "최악의" 명단에도 등장한 바 있다), '클리프턴 C.', 'F. B.', '파이피', '그리그', '재닛', '세어리 갬프 부인'[109]이다. 'F. B.'는 흔한 실수를 저지르지 않고 자신이 구한 비례 점수들을 곱했지만, 이 점수를 구하는 과정에서 "따뜻함"을 결점으로 착각한 게 패착이었다. 어쩌면 그녀의 이름은 "방금 불에 탄(Freshly Burnt)"이나 "봄베이 출신(From Bombay)"의 약자인지도 모르겠다. '재닛'과 '세어리 갬프 부인'도 같은 실수는 피했지만, 그들이 취한 방법이 신비에 가려져 있기에 나는 이를 비판할 능력이 없음을 절감하는 바이다. '갬프 부인'은 이렇게 말한다. "롤로가 3장을 짜는 동안 주주가 4장을 짠다면, 롤로가 5장을 짜고 미미가 2장을 짜는 동안 주주는 6장을 짜게 된다(잘못된 추론)." 여기서 그녀는 이런 결론을 이끌어낸다. "그러므로 주주의 속도는 (그러니까 롤로에 비해) 1장만큼 더 빠르다. (그런데 미미에 비해서는?)" 그런 다음 그녀는 이 신비스러운 기준에 의거하여 셋의 우수성을 비교한다. '재닛'은 "미미가 2장을 짜는 동안 롤로는 5장을 짠다"는 서술을 근거로 "미미가 1장, 주주가 4장을 짜는 동안 롤로는 3장을 짠다"('갬프 부인'의 것보다 더 잘못된 추론)는 것을 증명한 뒤, "주주의 속도는 1/8장만큼 더 빠르다"라는 결론을 내린다! '재닛'은 "신비 중의 신비"인 '애들라인'이었음

에 틀림없다!¹¹⁰

　　네 번째 그룹은 미미를 선두에 놓고 "미미, 주주, 롤로" 순으로 배열했다. 그들은 '마퀴스 상회', '마트레브', 'S. B. B.'(첫 번째 글자는 거의 알아볼 수 없다. 어쩌면 "J"일지도 모르겠다), '연(聯)'이다.

　　다섯 번째 그룹은 '고대의 물고기'와 '낙타'로 이루어져 있다. 이 서로 잘 안 어울리는 두 동지는 발과 지느러미를 써서 어찌어찌 올바른 답을 구해냈으나, 그 방법이 틀렸기 때문에 당연히 무용지물이 되고 말았다. 또한 '고대의 물고기'는 성적을 어떻게 점수로 표시하는가에 대해 고릿적 물고기 같은 생각을 지니고 있다. 그녀는 "롤로는 미미보다 2½이 더 많다"고 말한다. 무엇의 2와 2분의 1 말인가? 물고기야, 물고기야, 너는 네 임무를 다하고 있느냐?¹¹¹

　　5명의 우승자 중에서, 나는 '발부스'와 '노여행자'를 나머지 세 명보다 약간 밑에 놓겠다. '발부스'는 추론 과정에 결함이 있고, '노여행자'는 풀이 과정이 빈약한 탓이다. '발부스'는 점수들을 더하는 것이 올바른 방법이 아닌 이유를 두 가지 제시한 뒤, "그러므로 점수들을 곱해서 판단을 내려야 한다"라고 덧붙였다. 이는 "지금은 봄이 아니다. 그러므로 지금은 가을이다"라는 진술보다 더 논리적이라 할 수 없다.

합격자 명단

1등

다이너 마이트   E. B. D. L.   요람[112]

2등

발부스   노여행자

5번 매듭과 관련하여, '관성력'에게, 그리고 그녀처럼 모든 그림에 표시가 세 개씩 달려야 한다고 주어진 조건을 이해한 다른 응모자들에게, "이 칸들을 공표와 가위표로 채우"라는 구절 때문에 그대들이 많은 시간과 수고를 낭비해야 했던 데 대해 심심한 사과의 뜻을 표한다. 나는 "채우다"라는 표현을 말 그대로 전시장 안의 모든 그림에 표시해야 한다는 뜻으로 해석했음을 다시금 알려드린다. '관성력'이 지금 제시하는 풀이를 그때 제출했다면 아마 1등 명단에 올랐을 것이다.

7번 매듭의 풀이

문제 — 레모네이드 1잔, 샌드위치 3개, 비스킷 7개가 1실링 2펜스이고 레모네이드 1잔, 샌드위치 4개, 비스킷 10개가 1실링 5펜스일 때, (1) 레모네이드 1잔, 샌드위치 1개, 비스킷 1개의 가격과 (2) 레모네이드 2잔, 샌드위치 3개, 비스킷 5개의 가격을 구하라.

답—(1) 8펜스. (2) 1실링 7펜스.

풀이— 이 문제는 대수적으로 푸는 것이 최선이다. x = 레모네이드 1잔의 가격(펜스), y를 샌드위치 1개의 가격, z를 비스킷 1개의 가격으로 놓자. 그러면 우리는 $x + 3y + 7z = 14$[113]와 $x + 4y + 10z = 17$이라는 식을 얻게 된다. 우리가 알아야 하는 것은 $x + y + z$와 $2x + 3y + 5z$의 값이다. 앞의 두 방정식만 갖고는 세 미지수 각각의 값을 구할 수 없지만, 그들의 특정한 조합은 구할 수 있다. 또 우리는 주어진 방정식의 도움으로, 우리가 값을 구해야 하는 식에서 미지수 3개 중 2개를 소거하여 미지수 1개만을 포함한 식을 얻을 수 있다. 그리고 이 식에서 우리가 구해야 하는 값을 알아내려면 이 세 번째 미지수가 사라져야만 한다. 그렇지 않으면 이 문제를 풀기란 불가능하다.

그러면 레모네이드와 샌드위치를 소거하고 모든 것을 비스킷으로—"온 세상이 애플파이라면"[114]보다 더 우울한 상태로— 환원해보자. 먼저 두 번째 방정식에서 첫 번째 방정식을 빼면 레모네이드가 소거되고 $y + 3z = 3$, 즉 $y = 3 - 3z$라는 식이 나온다. 그런 다음 이렇게 나온 y 값을 첫 번째 방정식에 대입하면, $x - 2z = 5$, 즉 $x = 5 + 2z$라는 식이 나온다. 이제 이 x와 y 값을 우리가 구해야 하는 식에 대입하면, 첫 번째 식은 $(5 + 2z) + (3 - 3z) + z$, 즉 8이 나오며, 두 번째 식은 $2(5 + 2z) + 3(3 - 3z) + 5z$, 즉 19가 나온다. 따라서 답은 (1) 8펜스, (2) 1실링 7펜스가 된다.

위에서 설명한 것은 일반적인 해법이다. 즉 답을 구하든지 아니면 답을 구하기가 불가능함을 증명하든지 둘 중 하나다. 물론 주어진 값들을 이리저리 조합해서 구해야 하는 값을 만들어내는 식으로 이 문제를 풀 수도 있다. 이는 단지 절묘한 기술과 운의 문제이고 — 설령 그것이 가능하다 하더라도 — 얼마든지 실패할 수 있으며, 풀기가 불가능함을 증명할 수도 없기 때문에, 나는 이 방법을 그 가치에 있어 다른 방법과 동급으로 평가할 수 없다. 설령 이렇게 해서 성공한다 하더라도 이는 매우 장황한 과정임이 드러날 것이다. 이른바 요행에 의존한 풀이를 보내온 26명의 응모자들이 8자리 혹은 10자리 숫자들로 이루어진 문제를 다루어야 했다면 어떠했을지 생각해보라! 나는 그들 중에서 가장 천재적인 이의 머리에 어떤 식으로든 해답이 떠오르기까지 "까마귀 털이 백발이 되고도"(「페이션스」참조)[115] 남을 시간이 걸리지 않았을까 하는 의구심이 든다.

　　총 45개의 답안이 들어왔고, 그중 44개가 어떤 식으로든 풀이 과정을 적었으므로 이름이 언급되고 잘한 점이

나 경우에 따라서는 잘못한 점을 지적받을 자격을 갖추었다고 말할 수 있어서 기쁘다. 13명은 근거가 없는 가정을 했기 때문에 12개 답안 중 10개가 정답을 맞혔음에도 등수에 들지 못했다. 나머지 28명 중에서[116] 적어도 26명은 요행에 의존한 풀이를 보내왔으므로 1등을 주기엔 미흡했다.[117]

이제부터 개별 답안에 대해, 내가 늘 하는 대로 최악의 답안들부터 논평하겠다.

'개구리'는 딱히 풀이 과정을 적지 않고 그저 이렇게 썼다. 그는 주어진 방정식을 기술한 다음 "따라서 그 차(差)는, 샌드위치 1개 + 비스킷 3개 = 3실링"이라 쓰고 바로 지출액을 적었는데, 이를 어떻게 구했는지에 대해 그 이상의 단서를 밝히지 않았다. '개구리'는 이름이 전혀 언급되지 못할 위험을 매우 아슬아슬하게 피했다!

답이 틀린 이들 중에서 '관성력'은 잘못된 풀이 과정을 보내왔다. 그 무시무시한 세부를 뜯어보자니 온몸이 와들와들 떨려온다! 그녀는 샌드위치의 가격을 x로 놓고(여기서는 이를 편의상 "y"라고 부르자), 비스킷의 가격이 $\frac{3-y}{3}$라고 (옳은) 결론을 내렸다. 그런 다음 그녀는 첫 번째 방정식에서 두 번째 방정식을 빼 $3y + 7 \times \frac{3-y}{3} - 4y + 10 \times \frac{3-y}{3} = 3$을 연역해냈다. 그녀는 이 과정의 무려 두 군데에서 실수를 범함으로써 $y = \frac{3}{2}$을 도출했다. 다시 시도하라, 오 '관성력'이여! '관성'을 멀리하고 '힘'을 좀 더 불어넣으라! 그러면 그대는 (흥미롭진 않을지라도) 올

384

바른 결과인 0 = 0을 도출해낼 수 있으리라! 이로써 그대
는 세 미지수 각각의 값을 구할 가망이 없음을 알게 되리
라. 완전히 틀린 또 다른 응모자는 'J. M. C.' 혹은 'T. M.
C.'이다. 그러나 그가 '어린애처럼 계산을 틀리는 사람
(Juvenile Mis-Calculator)'이든 '잠시 헷갈린 진짜 수학
자(True Mathematician Confused)'이든, 그는 7펜스와
1실링 5펜스라는 답을 제출했다. 그는 '과도한 자신감으
로(Too Much Confidence)', 비스킷이 ½펜스이며 클라라
가 비스킷 8개 값을 지불했다고 가정했다. 클라라는 7개
밖에 안 먹었는데도 말이다!

　　이제 답은 맞았지만 풀이 과정이 틀린 13명의 답안
을 검토해보자. 그들의 결함을 너무 정확히 비교하지 않
기 위해 나는 이들을 알파벳 순서대로 다루겠다. '애니타'
는 '샌드위치 1개와 비스킷 3개가 3펜스'임을 (옳게) 구한
다음, "따라서 샌드위치 1개 = 1 ½펜스, 비스킷 3개 = 1 ½
펜스, 레모네이드 1잔 = 6펜스"라고 적었다. '다이너 마이
트'는 '애니타'와 같은 식으로 시작해서, 비스킷 1개가 1페
니 미만임을 (옳게) 증명한 다음 그것이 ½펜스임에 틀림
없다는 (틀린) 결론을 냈다. 'F. C. W.'는 그야말로 확실히
"유죄" 평결을 받을 운명에 처해 있다. 나는 "정상참작의
여지가 있는 정황에 의거한 감형 권고"를 덧붙이지 않고
는 차마 이 단어를 입 밖에 낼 수 없다. 하지만 정말이지
정상참작 할 정황이 어디에 있단 말인가? 그녀는 레모네
이드 1잔이 4펜스이고 샌드위치 1개가 3펜스라고 가정하

면서 시작한다. (주어진 방정식이 두 개이므로, 불쌍한 세 미지수는 네 개의 조건을 충족해야 한다![118]) 그리고 그 전 개가 (당연하게도) 모순에 부딪치자 그녀는 이를 5펜스와 2펜스로 놓고 다시 시도하여 비슷한 결과를 얻는다. (이 과정을 이런 식으로 신생대 제3기 내내 계속할 수도 있을 것이다. 물론 단 한 마리의 메가테리움도 기뻐하지 않겠 지만.) 그런 다음 그녀는 한 가지 "묘안"이 떠올라, 비스킷 을 반 페니로 놓고 다시 시도해서 조건에 부합하는 결과 를 얻는다. 이는 문제를 하나의 수수께끼로 본다면 훌륭 한 풀이일 수도 있지만, 과학적인 풀이는 아니다. '재닛'은 샌드위치를 비스킷과 동일하게 취급했다! 그녀는 "샌드 위치 1개 + 비스킷 3개 = 4"라고 적었다. 4 뭐 말인가? '메 이페어'는 $s + 3b = 3$이라는 방정식이 "명백히 $s = \frac{1}{2}$, $b = \frac{1}{2}$ 일 때에만 성립된다"라는 놀라운 주장을 한다! '늙은 고양 이'는 샌드위치가 1½펜스라는 가정이 "까다로운 분수 계 산을 피하는 유일한 방법"이라고 믿는다. 하지만 왜 피해 야 하는가? 그러한 분수를 길들이는 데 바로 승리의 기쁨 이 있지 아니한가? "신사 숙녀 여러분, 여러분 앞에 놓인 이 분수는 자연을 순화하려는 온갖 노력에 오랜 세월 저 항해 왔습니다. 다시 말해서 이것은 구제의 여지가 없을 정도로 거칠었습니다. 이를 순환소수(분수들을 가두어 수 레바퀴를 돌리게끔 하는 징벌)로써 처리하는 일은 문제 를 더욱 악화시킬 뿐이었습니다. 최후의 수단으로서, 저 는 이것을 약분하여 기약분수로 찌그러뜨리고 그 제곱근을 뽑아냈습니다!" 농담과는 별도로, 내 비평이 무례하다고 꼬집은 투고자들(기쁘게도 그들의 이름은 잊었다)과 관련하여 "늙은 고양이"가 아주 상냥한 동정의 말을 건넨 데 대해 감사드리는 바이다. 'O. V. L.'의 답안은 도저히 이해할 수 없다. 그는 주어진 (1)번과 (2)번 방정식을 가져다 '(2) - (1)'의 과정에 의해 (3)번 방정식, 즉 $s + 3b = 3$을 (바르게) 연역해낸다. 그리고 다시금, ' × 3'의 과정(알 길 없는 미스터리)에 의해 $3s + 4b = 4$를 도출한다. 이에 대해 나는 아무 할 말이 없다. 두 손 들었다. '바다의 미풍'은 "3펜스가 샌드위치 1개와 비스킷 3개 사이에 어떤 비율로 분배되는지"가 "정답과 관련이 없다"(왜?)라고 말하고는, $s = 1 ½$펜스, $b = ½$펜스라고 가정한다. '연(聯)'의 운율은 매우 불규칙하다. 우선 그녀는 ('재닛'처럼) 샌드위치와 비스킷을 동일시했다. 그런 다음 두 가지 가정($s = 1$, $b = ⅔$ 과 $s = ½$, $b = ⅚$)을 시도해보고, (당연하게도) 모순에 부딪쳤다. 그런 다음 그녀는 첫 번째 가정으로 되돌아가서 세 미지수를 각각 구했다. '퀴드 에스트 압수르둠'.[119] '스틸레토'는 샌드위치와 비스킷을 "품목(articles)"이라고 지칭했다. 제과점 주인이 이런 용어를 썼던가? 나는 "다음 품목이 뭐죠, 부인?"이 직물상에서만 쓰는 표현이라고 생각했다. '두 자매'는 처음에는 비스킷이 1페니에 4개, 다음에는 1페니에 2개라고 가정하고, "물론 두 경우 모두 답은 동일할 것"이라고 덧붙였다. 이 몽환적인 진술을 들으니 마치 유령의 단검을 움켜쥐는 맥베스가 된 듯한 기분이 든다.

"내 앞에 보이는 이것은 명제인가?"[120] 그대가 "오늘 아침 우리 둘은 같은 길로 걸어갔다"라고 말하고, 내가 "당신들 중 한 명은 같은 길로 걸어갔지만, 다른 한 명은 그렇지 않았다"[121]라고 말한다면, 셋 중에서 가장 구제불능의 혼란에 빠진 사람은 누구일까? 'Y. Y.', 그리고 공동 답안을 보내온 '거북이 피야트'(그런데 '거북이 피야트'가 뭔가요?)와 '늙은 까마귀'는 같은 방식을 적용했다. 'Y. Y.'는 방정식 $s + 3b = 3$을 얻은 뒤, "그 합은 다음 셋 중 한 가지 방식으로 분배되어야만 한다"라고 말한다. 물론 나는 그럴 수도 있음을 인정한다. 하지만 'Y. Y.',[122] 그대는 "되어야만 한다"라고 했는가? 나는 'Y. Y.'가 Y 두 개가 될 수도 있다는 게 두렵다.[123] 나머지 두 공모자는 그보다는 확신이 덜하다. 그들은 합이 그렇게 나누어"질 수도" 있다고 말한다. 그러나 그들은 "세 가격 중에서 하나가 맞다면"[124]이라고 덧붙였다! 이는 문법도 틀렸고 또 산술도 틀렸다, 오 신비스러운 새들이여!

등수에 들어간 이들 중에서 '셔틀랜드 스나크'는 홀로 3등을 차지해야 마땅하다. 그는 문제의 절반, 즉 클라라의 점심값에 대한 답만 적었다. 그는 무자비하게도 두 노부인을 '곤경' 한가운데 버려두었다. 나는 그가 건넨 친절한 말에 감사하며, "매듭을 푸는 사람들"이라는 이 가장 저렴한 클럽에는 입장료도 가입비도 전혀 없음을 보장하는 바이다.

"요행에 의존한" 풀이를 보내온 26명의 응모자들은

주어진 정보에서 답안을 도출하기까지 그들이 밟은 단계의 개수에서만 차이가 난다. 이를 공정하게 다루기 위해, 나는 2등 수상자들을 그 단계의 개수 순으로 배치했다. 두 명의 왕은 무서울 정도로 느긋하다! 하긴 빨리 걷거나 지름길로 가는 일은 왕의 위엄에 안 어울릴 것 같기도 하다. 하지만 정말이지, '테세우스'의 풀이를 읽다 보면 그는 전혀 앞으로 전진하지 않고 제자리걸음만 하고 있는 듯한 느낌이 든다! 또 다른 한 명의 왕은 내가 "Coal(석탄)"을 "Cole(콜)"로 바꾼 것을 양해해주길 바란다.[125] 코일루스 혹은 코일 왕은 아서왕 시대 바로 뒤에 재위했던 것으로 보인다. 헌팅던의 헨리[126]는 그를 콜체스터에 성벽을 둘러 그 지명에서 이름이 유래한 코엘(Coël) 왕과 동일 인물로 보았다. 글로스터의 로버트가 집필한 연대기[127]에는 이렇게 적혀 있다.

> 우리가 이야기한 아뤼라그 왕 뒤에
> 그의 아들 매리어스, 현명하고 대담한 이가 즉위했네.
> 또 그의 아들이 그 뒤를 이었으니 그 이름은 코일이라,
> 그는 고귀한 명성을 지닌 현명한 이였네.

'발부스'는 "두 차례 점심 중 어느 하나의 값이라도 알아내려면, 그것은 서로 다른 두 가지 가정에 의거하여 같은 총액에 도달해야 함"을 일반 원칙으로 놓는다. (질문. 여기서 "그것"은 "우리"가 되어야 하지 않겠는가? 그렇지

않으면 점심이 자기 자신의 가격을 알아내고 싶어 하는 것처럼 보이게 된다!) 그런 다음 그는 두 가지 가정을 하고— 하나는 샌드위치의 가격이 0이라는 것이고, 또 하나는 비스킷의 가격이 0이라는 것이다(둘 중 한 가지라도 실행한다면 식당은 곧 불편할 정도로 붐비게 될 것이다!)—두 가정에 각각 의거하여 점심값을 8펜스와 19펜스로 구한다. 그런 다음 그는 이렇게 [두 가정에 의거한 두 개의] 결과가 일치하므로 "답이 맞았음을 알 수 있다"는 결론을 내린다. 이제 나는 그의 일반 법칙이 성립하지 않는 딱 한 가지 예만을 들어 그것이 틀렸음을 증명하겠다. 한 가지 예만으로 충분하고도 남는다. 논리학 용어로 '전칭긍정'을 반증하려면 그 모순대당문(contradictory), 즉 '특칭부정'을 증명하는 것만으로 충분하다. (여기서 잠시 멈추고 옆길로 새서 논리학, 특히 '부인들의 논리학'에 대해 설명해야겠다. "모든 사람이 그가 오리라고 말한다"라는 전칭긍정은, "피터는 그가 거위라고 말한다"— 이는 "피터는 그가 오리라고 말하지 않는다"와 동치이다— 라는 특칭부정을 증명함으로써 곧바로 분쇄된다. 그리고 "아무도 그녀를 방문하지 않는다"라는 전칭부정은, "나는 어제 방문했다"라는 특칭긍정으로 훌륭히 반격할 수 있다. 요컨대 두 모순대당문은 서로를 반증한다. 그리고 여기서의 교훈은, 특칭명제가 전칭명제보다 훨씬 더 증명하기 쉽기 때문에, 부인과 논쟁할 때는 자신의 주장을 '특칭'으로 한정하고 '전칭'을 증명하는 일은 [할 수만 있다면] 그녀의 몫으로 남겨놓는 편이 가장 현명한 길이라는 것이다. 이런 식으로 하면 여러분은 대체로 논리적 승리를 거머쥘 수 있을 것이다. 다만 실질적 승리는 기대하기 힘들다. 그녀는 언제나 "그건 이거랑 상관없어요!"라는 치명적 발언— 남자들이 아직까지 만족스러운 반박의 말을 찾지 못한 묘수— 에 의존할 것이기 때문이다. 이제 '발부스'의 답안으로 되돌아가자.) 여기에 그의 법칙을 시험할 나의 '특칭부정'을 소개한다. 두 점심 내역이 "번 2개, 건포도 과자 1개, 소시지 롤 2개, 광천수 1병, 합계 1실링 9펜스"와 "번 1개, 건포도 과자 2개, 소시지 롤 1개, 광천수 1병, 합계 1실링 4펜스"라고 기록되어 있다고 치자. 그리고 클라라의 점심 내역이 "번 3개, 건포도 과자 1개, 소시지 롤 1개, 광천수 2병"이고, 작달막한 두 자매가 "번 8개, 건포도 과자 4개, 소시지 롤 2개, 광천수 6병"을 먹어치웠다고 치자. (가엾게도, 얼마나 목이 말랐으면!) '발부스'가 그의 "두 가지 가정" 원칙에 의거하여, 먼저 번이 1페니이고 건포도 과자가 2펜스, 그다음으로 번이 3펜스고 건포도 과자가 3펜스라고 가정하여 이 문제를 풀려고 한다면, 그는 각각의 가정에 의거해 나머지 두 점심값이 각각 "1실링 9펜스"와 "4실링 10펜스"라는 결론을 낼 것이고, 두 결과의 일치가 "답이 맞았음을 보여준다"라고 말할 것이다. 하지만 실은 번 1개가 2펜스, 건포도 과자 1개가 3펜스, 소시지 롤 1개가 6펜스, 광천수 1병이 2펜스이다. 따라서 클라라의 세 번째 점심은 1실링 7펜스이고, 그녀의 목마른 친구들은 4실링 4펜스를 지출했다!

나는 '발부스'가 한 말을 하나 더 인용하고 이에 대해 논의하겠다. 이 역시 일부 독자에게 교훈을 줄 수 있다고 여겨지기 때문이다. 그는 "이 문제를 푸는 데 있어 우리가 말로 설명하고 이를 산술이라고 부르든지, 문자와 기호를 쓰고 이를 대수라고 부르든지 실질적으로는 같다"라고 말했다. 내가 보기에 이는 두 가지 방법을 올바로 설명한 것 같지 않다. 산술적 방법은 '종합'으로만 이루어져 있다. 즉 알려진 한 가지 사실로부터 다른 사실로 옮겨가는 식으로 해서 마침내 목표에 도달한다. 반면에 대수적 방법은 '분석'이다. 즉 기호적으로 제시된 목표에서부터 출발하여, 베일에 싸인 희생자를 질질 끌고 거꾸로 거슬러 올라가, 마침내 모든 사실이 백일하에 드러나 베일을 찢고 "찾았다!"라고 외칠 수 있는 지점에 도달한다.

예를 들어 설명하겠다. 여러분의 집에 도둑이 침입하여 물건을 훔쳐갔다. 여러분은 그날 밤 근무를 서고 있는 경찰에게 이를 신고한다. "음, 어떤 놈이 댁네 정원 담장을 넘어가는 걸 저가 보긴 했는데요. 너무 멀어서 쫓아가진 않았고요. 그냥 지름길로 해서 총리 관저까지 갔는데, 거기서 바로 빌 사이크스[128]란 놈이, 모퉁이를 돌아 쏜살같이 달려오는 걸 마주쳤다 이겁니다. 저가 그놈을 확 덮치고 '이놈, 너 수배자 맞지'라고 딱 한마디 하니까, 그 놈이 '순순히 가겠수다, 경찰 양반' 그리고 '수갑은 채우지 마쇼' 하더라, 이겁니다." 이것이 바로 산술적 경찰이다.

이제 다른 방법을 시도해보자. "어떤 놈이 뛰어가는 걸 보긴 했는데, 제가 그 자리에 가까이 갔을 때는 벌써 멀리 도망쳐 버렸더라고요. 그래서 정원을 좀 둘러봤는데, 발자국이 있어요. 그놈이 댁네 꽃밭을 밟고 지나간 거죠. 엄청 커다란 발자국인데, 왼발 발꿈치 부분이 오른발보다 더 움푹 들어가 있더라고요. 그래서 '아, 이건 덩치가 아주 큰 놈이구나. 왼발을 절뚝거리는구나' 하고 알았죠. 그리고 벽에다 손을 문질러보니 숯 검댕이 확실히 묻어나오더라고요. 그래서 '덩치가 크고, 굴뚝 청소 일을 하고, 한 발을 절뚝거리는 자를 어디 가면 찾을 수 있을까?' 생각해봤죠. 그러다가 문득 딱 떠올랐어요. '이거 빌 사이크스다!'"
이것이 대수적 경찰이고, 내 생각에는 앞의 경찰보다 더 지적인 유형이다.

'꼬마 잭'의 풀이는 그가 다루는 사실들을 전혀 방정식으로 표현하지 않고, 사실상의 대수적 증명을 말로 풀어 써냈다는 점에서 칭찬받아 마땅하다. 이 풀이가 온전한 그의 작품이라면 그는 장차 훌륭한 대수학자가 될 것이다. 그리고 친절한 동정의 말을 건넨 '얼뜨기 수전'에게 감사한다. 이는 '늙은 고양이'가 건넨 말과 동일한 효과를 발휘했다.

답을 도출하든지 그것이 불가능함을 증명하든지 할 수 있는 확실한 방법을 이용한 사람은 '헤클라'와 '마트레브' 두 사람뿐이다. 따라서 그들은 당연히 1등을 나눠 가져야 한다.

합격자 명단

1등

헤클라   마트레브

2등

§ 1 (2단계)   § 2 (3단계)
애들레이드   A. A.
클리프턴 C.   크리스마스캐럴
E. K. C.   오후의 홍차
가이   눈 높은 여교사
렝코뉘[129]   아기
꼬마 잭   발부스
닐 데스페란둠[130]   매목
얼뜨기 수전   붉은 여왕
노랑텃멧새   월플라워
털북숭이

§ 3 (4단계)   § 4 (5단계)
산사나무   스테프니의 역마차[131]
요람
S. S. G.

§ 5 (6단계)　　　　　　　§ 6 (9단계)
월계수　　　　　　　　　늙은 왕 콜
미래의 안내서

§ 7 (14단계)
테세우스

투고자들에 대한 답변

2번과 6번 매듭의 주제에 대해 몇 통의 편지가 들어와서, 이에 대해 좀 더 설명을 덧붙이는 것이 좋겠다는 생각이 든다.

　2번 매듭에서 나는 집들의 번지수가 스퀘어의 한쪽 귀퉁이부터 시작해서 매겨지게끔 의도했고, 전부는 아니지만 대부분의 응모자도 그렇게 가정했다. 그러나 '트로이인'은 "아무런 정보가 없는 상태에서, 만약에 길이 광장 각 변의 중간으로 뚫고 들어온다고 가정하면 번지수는 그 길에서부터 매겨진다고 생각할 수도 있다"라고 말한다. 하지만 그렇지는 않으리라는 것이 확실히 좀 더 자연스러운 가정 아닐까?

　6번 매듭의 첫 번째 문제는 물론 단순한 말장난이다. 학습보다는 재미가 목적인 일련의 문제들 가운데 이런 문제가 하나쯤 있어도 무방하리라는 게 내 생각이었다. 그러나 이는, 아폴로가 언제나 자기 활을 팽팽히 당기고 있어야만 한다고 생각하는 듯 보이는[132] 두 투고자의 경멸에 찬 비난을 피해가지 못했다. 둘 중 누구도 이 문제를 맞히지 못했으며, 이는 사실 인간의 본성이다. 바로 며칠 전— 정확히 말하면 9월 31일[133] — 에 나는 오랜 친구인 브라운을 만나, 그 방금 전에 들었던 한 가지 수수께끼를 냈다. 브라운은 그의 위대한 정신으로 한차례 초인적인 노력을 기울여 그 수수께끼를 맞혔다. "맞아!" 내가 말했다. "아," 그가 말했다. "아주 교묘한 문제였어— 아주 교묘해. 누구나 생각해낼 수 있는 답이 아니야. 실로 아주 교묘해." 나는 그로부터 몇 야드를 걸어가다가, 이번에는 우연히 스미스를 만나 그에게 똑같은 수수께끼를 냈다. 그는 잠시 얼굴을 찌푸리더니 포기했다. 나는 소심하게 더듬거리며 답을 말했다. "조잡한 문제로군!" 스미스가 돌아서며 투덜거렸다. "아주 조잡해! 자네가 이런 헛소리를 옮기고 다니는 걸 좋아할 줄은 몰랐는데!" 그러나 사실 스미스의 정신은 (그런 것이 가능하다면) 브라운보다도 더 위대하다.

6번 매듭의 두 번째 문제는 평범한 복비례[134] 계산이다. 복비례 계산의 기본 특징은 결과가 몇 가지 요소들의 변동에 따라 달라진다는 것이다. 이 요소들은 결과와 아주 긴밀히 연관되어 있어서, 만약 요소들 중 딱 한 가지만 빼고 나머지가 다 불변이라면 결과는 이 한 가지에 따라서 변동한다. 그리고 모든 요소가 변동한다면 결과는 이 요소들의 곱에 따라서 변동한다. 그러니까 예를 들어 직육면체 저장고의 부피는 그 너비와 깊이가 불변이라면 길이에 따라서 변동한다. 그리고 모든 요소가 변동한다면 그 부피는 길이, 너비, 깊이의 곱에 따라 변동한다.

계산 결과가 변동하는 요소들과 이런 식으로 연결되어 있지 않을 때, 이 문제는 복비례가 아니게 되고 많은 경우 굉장히 복잡한 문제가 된다.

이를 보여주기 위해, 상을 타려고 서로 경쟁하는 두 후보 A와 B를 가정하겠다. 이들은 각각 프랑스어, 독일어, 이탈리아어 실력을 겨루게 된다.

(a) 채점 결과가 각 과목에 대한 그들의 상대적인 지식을 반영한다고 하자. 즉 그들의 프랑스어 점수가 '1, 2'든 '100, 200'이든 결과는 같다. 또 그들이 두 시험에서 같은 점수를 받는다면, 최종 점수는 나머지 세 번째 시험 점수와 비례하게 된다고 하자. 이것이 일반적인 복비례 계산이다. 우리는 A의 세 점수를 한데 곱하고, B의 세 점수도 똑같이 곱한다. 만약 A가 단 한 시험이라도 '0'점을 받는다면, 그가 나머지 두 시험에서 만점을 받고 B가 모든 시험에서 1점씩만 받더라도 A의 최종 점수는 '0'이 됨에 유의하자. 물론 A에게는 매우 억울한 일이겠지만, 주어진 조건하에서는 이것이 올바른 풀이다.

(b) 채점 결과는 이전처럼 상대적인 지식을 반영하지만, 이번에는 독일어와 이탈리아어에 비해 프랑스어에 두 배의 가중치가 주어진다. 이는 이례적인 형태의 문제

다. 나는 "결과의 비는 (a)처럼 곱했을 때보다 프랑스어 점수의 비에 더 가깝고, 그래서 (a)와 같은 결과를 얻으려면 다른 곱수들을 두 번씩 곱해야 될 것"이라고 말하고 싶어진다. 예를 들어 프랑스어 점수의 비가 $9/10$이고 나머지 과목 점수의 비가 $4/9$, $1/9$이라서 (a)에 의한 최종 비가 $4/45$가 된다면, 여기서는 그 대신에 [$4/9$와 $1/9$의 제곱근인] $2/3$, $1/3$을 곱해야 할 것이다. 이렇게 했을 때 나오는 결과는 $1/5$로, (a) 방법을 썼을 때보다 $9/10$에 더 가깝다.

(c) 채점 결과는 세 과목을 합한 지식의 실제 양을 반영한다. 여기서 우리는 두 가지 질문을 해야 한다. (1) 각 과목의 '단위'(즉 '측정의 기준')는 무엇인가? (2) 이 단위들의 값이 균등한가, 불균등한가? 일반적인 '단위'는 시험의 모든 문제를 맞혔을 때 표시되는 지식의 양이다. 이를 '100'이라고 하면, 그보다 적은 모든 양은 '0'과 '100' 사이의 숫자로 표시된다. 그리고 이 단위들의 값이 균등하다면, 우리는 A의 세 점수를 그냥 더하고 B의 점수도 똑같이 더하면 된다.

(d) 조건은 (c)와 같지만 프랑스어에 두 배의 가중치가 주어진다. 여기서 우리는 그냥 프랑스어 점수에 2를 곱한 뒤 앞서와 마찬가지로 더하면 된다.

(e) 다른 과목의 점수가 같다면 최종 비가 곧 프랑스어 시험 점수의 비로 되게끔 프랑스어에 가중치가 주어진다. 따라서 이 세계에서 프랑스어를 '0'점 맞은 후보자는 수렁에 빠지게 된다. 그러나 나머지 두 과목은 균등한 값

으로 환산된 두 후보의 지식량을 합산함으로써 채점 결과에 영향을 끼친다. 여기서 나는 A의 독일어와 이탈리아어 점수를 더한 뒤 여기에 프랑스어 점수를 곱해야 한다.

하지만 여기서 더 계속할 필요는 없다. 명백히 이 문제는 조건에 수많은 변화를 주어가며 다르게 낼 수 있고, 각각의 문제는 나름의 풀이 방법을 요구할 것이다. 6번 매듭의 문제는 (a) 변이형에 속하도록 의도되었고, 나는 이를 분명히 하기 위해 다음 단락을 삽입했다.

"대개의 경우 참가자들은 이 중 한 가지 점에서만 차이가 난다오. 작년에 피피와 고고는 대회 기간 동안 동수의 스카프를 짰고 그 무게도 같았지만, 피피의 스카프가 고고의 것보다 두 배 더 따뜻했기에 피피의 것이 두 배 더 우수하다고 선언되었소."

내가 말한 내용이 '발부스'와 '파이피'에 대한 충분한 답변이 되었기를 바란다. '발부스'는 이 문제의 가능한 변이형이 오로지 (a)와 (c)뿐이며, "우리는 덧셈을 쓸 수 없으므로, 이는 곱셈을 쓰라는 뜻임에 틀림없다"라는 말이 "어떤 사람이 밤에 태어나지 않았다는 지식을 토대로 그가 낮에 태어났다고 추론하는 것보다 더 비논리적일 건 없다"고 주장한다. 또 '파이피'는 "조금만 더 생각해보면 각 후보자들의 비례 점수들을 곱하는 대신 한데 더한 우리의 '오류'가 전혀 오류가 아님을 알게 될 것"이라고 말한다. 설령 덧셈이 올바른 방법이었다 해도, 각 과목 점수의 "단위"를 지정할 필요성에 대한 인식을 보여준 투고자는 (내 기억에 의하면) 단 한 명도 없었다. 왜 그랬을까? "전혀 오류가 없었다"고? 그들은 분명히 오류에 푹 빠져 있었다!

한 투고자는(서신의 어조가 그리 우호적이지 않으므로 그의 이름을 언급하진 않겠다) 이렇게 썼다. "나는 당신이 답안을 비평할 때 습관적으로 거침없이 내뱉는 매우 신랄한 표현을 자제하는 편이 더 훌륭한 처신이라고 생각함을 매우 정중하게 덧붙이고 싶습니다. 실수를 저지른 당사자들에게 이런 말투가 그리 듣기 좋지 않아야 한다는 ('않다는'?) 사실이 당신에게는 그리 중요치 않을지도 모르나, 당신 자신이 옳다고 스스로 완전히 확신하지 않는다면 그런 말투를 쓰지 않는 편이 현명함을 느끼길 바랍니다." 이 필자가 "신랄한 표현"의 사례로 든 것은 "박복한"과 "범죄자" 두 단어뿐이다. 나는 그에게(그리고 확신을 필요로 하는 다른 이들에게, 하지만 그런 사람은 없으리라 믿는다), 그런 말들이 전부 농담으로, 누구를 불쾌하게 만들 수도 있다는 생각은 전혀 없이 쓰였으며, 내가 부지불식중에 초래했을지 모를 불쾌감에 대해 진심으로 유감스럽게 여기고 있음을 확실히 밝히는 바이다. 앞으로는 정색하고 진담으로 한 가혹한 말과, 콜리지가 "조그만 아이, 나긋한 엘프"로 시작하는 아름다운 시구[135]에서 말한 "마음에도 없는 쓰라린 말"의 차이를 그들이 알아봐 주길 바라도 될까? 투고자가 이 시구 혹은 "불, 기근, 살육"[136]의 서문을 찾아본다면, 여기에 내가 주장하는 이 차이가 나의 어떤 말보다도 더 훌륭히 묘사되어 있음을 잘 알 수 있을 것이다.

독자들이 불쾌감을 느끼건 말건 내가 상관하지 않는다는 투고자의 암시에 대해서는 말없이 넘어가는 편이 최선이라고 여겨진다. 그러나 그의 마지막 말에 대해서는 전적으로 이의를 제기한다. 내가 보기에 나 자신이 "옳다고 완전히 확신"했다는 항변은, 투고자들에게 불쾌감을 줄 수도 있는 언어 사용을 조금도 정당화해줄 수 없다. '매듭을 푸는 사람들'과 나는 그런 사이가 아니라고 믿는다!

끝으로 퍼즐을 제안해준 'G. B.'에게 감사드린다. 그러나 이는 '9 네 개로 100 만들기'[137]라는 오래된 문제와 너무 유사하다.

8번 매듭의 풀이

§ 1. 돼지

문제— 돼지 24마리를 4개의 우리에 나누어 넣되, 네 우리를 차례로 거치며 계속 돌고 돌 때에 각 우리의 돼지 수가 바로 그 전에 지나친 우리의 돼지 수보다 항상 10에 더 가깝게 되도록 하라.

답— 첫 번째 우리에 돼지 8마리, 두 번째 우리에 10마리를 넣는다. 세 번째 우리에는 돼지가 "없다(nothing)". 네 번째 우리에는 6마리를 넣는다. 10은 8보다 10에 더 가깝다. 10보다 10에 더 가까운 것은 "없다"라고 말할 수 있다.

6은 돼지가 "없는" 것보다 10에 더 가깝다.[138] 그리고 8은 6보다 10에 더 가깝다.

이 문제의 성격을 눈치챈 투고자는 두 명뿐이다. '발부스'는 "확실히 수학적으로는 이 문제를 풀 수 없다. 하지만 나는 그 어떤 궤변으로도 어떻게 이를 풀어야 할지 모르겠다"라고 썼다. '놀렌스 볼렌스'[139]는 찬란하신 여왕 폐하께서 도시는 방향을 중간에 바꾸었다. 그걸로도 부족해 "그녀가 보는 앞에서 돼지들을 옮겨야 한다"고 덧붙여야 했다!

§ 2. 그루름스팁스스

문제 — 합승 마차가 특정 지점에서 양방향으로 매 15분마다 출발한다. 한 여행자가 그중 한 합승 마차와 동시에 그와 같은 방향으로 걸어서 출발하여, 그로부터 12 ½분 후에 [마주 오는] 마차 한 대를 만났다. 다음 마차는 언제 그를 추월할까?

답 — 6 ¼분 후.

풀이 — 합승 마차가 15분 동안 이동하는 거리를 'a', 출발 지점에서부터 여행자가 추월당하는 지점까지의 거리를 'x'로 놓자. 합승 마차들이 출발점에서 교차하는 시각이 2 ½분 후로 예정되어 있으므로, [여행자와 마주친] 이 마

차는 그 시간 동안에 여행자가 12 ½분 동안 걸어온 거리를 이동한다. 즉 마차가 여행자보다 5배 빠르다. 한편 여행자가 출발하는 시점에, 추월할 마차는 여행자보다 'a'만큼 뒤처져 있다. 따라서 여행자가 'x'만큼을 이동하는 동안 이 마차는 'a + x'만큼 이동한다. 그러므로 $a + x = 5x$이며, 따라서 $4x = a$이고 $x = a/4$다. 그러면 x만큼 이동하는 데 마차는 ¹⁵/₄분이, 여행자는 $5 \times$ ¹⁵/₄분이 걸리게 된다. 따라서 여행자가 출발한 지 18 ¾분 만에, 첫 번째 마차를 마주친 지 6 ¼분 만에 추월당할 것이다.[140]

4개의 답안이 들어왔고 그중 2개는 오답이다. '다이너 마이트'는 추월하는 마차가 일행이 첫 번째 마차를 만났던 지점에 도달한 시각을, 일행이 그 지점을 떠나고 나서 5분 뒤라고 옳게 적었다. 그러나 마차가 여행자보다 5배 빠르기 때문에 그로부터 1분 뒤에 여행자들을 추월할 것이라는 잘못된 결론을 내렸다. 여행자들은 걸어서 5분 거리만큼 마차보다 앞서 있으며, 마차가 그들을 추월할 때까지 그 거리의 4분의 1만큼을 더 걸어서 전진한다.[141] 이는 같은 시간 동안 마차가 이동하는 거리의 5분의 1에 해당한다. 따라서 [1분이 아니라] 1 ¼분이 더 소요된다. '놀렌스 볼렌스'는 '아킬레스와 거북' 비슷한 식의 풀이를 시도했다. 그는 추월하는 마차가 바깥 출입문 앞에서 출발했을 때 여행자들은 'a'의 5분의 1만큼 앞서 있었으며, 이 마차가 그 거리를 주파하는 데는 3분이 걸릴 것이라고 바르게 적었다. "그 시간 동안" 여행자들은 다시 'a'의 15분

의 1만큼(이는 25분의 1이 되어야 맞다) 더 이동한다고 그
는 말한다. 이제 'a'의 15분의 1만큼 앞서 있는 여행자들은
다시 'a'의 60분의 1만큼 더 전진하고, 그동안 마차는 12분
의 1만큼 전진한다고 그는 결론 내린다. 이 풀이의 원리는
맞다. 어쩌면 앞에서 이것을 적용할 수도 있었을 것이다.

합격자 명단

1등

발부스   델타

9번 매듭의 풀이

§ 1. 양동이

문제 — 라드너의 설명에 따르면 액체에 잠긴 고체는 자기
부피와 동일한 양[의 액체]을 밀어낸다. 이 원리가 큰 양동
이 속에 떠 있는 작은 양동이에 어떻게 적용될 수 있을까?
풀이 — "밀어낸다(displaces)"라는 라드너의 말은 "물로
채워도 주위에 아무런 변화가 일어나지 않을 공간을 차지
한다"는 뜻이다. 떠 있는 양동이에서 물 위로 나와 있는
부분을 없애고 그 나머지 부분을 물로 변환한다 해도, 양
동이를 둘러싼 물의 위치는 바뀌지 않을 것이다. 이는 라

404

드너의 설명과 부합한다.

5개의 답안이 들어왔지만, 떠 있는 물체가 그것이 밀어낸 액체와 같은 무게를 갖는다[142]는 잘 알려진 사실로부터 유래된 곤경을 적절히 설명한 답안은 그중에서 한 개도 없었다. '헤클라'는 "작은 양동이에서 물의 원래 수위 밑으로 내려간 부분만이 진짜로 잠겼다고 말할 수 있으며, 그 부분에 해당하는 부피의 물만이 밀려났다"라고 말한다. 따라서 헤클라의 설명에 의하면, 자기 부피의 물과 무게가 같은 고체는 그 전체가 물의 "원래 수위" 밑으로 내려갈 때까지 뜨지 않을 것이다. 하지만 실제로 이 물체는 그 전체가 물밑에 잠기자마자 그 자리에 뜬다. '까치'는 '한 물체가 다른 물체를 그것이 존재하지 않는 공간에서 밀어낼 수 있다는 가정'이 오류이며, 담는 용기가 "처음에 [물로] 가득 채워져 있었던" 경우를 제외하면 라드너의 주장이 틀렸다고 말한다. 그러나 물체가 뜨는 문제를 좌우하는 것은 과거가 아니라 현재의 상태다. '늙은 왕 콜'은 '헤클라'와 같은 견해를 취했다. '고막'과 '윈덱스'[143]는 '밀려난'을 '원래 수위보다 위로 올라간'이라는 뜻으로 가정하고, 이렇게 올라간 물이 어떻게 해서 양동이의 잠긴 부분보다 부피가 작은지만을 설명하는 데 그침으로써 '헤클라'와 같은 배에 타는— 아니 뜨는— 편을 택했다.

유감스럽게도 이 문제는 발표할 합격자 명단이 없다.

§ 2. 발부스의 소론

문제 — 발부스는 어떤 고체가 어떤 물그릇 안에 잠긴다면 그 물은 2인치, 1인치, ½인치…… 이렇게 끝없이 연속되는 간격으로 상승할 것이라고 말한다. 그는 물이 무제한 상승할 것이라는 결론을 내린다. 정말 그럴까?

풀이 — 그렇지 않다. 그런 식으로 연속되더라도 절대 4인치에 도달하지 못할 것이다. 아무리 여러 차례 상승하더라도, 언제나 4인치에 — 마지막 차례에서 상승한 높이만큼 — 모자랄 것이기 때문이다.[144]

3개의 답안이 들어왔고, 내가 보기에는 이 중 2개만이 등수에 들 자격이 있다.

'고막'은 막대기에 대한 논증이 "그저 눈속임에 불과하며, 이에 대해서는 '실험으로 해결된다', 아니, '물에 빠뜨림으로써 해결된다'[145]라는 오래된 대답을 적용할 수 있을 것"이라고 말한다. 나는 '고막'이 발부스의 소론에 나오는 남자를 대신하여 이를 몸소 시험해보지는 않으리라고 믿는다! 그는 영락없이 물에 잠기고 말 것이다.

'늙은 왕 콜'은 2, 1……의 연속이 감소하는 등비수열이라고 올바로 지적했다. 한편 '윈덱스'는 이것이 '아킬레스와 거북'의 오류임을 올바로 알아보았다.

합격자 명단

1등

늙은 왕 콜   윈덱스

---

§ 3. 꽃밭

문제— 길이가 너비보다 ½야드 더 긴 직사각형 뜰 전체가 소용돌이 형태의 자갈길로 꽉 채워져 있다. 이 길의 너비는 1야드이고 길이는 3630야드이다. 이 뜰의 각 변의 길이를 구하라.

답— 60야드, 60 ½야드.

풀이— 이 길 중에서 똑바로 뻗은 부분으로 걸어갈 때 거치게 되는 야드의 수는 곧 그 길의 제곱야드 수와 같다. 그리고 각 모퉁이에 위치한 1제곱야드를 지날 때의 이동거리는 1야드이다. 그러므로 이 뜰의 면적은 3630제곱야드이다. 그리고 뜰의 너비를 x로 놓으면 $x (x + ½) = 3630$이 된다. 이 2차방정식을 풀면 우리는 $x = 60$이라는 값을 얻게 된다. 따라서 각 변의 길이는 각각 60과 60 ½이다.

12개의 답안이 들어왔다. 이 중에서 7개는 맞았고 5개는 틀렸다.

'C. G. L.', '네이밥',[146] '늙은 까마귀', '고막'은 자

갈길의 길이가 곧 이 뜰의 제곱야드 수와 같다고 가정한다. 이것은 옳지만, 먼저 증명이 되어야 한다. 그러나 이들은 그보다 더 컴컴한 짓을 저지른 죄가 있다. 'C. G. L.'의 '풀이 과정'은 3630을 60으로 나눈 것이 전부다. 이 나눗수는 어드메서 왔는가, 오 갈매기여?[147] 점술인가? 꿈이었나? 미안하지만 이 풀이는 무가치하다. '늙은 까마귀'의 풀이는 그보다도 짧아서 가치가 더 떨어진다(그런 일이 가능하다면). 그는 답이 "첫눈에 보니까 $60 \times 60 \frac{1}{2}$"이라고 말한다! '네이밥'의 계산은 짧지만 그 오류에서만은 "네이밥 못지않은 부자다".[148] 그는 3630의 제곱근에 2를 곱하면 뜰의 길이와 너비를 더한 것과 같다, 그러니까 $60.25 \times 2 = 120 \frac{1}{2}$이라고 말한다. 그의 첫 번째 주장은 뜰이 정사각형일 때에만 참이다. 그리고 그의 두 번째 주장은 계산이 틀렸다. 60.25는 3630의 제곱근이 아니기 때문이다! 네, 이 밥은 설었다고요![149] '고막'은 3630의 제곱근을 구하면 60야드이고 그 나머지가 $\frac{30}{60}$, 즉 $\frac{1}{2}$야드이며, 이 나머지를 더해서 $60 \times 60 \frac{1}{2}$짜리 직사각형을 만들어야 한다고 말한다. 여기까지만 해도 매우 심각하지만, 이보다 더 심한 것이 남아 있다. '고막'은 이렇게 말을 잇는다. "하지만 애초에 $\frac{1}{2}$야드가 왜 있어야 할까? 이것이 없으면 꽃을 심을 자리가 전혀 없을 것이기 때문이다. 이 $\frac{1}{2}$야드를 이용하여 우리는 뜰 한가운데에 길이 2야드, 너비 $\frac{1}{2}$야드짜리 작은 땅 한 떼기를, 자갈길로 덮이지 않은 유일한 공간으로 남겨둘 수 있다." 그러나 발부스는 자갈길이

408

"전체 면적을 꽉 채우고 있다"고 분명히 말했다. 오 '고막' 이여! 내 성미는 바닥이 드러났으며 내 두뇌는 마비되었다![150] 나는 더 이상 할 말이 없다.

'헤클라'는 계산에서 가장 치명적인 습관 — 서로 상쇄되는 한 쌍의 오류를 범하는 일 — 에 반복해서 빠져들고 있다. 그녀는 뜰의 너비를 x야드로, 길이를 $x + \frac{1}{2}$야드로 놓은 다음, 첫 번째 "고리"의 길이를 $x - \frac{1}{2}$, $x - \frac{1}{2}$, $x - 1$, $x - 1$의 합, 즉 $4x - 3$으로 놓는다. 그러나 여기서 네 번째 항은 $x - 1\frac{1}{2}$이 되어야 하기 때문에 그녀의 첫 번째 고리는 실제보다 $\frac{1}{2}$야드 더 길다. 또 그녀는 두 번째 고리를 $x - 2\frac{1}{2}$, $x - 2\frac{1}{2}$, $x - 3$, $x - 3$의 합으로 놓는데, 여기서 첫 번째 항은 $x - 2$가, 마지막 항은 $x - 3\frac{1}{2}$이 되어야 한다. 하지만 이 두 개의 오류가 서로를 상쇄해서 결과적으로 이 고리의 길이에 대한 식은 맞다. 그리고 다른 모든 고리에서 계속 같은 상황이 벌어진다. 길의 끝까지 다다르는 데 $\frac{1}{2}$야드가 모자라는 마지막 고리만 빼고 말이다. 그리고 이것은 첫 번째 고리에서 저지른 오류와 정확히 균형을 이룬다. 그래서 풀이 과정은 몽땅 틀렸음에도 고리 전체 길이의 합은 맞게 나왔다.

정답을 맞힌 7명 중에서 '다이너 마이트', '재닛', '까치', '태피'[151]는 'C. G. L.' 등과 똑같은 가정을 한 뒤 이를 2차방정식으로 풀었다. '까치'는 이를 등차수열로도 시도해 보았지만, 첫 번째와 마지막 "고리"가 특수한 값을 가진다는 사실을 알아차리지 못했다.

'알룸누스 에토나이'[152]는 'C. G. L.'이 가정한 것을 한 특수한 사례를 가지고— 뜰의 각 변을 6과 5 ½로 가정하여— 증명하려 시도한다. 그러나 어느 한 숫자에 적용되는 것이 다른 숫자에도 언제나 적용되지는 않으므로, 그는 이를 보편적인 방식으로 증명해야 했다. '늙은 왕 콜'은 이 문제를 등차수열로 풀었다. 풀이는 맞았지만 그 과정이 너무 길어서, 2차방정식을 이용한 풀이와 동등하게 평가해줄 수는 없었다.

'윈덱스'는 "길의 귀퉁이 부분에서는 중앙선이 한 방향으로 ½야드 전진했다가 직각으로 꺾어 다른 방향으로 ½야드 전진하므로, 결과적으로 길의 똑바로 뻗은 부분에서든 귀퉁이 부분에서든" 길 1야드는 뜰 1제곱야드에 대응함을 지적함으로써 이를 매우 깔끔하게 증명했다.

합격자 명단

1등
윈덱스

2등
알룸누스 에토나이   늙은 왕 콜

3등

다이너 마이트   까치

재닛   태피

10번 매듭의 풀이

§ 1. 첼시 왕립 병원의 상이군인들

문제 — 70퍼센트가 눈 한 짝을 잃었고, 75퍼센트가 귀 한 짝을, 80퍼센트가 팔 한 짝을, 85퍼센트가 다리 한 짝을 잃었다면, 넷을 모두 잃은 사람은 최소한 몇 퍼센트인가?

답 — 10퍼센트.

풀이 — (여기에서는 나보다 더 우수한 답안을 보내온 '북극성'의 풀이를 채택한다). 부상을 모두 더하면 70 + 75 + 80 + 85 = 310이 된다. 즉 100명이 310건의 부상을 지닌 셈이며, 이것은 [즉 310건의 부상을 100명에게 최대한 고르게 분배하면] 1명당 세 건씩, 그리고 10명에게는 네 건씩 돌아간다. 따라서 최소 비율은 10퍼센트다.

19개의 답안이 들어왔다. 그중 한 명은 "5"라고 적었는데, 풀이 과정을 첨부하지 않았으므로 규칙에 따라 "이름 없는 행위"[153]로 남겨졌다. 재닛은 "35와 $^{7}/_{10}$"이라고 적었다. 아쉽게도 그녀는 질문을 잘못 이해하여, 귀 한 짝을 잃은

411

사람이 눈 한 짝을 잃은 사람 중에서 75퍼센트라는 식으로 가정했다. 물론 이런 가정에 의거한다면 백분율을 전부 곱해야 할 것이다. 그녀는 이를 올바로 계산했으나, 나는 이 문제가 그녀의 방식대로 해석될 여지가 없다고 생각하기에 그녀를 등수에 올려줄 수 없다. '인생 칠십'[154]은 "19와 ⅜"이라고 적었다. 그녀의 풀이는 이해하는 데만도—나는 진실에 충실하고 싶기 때문에 "수많은 불안의 나날과 불면의 밤들"을 보냈다고는 말하지 않겠지만— 다소 애를 먹어야 했다. 그녀는 "한 번 부상당한 상이군인"의 수가 310("퍼센트"일 것이다, 내가 보기엔!)이라고 말한다. 그리고 이를 4로 나누어 "평균 백분율" 77.5를 얻은 뒤, 이를 다시 4로 나누어 얻은 19와 ⅜이 "네 번 부상당한 사람의 백분율"이라고 말한다. 말하자면 그녀는, 종류가 다른 부상들이 서로 "흡수 합병된다"고 가정하는 것인가? 그렇다면 응당 이 수치는 부상 하나씩을 입은 77명의 상이군인과 부상 반 개를 입은 반 명의 상이군인에 대응할 것이다. 그런 다음 그녀는 이렇게 농축시킨 부상을 이번에는 양도할 수 있다고, 즉 이 불운한 이들 중의 ¾이 자신의 부상을 나머지 ¼에게 몰아주고 완벽한 건강을 되찾을 수 있다고 가정하는 것인가? 이러한 가정을 받아들인다면 그녀의 답안은 옳다. 아니, 만약에 이 문제가, "어떤 길의 77.5퍼센트가 자갈 1인치 두께로 덮여 있다. 같은 양의 자갈을 이용해서 4인치 두께로 덮을 수 있는 길의 면적은 전체의 몇 퍼센트인가?"였다면 그녀의 답안은 맞았을 것이다. 그러나 아아,

이 문제는 그것이 아니었다! '델타'는 몇 가지의 지극히 놀라운 가정을 한다. "눈 한 짝을 잃지 않은 모든 사람은 귀한 짝을 잃었다고 하자", "두 눈과 두 귀를 모두 잃지 않은 사람은 팔 한 짝을 잃었다고 하자". 전쟁터에 대한 그녀의 생각은 진정 음울하다. 두 눈과 두 귀와 양팔을 모두 잃은 뒤에도 계속해서 싸우는 한 전사를 상상해보라! 분명히 그녀(혹은 "그것"?)는 이러한 경우가 가능하다고 가정한다.

그다음으로, 70퍼센트가 눈 한 짝을 잃었으므로 30퍼센트는 눈을 하나도 잃지 않았고 따라서 두 눈을 다 갖고 있다는 근거 없는 가정을 한 8명의 필자가 있다. 이는 비논리적이다. 만약 당신이 내게 1파운드 금화 100개가 든 가방 하나를 준다면, 그리고 내가 1시간 뒤에 (그 가방을 받았을 때 고마워서 활짝 웃던 표정은 온데간데없이) 당신에게 와서 "유감스럽게도 이 금화 중 70개가 불량이오" 하고 말한다면, 나는 이것으로 나머지 금화 30개가 우량함을 보증하는 것인가? 어쩌면 나는 그것들을 아직 테스트해보지 않았을 수도 있다. 이 비논리적 팔각형을 이루는 각 변의 이름은 알파벳순으로 다음과 같다—'앨저넌 브레이', '다이너 마이트', 'G. S. C.', '제인 E.', 'J. D. W.', '까치'(그는 "따라서 90퍼센트는 뭔가를 두 개씩 가지고 있다"는 기분 좋은 말을 했다. 이 말은 크세르크세스를 크게 기쁘게 해서 "모든 것을 열 개씩" 하사받은 어떤 운 좋은 군주의 이야기를 연상시킨다[155]), 'S. S. G.', '토키오'.

'미래의 안내서'와 'T. R.'은 — 70퍼센트와 75퍼센

413

트를 100의 양쪽 끝에서부터 시작해서 세면 최소한 45퍼센트가 겹친다는 식의 원리에 의거해 — 임시변통 식으로 문제를 풀었다. 이 풀이 과정은 지극히 맞지만 지극히 최선의 방법은 아니다.

나머지 다섯 명의 응모자는, 바라건대 내가 일일이 승리의 송가를 작곡해주지 않더라도 1등을 차지함으로써 충분히 칭송받았다고 느낄 것이다.

합격자 명단

1등

늙은 고양이	북극성
늙은 암탉	얼뜨기 수전
	백설탕

2등

미래의 안내서	T. R.

3등

앨저넌 브레이	J. D. W.
다이너 마이트	까치
G. S. C.	S. S. G.
제인 E.	토키오

§ 2. 날짜 변경

이 지리학 문제는 무기한 연기해야만 한다— 그 이유의 일부는 아직 내가 기대하는 통계치를 얻지 못했기 때문이고, 일부는 나 자신도 이 문제가 영 헷갈리기 때문이다. 그리고 채점자 자신이 2등과 3등 사이에서 막연히 떠돌고 있는데 어떻게 다른 사람들의 순위를 판단한단 말인가?

§ 3. 아들들의 나이

문제— 처음에는 셋 중 두 사람 나이의 합이 나머지 한 사람의 나이와 같았다. 그로부터 몇 년 뒤에는 셋 중 두 사람 나이의 합이 나머지 한 사람 나이의 두 배가 되었다. 첫 해 이후 경과한 햇수가 처음 세 사람 나이의 합의 ⅔가 되었을 때, 셋 중 한 사람의 나이는 21세가 되었다. 나머지 두 사람의 나이는 몇인가?

답— 15세, 18세.

풀이— 처음 세 사람의 나이를 x, y, $(x+y)$로 놓자. 그리고 $a+b=2c$라면, n의 값과 상관없이 $(a-n)+(b-n)=2(c-n)$이 된다. 즉 [두 사람 나이의 합이 나머지 한 사람 나이의 두 배가 되는] 두 번째 행사 때의 관계가 한 번 참이면 이는 언제나 참이 된다는 뜻이다. 따라서 이 관계는 첫해에도 적용된다. 하지만 x와 y의 합이 $(x+y)$의 2배가 될 수는 없다. 따라서 $(x+y)$와 x를 더하든지 혹은 y를 더하든지 해야

한다. 둘 중 무엇을 더하느냐는 상관없다. 그래서 우리는
$(x + y) + x = 2y$로 가정하고, $y = 2x$를 얻는다. 그러면 처음
세 사람의 나이는 x, $2x$, $3x$가 된다. 그리고 첫 해 이후로
경과한 햇수는 $6x$의 ⅔, 즉 $4x$가 된다. 따라서 현재 세 사람
의 나이는 $5x$, $6x$, $7x$다. 현재는 "내 아들 중 한 명이 성년
이 되는 해"이므로, 각각의 나이는 분명히 정수다. 따라서
$7x = 21$, $x=3$이며 나머지 두 명의 나이는 15세와 18세다.

18개의 답안이 들어왔다. 응모자 중 한 명은 첫 번째 행
사가 12년 전이고 그때 아들들의 나이가 9세, 6세, 3세였
으며, 두 번째 행사 때는 14세, 11세, 8세였다고 주장한다.
그것이 답안의 전부다! 로마의 아버지[156]로서 나는 이 경
솔한 필자의 이름을 발표하지 말아야겠지만, 노인을 공경
하는 뜻에서 규칙을 깨도록 하겠다. 그는 바로 '인생 칠십'
이다. 제인 E.는 처음의 나이가 9세, 6세, 3세라고 주장한
뒤, 두 번째 해는 그냥 지나치고 바로 현재의 나이를 계산
한다. '늙은 암탉'의 답안도 그 못지않게 나쁘다. 그녀는
"여러 가지 수치를 대입해본 끝에 마침내 모든 조건에 들
어맞는 수를 찾아냈다". 그러나 오 연로한 새여, 그저 땅
바닥을 긁고 주변을 쪼아대는 것은 문제를 푸는 방법이
아니다! 그리고 '늙은 암탉'의 꽁무니를 배고픈 눈으로 살
금살금 쫓는 '늙은 고양이'는, 성년이 되는 아들이 장남이
라고 우선 침착하게 가정한다. 야옹아, 네 새를 잡아먹어

416

라. 내게선 아무것도 얻어먹지 못할 테니!

처리해야 할 0점 답안이 아직 두 개 더 있다. '미네르바'는 세 경우 모두 아들 중 한 명이 성년에 이르렀으며 성년에 이른 아들만이 "황금을 수령한다"고 가정한다. "자, 아들들아, 너희의 나이를 계산하여라, 그러면 너희는 돈을 받게 될 것이다!"라는 말을 과연 그렇게 해석하는 것이 현명할까? '미래의 안내서'는 처음의 나이를 9세, 6세, 3세로 "놓자"고 말하고, 두 번째 해가 그로부터 6년 뒤라고 가정한 뒤, 이러한 근거 없는 가정에 의거하여 올바른 답을 도출해낸다. 정 하려면 미래의 여행자들을 안내하라, 그대는 이 시대의 안내서가 아니니!

등수에 오른 이들 가운데 그냥 "등수에만" 든 사람은 두 명이다. '다이너 마이트'는 처음 세 나이 사이의 관계를 (바르게) 알아냈지만, 그중 한 명이 "6세"라고 가정해서 그 나머지 풀이 과정을 불확실하게 만들었다. 'M. F. C.'는 대수적 방법을 이용해서 현재의 나이가 $5z$, $6z$, $7z$라는 결론까지 바르게 이끌어냈지만, 그 후 아무런 이유 없이 $7z = 21$이라고 가정했다.

좀 더 높은 표창을 받은 이들 가운데 '델타'는 — 하나씩 제거해나가는 방법을 통해 아들 중 누가 성년이 되었는지를 알아내는 — 새로운 방법을 시도한다. 그는 처음에 그가 둘째라고, 다음에 막내라고 가정하는데, 두 경우 모두 명백한 모순이 빚어진다. 하지만 그 증거 중에 "$63 = 7x + 4y$ ∴ $21 = x + \frac{4y}{3}$"와 같은 대수식이 포함되어

417

있기 때문에, 이는 아주 결정적인 증거가 되지 못함을 그도 인정하리라고 믿는다. 그 나머지 풀이 과정은 훌륭하다. '까치'는— 엄밀한 논리적 권리도 없이 우연히 눈에 띈 길 잃은 결론을 주워다 쓰는— 자기 종족의 개탄스러운 성향을 드러낸다. 그녀는 처음의 나이를 A, B, C로, 그 이후 경과한 햇수를 D로 가정하고, 2A = B, C = B + A, D = 2B라는 세 방정식을 (바르게) 도출한다. 그런 다음 그녀는 "A = 1로 가정하면 B = 2, C = 3, D = 4이다. 그러므로 A, B, C, D의 네 수치는 서로 1 : 2 : 3 : 4의 비가 되어야 한다"고 말한다. 바로 이 "그러므로"에서 나는 이 새의 비양심을 감지한다. 그녀의 결론은 옳지만, 이는 어디까지나 이 방정식들이 "동차"이기 (즉 각 항에 미지수가 한 개씩 있기) 때문이다. 나는 이 사실을 그녀가 파악하지—죄송, 발톱으로 움켜잡지—못한 것이 아닐까 하는 강한 의구심이 든다. 만일 내가 "A + 1 = B, B + 1 = C이다. A = 1로 가정하면 B = 2이고 C = 3이다. 그러므로 A, B, C의 세 수치는 서로 1 : 2 : 3의 비가 되어야 한다"라는 조그만 함정을 놓는다면, 그대는 이 위에 비둘기처럼 사랑스럽게 내려앉을 것인가, 오 까치여? '얼뜨기 수전'은 내 눈에 전혀 단순해(simple) 보이지 않는다. 처음의 세 나이가 3 : 2 : 1이 됨을 알아낸 뒤에, 그녀는 "그리고 이 셋의 합의 ⅔ + 셋 중 하나 = 21이므로, 셋의 합은 30을 초과할 수 없으며, 결과적으로 셋 중 가장 큰 수는 15를 초과할 수 없다"고 말한다. 내 생각에 그녀는 (머릿속으로) 이런

418

주장을 하고 있는 것 같다. "합의 ⅔ + 한 명의 나이 = 21,
∴ 합 + 한 명 나이의 ½ = 31.5이다. 그러나 한 명 나이의
½은 1.5보다 더 작을 수 없으므로 (여기서 나는 '얼뜨기
수전'이 갓난아기에게는 절대로 단 1기니도 주지 않을 것
임을 알 수 있다!) 합은 30을 초과할 수 없다." 이는 독창
적이지만, 이후 그녀가 제시하는 증거는 (그녀가 솔직히
인정하는 대로) "엉성하고 우회적"이다. 그녀는 가능한
나이 조합이 5가지 있음을 발견하고 그중 네 개를 제거한
다. 만약 가능한 조합이 5가지가 아니라 500만 가지가 있
다고 가정한다면? '얼뜨기 수전'은 여기에 필요한 갤런 단
위, 연 단위의 잉크와 종이를 용감하게 주문할 것인가?

'C. R.'이 보내온 답안도 '얼뜨기 수전'의 것처럼 일
부분이 불확실하며, '엉성하게 맞은(Clumsily Right)' 답
안 이상으로 올라서지 못했다.

최고 영예를 차지한 이들 중 '앨저넌 브레이'는 지극
히 바르게 문제를 풀었지만, 세 사람의 나이가 분수라는
가정을 배제하는 조건이 없다고 덧붙였다. 그렇다면 답의
수는 무한해질 것이다. 나는 독자들이 답안을 작성하는
데 남은 평생을 소모하는 것을 의도하지 않았다고 소심하
게 주장하겠다! 'E. M. 릭스'는 분수 나이가 인정된다면
세 아들 중 아무라도 "성년이 될 수" 있다고 지적하지만,
그러면 이 문제는 부정(不定)이 될 것이라는 근거를 들어
이러한 가정을 올바로 부인한다. '백설탕'은 내가 간과한
부분을 탐지해낸 유일한 사람이다. 나는 그해에 성년이

419

되는 아들이 바로 그날 성년을 맞아야 될 필요는 없으며, 따라서 그는 아직 20세일 수도 있다는 (당연히 허용되어야 할) 가능성을 깜빡 잊었다. 그럴 경우 두 번째 답이 가능하며 이는 20세, 24세, 28세가 된다. 전적으로 옳은 말이다, 순수한 결정체여! 진정 그대의 "타당한 말은 설탕과 같다"![157]

합격자 명단

1등

앨저넌 브레이	S. S. G.
구시대 노인	토키오
E. M. 릭스	T. R.
G. S. C.	백설탕

2등

C. R.	까치
델타	얼뜨기 수전

3등

다이너 마이트	M. F. C.

'첼시 왕립 병원의 상이군인들' 문제에서, "70퍼센트가 눈한 짝을 잃었다"는 한 정보를 근거로 30퍼센트는 그렇지 않다고 가정하는 것이 비논리적이라는 나의 주장에 대해 한 개 이상의 항의가 들어왔다. '앨저넌 브레이'는 유사 사례로서 "토미의 아버지가 토미에게 4개의 사과를 주어 그가 그중 1개를 먹었다면 사과는 몇 개 남았는가?"를 들고, "내 생각에는 3개라고 대답하는 것이 당연"하다고 말한다. 나도 그렇게 생각한다. 여기에는 '정확히(must)'라는 말이 없고, 분명히 이 정보들은 딱 맞아떨어지는 고정된 답을 의도하고 있다. 그러나 만약 내게 이 문제가 "정확히 몇 개 남았는가(how many must he have left)?"를 물었다면, 나는 아버지가 그에게 적어도 4개를 주었지만 그보다 많이 주었을 수도 있다는 뜻으로 이 정보들을 이해해야 할 것이다.

나는 이 기회를 빌려, '10번 매듭'의 답안과 더불어 앞으로 더 이상 '매듭'이 실리지 않는 데 대한 유감의 뜻 혹은 나의 연재 종료 결심을 돌이켜달라는 청원을 전해온 이들에게 감사드린다. 그분들의 친절한 말은 지극히 고맙지만, 나는 이렇게 하는 것이 기껏해야 서투른 시도에 그쳤던 이 연재의 가장 현명한 끝맺음이라고 생각한다. "옛 노래의 길게 늘어진 율격"[158]은 내 능력을 넘어서는 일이며, 내가 부린 꼭두각시들은 (지금 내가 말을 거는 독자들처럼) 뚜렷이 내 삶 안에 있지도, (앨리스와 가짜 바다거북처럼) 뚜렷이 내 삶 밖에 있지도 않았다. 그러나 나는 최소한 펜을 내려놓으며, 친애하는 독자여, 보지 못한 그대 얼굴에 띤 작별의 미소와 닿지 못한 그대 손에 띤 작별의 온기를 품은 채 내 조용한 삶으로 물러간다고 상상하리라! 그리고 밤새 평안하시라! 이별은 이토록 감미로운 슬픔이라, 나는 말하리라, "밤새 평안하시라!"고. 아침이 올 때까지.

끝

1. 이 권두시는 루이스 캐럴의 친구들 중 한 명인 메리 에디스 릭스(Mary Edith Rix)에게 헌정한 것이다. 원문 각 행의 두 번째 글자들을 차례로 모으면 그녀의 이름이 된다. 릭스는 19세 때 'E. M. 릭스'라는 이름으로 '10번 매듭'의 답안을 『더 먼슬리 패킷』에 보내 합격자 명단에 오르면서 캐럴과 처음 인연을 맺었고, 이후 케임브리지 대학에 진학해 수학을 전공했다.

2. 셰익스피어, 「한여름 밤의 꿈(A Midsummer Night's Dream)」 3막 2장, 로빈(퍽)의 대사.

3. farthing. 1페니의 4분의 1에 해당하는 영국의 옛 화폐단위.

4. 원문은 "and such a rebuke will be meet". 젊은이는 이 말을 'meet(적당한)'와 'meat(고기)'가 동음이의어임을 이용한 말장난으로 알아들었다.

5. tart. 과일을 얹어 만든 파이를 가리키지만, "(대답 등을) 톡 쏘아붙이는"이라는 뜻도 있다.

6. 원문은 "We shall but get our deserts(그저 그에 상응하는 벌을 받겠지)". 즉 여관 주인이 저녁 식사를 차려주지 않을 것이라는 말. 이 말은 "We shall but get our desserts(그저 후식이 나오겠지)"로 잘못 알아들을 수도 있다.

7. 원문은 "Straight down the crooked lane, / And all round the square (이 굽은 길을 쭉 따라가다가 광장을 돌아가세요)". 'straight'와 'crooked', 'round'와 'square'의 뜻이 서로 모순되어 난센스 효과를 내고 있다. 19세기 영국 시인이자 유머 작가였던 토머스 후드(Thomas Hood)의 시 「평범한 길 안내(A Plain Direction)」 중의 한 구절이다.

8. 루시우스 코르넬리우스 발부스(Lucius Cornelius Balbus). B.C. 1세기에 활동했던 고대 로마제국의 집정관. 19세기에 널리 사용된 어린이용 초급 라틴어 교재의 예문에 자주 등장했다. 'Balbus'를 직역하면 '말더듬이'라는 뜻이 되므로, 말더듬이였던 캐럴이 자기 자신을 투영한 인물로 여겨진다.

9. 여기서는 광장을 의미하지만 '정사각형'이라는 뜻도 있다.

10. 원문은 "I shall be glad to stretch my legs a bit". 'stretch one's legs'는 한동안 앉아 있다가 다리를 뻗거나 잠시 걷는다는 뜻인데, 여기서는 말 그대로 '다리를 늘린다'는 뜻으로 해석했다.

11. 이 문제는 가능한 한 가장 조촐하고 작은 만찬회가 되기 위해 가능한 손님이 몇 명인가를 묻고 있다.

12. 뒤에 루이스 캐럴이 제시한 답안에서

"brother-in-law"는 각각 처남(부인의 남동생)과 매부(누이의 남편)에 해당되지만, 아직 답안이 제시되지 않은 상황에서는 처남, 자형, 매부, 동서 등 남자가 결혼을 통해 형제뻘 되는 관계를 맺은 모든 사람이 다 해당될 수 있다. 루이스 캐럴의 답안은 사촌 간 혼인이 가능하다는 전제를 깔고 있다.

13. 영국의 주소 체계에서, 광장을 둘러싸고 있는 집들은 일반적으로 시계 방향으로 돌아가면서 번지수가 붙는다.

14. 원문은 "Yes'm".

15. Mad Mathesis. 'mathematics'와 발음이 비슷하게 루이스 캐럴이 조합한 이름이다. "나는 상상 속에 있는 추상적 사고의 동굴들로부터 님프인 '마테시스'를 끌어내어 그녀를 '조화'와 일치시킨 최초의 사람임을 뽐내는 바이다." 유클리드를 핀다로스 풍의 시가로 '번역'한 새뮤얼 테일러 콜리지의 시 「수학적 문제(A Mathematical Problem)」(1791)의 서문 중에서.

16. "코번트리에서 나는 기차를 기다렸네." 앨프리드 테니슨의 시 「고다이바(Godiva)」의 한 구절.

17. 여기서 'train'은 '기차'라는 뜻도 있고 '(길게 끌리는) 옷자락'이라는 뜻도 있다.

18. 1863년 런던 도심 주변에 개통된 메트로폴리탄 철도(Metropolitan Railway)를 가리킨다. 이는 세계 최초의 지하철도망으로 현재 런던 지하철의 전신이 되었다. 하지만 여기서 미친 마테시스가 설명하는 노선은 실제 열차 노선과 무관한 상상의 산물이다. 채링크로스 역은 1870년 개통되어 메트로폴리탄 철도와 연결된 디스트릭트 철도 노선에 속했다.

19. 채링크로스에서 서쪽으로 약 5킬로미터 떨어진 런던의 한 구역. 메트로폴리탄 철도 노선에 속한 역이었다.

20. 원문은 "you'd be the better". "너는 더 나은 사람이 될 거야"라는 뜻도 되고 "너는 내기꾼이 될 거야"라는 뜻도 된다.

21. 성냥팔이 소년은 클라라가 "내릴 때 도와줄 사람도 없겠죠(There'll be no one to help me to alight)"라고 한 말을 "불붙여줄 사람도 없겠죠(There'll be no one to help me to light)"로, "우리 시합해요(Let's have a match)"라고 한 말을 "우리 성냥(match) 가지고 가요"로 잘못 알아들었다.

22. 클라라는 'pail(양동이)'을 'pale(창백한)'로 잘못 알아들었다.

23. 퍼시 비시 셸리(Percy Bysshe Shelley)의 시 「죽음에 관하여(On Death)」의 첫 연. "별 없는 밤 유성의 빛줄기가 / 아침의 확실한 여명 직전에 / 바다로 둘러싸인 한 외로운 섬에

424

흘리는 / 창백한, 차가운, 달빛 같은 미소는,(The pale, the cold, and the moony smile / Which the meteor beam of a starless night / Sheds on a lonely and sea-girt isle, / Ere the dawning of morn's undoubted light,)".

24. 19세기 프랑스의 육군 장교 클로드에티엔느 미니에(Claude-Étienne Minié)가 개발한 총알로 사격의 정확도를 현저히 향상시켰다.

25. 'one(하나)'과 'won(이겼다)'이 동음이의어임을 이용한 말장난.

26. dead reckoning. 천체 관측의 도움 없이 항해나 비행 노선, 속도를 통해 추정한 거리, 출발 지점, 해류 등의 기록을 가지고 배나 항공기의 위치를 파악하는 항법. 하지만 말 그대로 하면 "막힌 계산"이라는 뜻도 된다.

27. 셰익스피어의 「베니스의 상인(The Merchant of Venice)」 2막 5장에서 샤일록의 대사. "어쩐지 마음이 께름칙하구나. 어젯밤에 돈주머니 꿈을 꿨거든."

28. monthly packet. 여기서는 정해진 항로를 매월 정기적으로 오가는 우편선(packet-boat)을 말하지만, 이 연재물이 실린 잡지 이름이기도 하다.

29. 1971년 영국에 십진법 화폐 체계가 도입되기 전까지 1파운드는 20실링,

1실링은 12펜스에 해당했다.

30. oughts and crosses. 오목 두기와 비슷한 아이들의 놀이인 '공표와 가위표(noughts and crosses)'를 이와 발음이 비슷한 말로 살짝 바꾼 것. 'ought'는 '의무, 책임'이라는 뜻도 있지만 'nought(0)'과 같은 뜻으로 쓰이기도 한다. 이는 두 사람이 9칸짜리 모눈 안에 ○, × 부호를 번갈아 표시해서 가로, 세로 혹은 대각선으로 먼저 3줄을 만드는 사람이 이기는 놀이다.

31. 셰익스피어, 「햄릿」 3막 4장. 햄릿이 어머니인 왕비에게 죽은 부왕의 초상화와 숙부인 클라우디우스 왕의 초상화를 번갈아 보여주며 하는 말.

32. Burlington House. 런던 중심가 피카딜리 서커스와 그린 파크 사이에 위치한 영국 왕립 미술관 건물 이름. 1664년 처음 지어진 이 건물은 원래 벌링턴 백작 가문의 저택이었다가 1854년 영국 정부에 매각되었고 1867년부터 왕립 아카데미의 소유가 되었다.

33. "One piecee thing that my have got, / Maskee that thing my no can do. / You talkee you no sabey what? / Bamboo." 이 시는 피진잉글리시로 쓰여 있다. 피진잉글리시는 영어에 중국어 · 포르투갈어 · 말레이어 등이 혼합되어 상업용으로 진화된 영어로 멜라네시아 등지에서 쓰인다. 이

인용문은 아서 에반스 몰(Arthur Evans Moule)의 『소년 소녀를 위한 중국 이야기 그리고 늙은이와 젊은이를 위한 중국 지혜(Chinese Stories for Boys and Girls: And Chinese Wisdom for Old and Young)』(1881)에 대나무의 다양한 용도와 피진잉글리시에 대해 설명하면서 나오는 문장인데 캐럴이 이 책을 참조했는지는 불확실하다. 캐럴은 이 시에 나오는 'Maskee'라는 단어가 피진잉글리시로 'without(없으면)'이라는 뜻이라고 원주를 달아놓았다.

34. 'Beaten(매 맞은)'에서 'B'를 빼면 'eaten(먹힌)'이 된다는 것을 이용한 말장난.

35. 'Star(별)'에서 'S'를 빼면 'tar(타르)'가 된다는 것을 이용한 말장난. 타르를 바르고 깃털을 붙이는 것은 근세 유럽과 미국 식민지에서 비공식적 처벌이나 보복의 일환으로 행해지던 린치 방식이었다.

36. 'Charm(매력)'에서 'C'를 빼면 '해(害, harm)'가 된다는 것을 이용한 말장난.

37. penny bun. 한 개에 1페니씩 받고 팔던 표준 크기의 빵.

38. 푸블리우스 베르길리우스 마로(Publius Vergilius Maro), 『아이네이스(Aeneis)』, 제1권 203행.

39. 'Glory(영예)'에서 'L'을 빼면 '피투성이의(gory)'가 된다는 것을 이용한 말장난.

40. 셰익스피어, 「헨리5세(Henry V)」, 2막 1장, 피스톨의 대사.

41. Habeas Corpus. 1679년 찰스2세의 폭정을 막기 위해 의회가 제정한 법률.

42. 원 제목은 'De Omnibus Rebus'. 라틴어로 '모든 것에 대하여'라는 뜻. 영어로 'omnibus rebus'는 '합승 마차의 수수께끼'라는 뜻이다.

43. 유명한 전래 동요의 한 소절.

44. Grurmstipths. 이 이름은 조너선 스위프트(Jonathan Swift)의 『걸리버 여행기(Gulliver's Travels Into Several Remote Nations of the World)』에 등장하는 마법사들의 섬 '글룹둡드리브'를 연상케 한다. 이 섬에서도 걸리버는 '총독'의 영접을 받는다.

45. gold lace. 군복이나 제복 위에 금실로 놓은 자수를 가리킴.

46. 세차(precession)는 회전하는 물체의 축 자체가 회전력을 받아 팽이처럼 팽그르르 도는 현상을, 장동(nutation)은 지축이 미약하게 흔들리는 현상을 가리킨다.

47. 콜리지의 시 「노수부의 노래」, 121–122행.

48. 「노수부의 노래」, 125–126행. "그래, 끈적끈적한 것들이 발을 달고 / 끈적끈적한 바다 위를 기어 다니는 거야(Yea, slimy things did crawl with legs / Upon the slimy sea)."

49. 1마일이 1760야드, 1펄롱이 220야드이므로 이 길이를 야드로 환산하면 3630야드가 된다.

50. Dionysius Lardner(1793–1859). 아일랜드 출신의 물리학자이자 수학자. 총 133권으로 이루어진 『캐비닛 백과사전(Cabinet Cyclopædia)』을 편집했고 수학·과학 분야에서 많은 저작을 남겼다.

51. Lajos Kossuth(1802–94). 헝가리의 민족주의 정치가, 저술가. 1848년 헝가리 혁명의 지도자였으나 러시아군과 오스트리아군에게 혁명이 진압되자 외국으로 망명하여 1851년 런던에 정착했다.

52. Chelsea bun. 번은 단맛이 나는 작고 둥글납작한 빵이고, 첼시 번은 건포도가 들어간 번의 일종이다. 18세기 런던 첼시에 있는 큰 빵집 '첼시 번 하우스'에서 팔았던 빵이라 '첼시 번'이라는 이름이 붙었다.

53. 첼시에는 퇴역 군인과 부상 군인들을 위한 병원 및 요양원 구실을 하는 첼시 왕립 병원이 있다. 이 병원은 1692년 찰스2세의 명으로 처음 지어진 이래 현재까지 명맥을 이어오고 있다.

54. 트라팔가르해전은 1805년에 벌어졌고, 이 책은 1885년에 출간되었다.

55. 이 문제는 경도 180도 부근에 날짜변경선이 그어지기 전까지 해결되지 않았고, 캐릴뿐만 아니라 많은 사람들을 혼란스럽게 만들었다. 영국 수로청과 미국 해군에서 날짜변경선이 표기된 해도를 처음 발간하기 시작한 것은 각각 1899년, 1900년이었다.

56. 원문에서 집사는 이렇게 말했다. "Yes, m'm, Master is at home(예, 마님, 주인님은 집에 계십니다)."

57. 원문에서 집사는 "*ole* party"라고 말했다. 마테시스는 이를 "*old* party (노인장)"로 알아들었고 클라라는 이것이 "*whole* party(모두들)"라는 뜻이라고 정정해주었다.

58. 빅토리아시대에 남자가 성년이 되어 정식으로 재산을 상속받고 후견인의 보호에서 벗어날 수 있는 나이는 21세였다.

59. 165.1센티미터.

60. 이 단락은 토머스 베일리(Thomas Bayly)가 쓴 유행가, 「그대 아름다운

427

섬이여 잘 있거라(Isle of Beauty,
Fare-Thee-Well)」의 다음 1절 가사를
패러디하고 있다. "저녁 어스름아!
우릴 에워싸지 마라! / 우리의 외로운
배를 잠시 내버려두어라! / 아! 아침은
우리에게 / 저 멀고 희미한 섬을
돌려주지 않으리(Shades of evening!
Close not o'er us! / Leave our lonely
bark awhile! / Morn, alas! will not
restore us / Yonder dim and distant
isle)."

61. lonely bark. 'bark'에 '배'와 '짖음'의
두 가지 뜻이 있음을 이용한 말장난.

62. 원문에서는 휴가 "이렇게
뒤죽박죽인 문제를 우리한테 풀라고
주다니 공평하지 않아(It's hardly fair
to give us such a jumble as this to
work out!)"라고 투덜거리자 클라라가
"공평하다? 글쎄!(Fair? Well!)"라고
말을 받는다. 캐럴은 "안녕히(Fare-
well)!"라고 인사하며 글을 맺는다.

63. "'매듭이라고!' 언제나 남들을 돕는
일에 기꺼이 나서는 앨리스가 이렇게
말하며 걱정스럽게 주위를 둘러보았다.
'오, 내가 푸는 걸 도와줄게!'"『이상한
나라의 앨리스』에서 쥐가 "아냐!(I
had not!)"라고 하자 앨리스가 "I had
knot!(매듭이 있었어!)"으로 잘못
알아듣고 한 말이다.

64. 언덕 꼭대기에 도달한 시간이
($x-30$분, $x+30$분)으로 주어질 때 x의

값과 그 구간의 거리를 구하라는 뜻이다.

65. 평지로 1마일을 왕복하는 데는
$\frac{1}{4} \times 2 = \frac{1}{2}$시간이, 사면으로 1마일을
왕복하는 데는 $\frac{1}{3} + \frac{1}{6} = \frac{1}{2}$시간이 걸린다.

66. 영국 고전주의 시대를 대표하는
시인 알렉산더 포프(Alexander Pope)의
시「성 체칠리아 축일의 음악에 부치는
시(Ode for Music on St. Cecilia's
Day)」의 첫 구절을 패러디한 것.

67. 영국 전래 동요에 나오는 바보
주인공 '얼뜨기 사이먼(Simple
Simon)'에서 딴 별명.

68. Money Spinner. 'money spider'와
같은 뜻. 몸에 붙으면 재수가 좋다고
여겨지는 붉은 거미를 가리킴.

69. 해의 개수가 무한히 많은 방정식.
예를 들어 $y = 2x$는 부정방정식이다.

70. '스노우드롭' 혹은 '설강화'라고도
하는, 흰 꽃이 피는 수선화과 식물의
학명.

71. 사촌 간 결혼은 동북아시아를
제외한 세계 대부분 지역에서
합법적으로 가능하며, 서아시아 등
일부 문화권에서는 사촌이 이상적
배우자감으로 여겨지기도 한다.
19세기 잉글랜드의 경우 전체 결혼의
3~4퍼센트가 사촌 간 혼인이었고 귀족
계급에서는 그 비율이 약간 더 높았다.

(20세기에 들어서는 1퍼센트 미만으로 줄어들었다.)

72. 앨프리드 테니슨의 서사시 「공주(The Princess)」 제3부 첫 연의 둘째, 넷째 행. "산들산들 가만가만히 / 서쪽 바다에서 부는 바람 / 산들산들 불어라, 가만가만 불어라 / 서쪽 바다에서 오는 바람이여!"

73. Bog-Oak. 토탄층에 묻혀 썩지 않은 채로 보존된 떡갈나무. 장식용 목재로 많이 활용되었다.

74. 'Bradshaw of the Future'. 당대의 유명한 철도 여행 가이드이며 안내서의 대명사로 통용되었던 『브래드쇼의 철도 여행안내서』에서 딴 이름이다. 80쪽 17번 주석 참조.

75. 라틴어 이름 'Caius'의 영어식 발음. 케임브리지 대학에 있는 한 칼리지의 명칭이기도 하다. 이는 'keys(열쇠)'와 발음이 같다.

76. Matthew Matticks. 이 별명은 'mathematics(수학)'와 발음이 비슷하다.

77. A는 9번 대문이고 한 변이 20개의 대문으로 21등분되어 있다고 했으므로, A 왼쪽의 변의 길이는 9, A 오른쪽의 변의 길이는 12이다. B는 25번 대문이므로, B 위쪽의 변의 길이는 5, B 아래쪽의 변의 길이는 16이다. C와 D의 경우도 이와 마찬가지다.

78. 1878년 런던에서 초연되어 큰 인기를 끌었던 희극 오페라 제목. 'H. M. S. 피나포어 호'라는 선박을 배경으로 한 연극이다.

79. Ayr. 스코틀랜드 에어셔의 항구도시 이름.

80. Cheam. 런던 남쪽 외곽에 위치한 오래된 소도시. 유명한 사립 고등학교인 '침 스쿨'이 당시 이곳에 있었다.

81. 스스로에 대한 답을 제시한 '이 문제'를 가리킴.

82. 『거울 나라의 앨리스』의 등장인물 중 한 명.

83. '나이람(Nairam)'은 여자 이름인 '매리언(Marian)'을 거꾸로 쓴 것이다. 이와 비슷하게, 2번 매듭의 합격자 명단에 오른 '마트레브(Martreb)'도 남자 이름인 '버트럼(Bertram)'을 거꾸로 쓴 것이다.

84. 영국의 전래 동요에 나오는 양치기 소녀의 이름.

85. 루이스 캐럴이 교수로 있던 크라이스트 처치 칼리지의 중정(中庭) 이름.

86. 『이상한 나라의 앨리스』에 등장하는 웃는 고양이.

87. 여기서 캐럴은 전체 순환로의 길이가 300마일이라는 가정이 옳지 않다고 지적하는 듯하다.

88. 1번 무게를 x_1, 2번 무게를 x_2, 3번 무게를 x_3, 4번 무게를 x_4, 5번 무게를 x_5라고 하면,

$x_1 + x_2 = 12$ ——————— ①
$x_2 + x_3 = 13.5$ ——————— ②
$x_3 + x_4 = 11.5$ ——————— ③
$x_4 + x_5 = 8$ ——————— ④
$x_3 + x_4 + x_5 = 16$ ——————— ⑤

①+②+③+④+⑤를 하면,
$2x_1 + 2x_2 + 3x_3 + 2x_4 + 2x_5 = 61$ ——— ⑥
①+④를 하면, $x_1 + x_2 + x_4 + x_5 = 20$ ——— ⑦
⑥-(⑦×2)를 하면, $3x_3 = 21$
∴ $x_3 = 7$
이를 ②와 ③에 각각 대입하면,
$x_2 = 6.5$, $x_4 = 4.5$
이 값을 각각 ①과 ④에 대입하면,
$x_1 = 5.5$, $x_5 = 3.5$

89. "mute inglorious". 영국 낭만주의의 선구자 격 시인 토머스 그레이(Thomas Gray)의 시, 「어느 시골 교회 묘지에서 쓴 비가(Elegy Written in a Country Churchyard)」에서 따온 표현. "어느 말 없는 무명의 밀턴이 / 나라에 유혈의 죄를 범하지 않은 크롬웰이, 여기 쉬고 있는지도 모른다."

90. 오비디우스의 서사시 「변신 이야기(Metamorphoses)」에 나오는 비극적 사랑의 주인공. 그는 이웃에 사는 여인 티스베와 사랑에 빠지지만 집안의 반대로 벽의 틈을 통해 몰래 이야기를 나눈다. 어느 날 피가 묻은 베일을 보고는 티스베가 사자에 물려 죽은 줄 알고 절망하여 자살한다.

91. 여자 이름인 '넬(Nell)'과 'knell(조종, 弔鐘)'이 동음이의어임을 이용한 말장난.

92. "rule of false". 임의의 숫자를 대입하여 미지수를 찾아내는 풀이 방법인 '임시 위치법(rule of false position)'을 말하는 듯하다.

93. 산술적 해법과 대수적 해법의 차이에 대한 캐럴의 설명은 392–393쪽 참조.

94. Partridge. '뇌조'라는 뜻도 있지만 사람 이름이기도 하다.

95. 'rex'는 라틴어로 왕이라는 뜻.

96. hoopoe. 후투티, 혹은 오디새라고 하는 새 이름.

97. Era.

98. Euroclydon. 가을과 겨울 지중해에 부는 폭풍을 가리키는 말.

99. 앞의 오비디우스 신화에서 퓌라무스와 사랑에 빠진 여인의 이름.

100. Wykehamicus. 영국의 유서 깊은 남자 기숙 사립학교인 윈체스터 칼리지의 학생을 가리키는

'위커미스트(Wykehamist)'의 라틴어식 명칭.

101. "nought"와 "ought"에 대해서는 30번 주석 참조. 앞에서도 말했지만 'ought'는 '의무, 책임'이라는 뜻도 있다.

102. 'adder(살무사)'의 고어.

103. Jack-a-Minory. 자꾸 이야기를 조르는 아이들이 성가실 때 어른들이 들려주었던 전래 동요의 등장인물. "마이너리 잭에 대한 얘기를 들려줄게. / 자, 얘기 시작했다. / 이제 잭과 그의 형에 대한 얘기를 들려줄게. / 자, 얘기 모두 끝났다. (I'll tell you a story about Jack a minory / And now my story's begun, / I'll tell you another about Jack and his brother, / And now my story's done.)" 이 이야기는 루이스 캐럴이 쓴 'Jack a Minory' 말고도 'Jack a Nory', 'Mother Morey', 'Peg Amore', 'Jack a Manory' 등 여러 가지 이름으로 알려져 있다.

104. 이 난센스 퀴즈의 해답은 두 사람이 (적어도) 6만 파운드가 보관되어 있는 영란은행 금고를 "사이에" 두고 섰다는 뜻으로 보인다.

105. At spes infracta. 라틴어로 '내 희망은 아직 깨지지 않았다'라는 뜻. 영국 몇몇 귀족 가문의 문장에 쓰이는 경구다.

106. "늙은 새는 왕겨에 유인되지 않는다(Old birds are not caught with chaff)." '경험 많고 노련한 사람은 어설픈 함정에 걸리지 않는다, 쉽게 속아 넘어가지 않는다'는 뜻의 영어 속담이다. 왕겨(chaff)는 곡식을 도정하고 남은 겉껍질이다.

107. Graecia. 그리스의 라틴어식 이름.

108. 바이런의 서사시 「이교도(Giaour)」 중 한 구절. "이는 그리스이다. 그러나 더 이상 살아 있는 그리스가 아니다!('T is Greece, but living Greece no more!)"

109. Mrs. Sairey Gamp. 디킨스의 소설 『마틴 처즐윗(Martin Chuzzlewit)』 (1844)에 등장하는 인물 이름.

110. 테니슨의 시 「애들라인(Adeline)」의 첫 구절. "신비 중의 신비, / 옅은 미소 띤 애들라인(Mystery of mysteries, / Faintly smiling Adeline)".

111. 이것은 『아라비안나이트』 중 '어부와 지니' 이야기의 한 구절로 보인다. 한 늙은 어부가 그물을 던졌다가 항아리를 건져 올려 그 안에 1000년 넘게 갇혔던 지니를 풀어준다. 지니는 어부에게 한 연못으로 가서 그물을 던지라고 일러준다. 어부가 그 연못에서 4색의 아름다운 물고기 네 마리를 잡아 술탄에게 바치자 술탄은 이를 요리해오라고 명한다. 요리사가 물고기들을 프라이팬에 넣고

굽다가 뒤집자 벽이 열리고 한 여인이
나오더니, "물고기야, 물고기야, 너희는
임무를 다하고 있느냐?"라고 묻는다.
물고기들이 "네, 당신이 생각하면 우리도
생각합니다. 당신이 빚을 갚으면 우리도
갚습니다" 하고 대답하자 여인은 다시
벽 속으로 사라진다. 이 이야기를 듣고
기이하게 여긴 술탄은 물고기를 잡은
연못으로 찾아가서, 마녀인 여인의
저주를 받아 하반신이 돌로 변한 한
젊은이를 만난다. 그는 한 소국의
왕이었고, 물고기들은 그의 저주받은
백성들이었다. 술탄은 꾀를 내어 마녀를
죽이고 젊은이와 백성들을 저주에서
풀어준다. 한편 어부는 큰 상을 받는다.

112. Joram. 구약성서 「열왕기하」에
나오는 이스라엘 왕의 이름.

113. 1실링은 12펜스이므로 1실링
2펜스는 14펜스와 같다. 29번 주석 참조.

114. 전래 동요의 한 소절. "온 세상이
애플파이라면 / 온 바다가 잉크라면 / 온
나무가 빵과 치즈라면 / 우린 뭘 마셔야
할까?"

115. 「페이션스(Patience)」는
1881년 런던에서 상연된 코믹 오페라이고
'페이션스'는 그 여주인공 이름이다.
'까마귀 털이 백발이 되고(Silvered
is the raven hair)'는 극중 노처녀인
레이디 제인이 남자 주인공을 헛되이
기다리면서 늙어가는 자신을 한탄하며
부르는 아리아의 제목이다. 루이스

캐럴은 1881년 12월 31일 이 오페라를
관람하고서 일기에 적었다.

116. 44명에서 13명을 빼면 그 나머지는
28명이 아니라 31명인데, 이는 루이스
캐럴의 착오인 듯하다.

117. 여기에서 캐럴이 밝힌 응모자 수는
뒤에 이어지는 내용과 일치하지 않는다.
응모자들의 답안에 대한 논평에서
캐럴이 열거한 바에 따르면 풀이와 답이
모두 틀린 응모자는 3명, 답은 맞았지만
풀이가 틀린 응모자는 12명(공동
답안까지 감안하면 13명)이다. 또
캐럴이 3등에 올렸다고 밝힌 '셔틀랜드
스나크'는 합격자 명단에서 빠져 있으며,
2등 합격자 수는 26명이 아닌 27명이고,
1등 합격자는 2명이다. 이상의 응모자
수를 모두 합치면 45명이며, 풀이 과정을
적지 않아 거명되지 않은 1명까지 더하면
총 응모자 수는 46명이 된다.

118. 여기서 미지수 x, y, z는
$x + 3y + 7z = 14$, $x + 4y + 10z = 17$, $x = 4$,
$y = 3$의 네 가지 조건을 충족시켜야 한다.

119. 'quod est absurdum'. 수학에서
'모순에 의한 증명', 즉 귀류법에
의한 증명의 맨 끝에 붙이는 말로,
줄여서 QEA라고 한다(요즘에는
잘 쓰이지 않는다). 'absurdum'은
귀류법이라는 뜻도 있지만 '불합리한,
이상한(absurd)'이라는 뜻도 있어서,
'이것은 이상하다'라는 뜻으로 해석할
수도 있다.

120. "내 앞에 보이는 이것은 단검인가? 손잡이가 나를 향해 있는? 오라, 내 너를 움켜쥐리라." 셰익스피어의 「맥베스」 2막 1장에서 맥베스의 대사. 맥베스는 이렇게 말하고 허공을 향해 손을 뻗어 보이지 않는 단검을 움켜쥐는 시늉을 한다.

121. 여기서 "같은 길(the same way)" 이라는 말은 말 그대로 두 사람 다 같은 길로 걸어갈 때에만 성립하므로, "한 명은 같은 길로 걸어갔지만 다른 한 명은 그렇지 않았다"라는 말은 모순이 된다.

122. 'Y. Y.'를 소리 나는 대로 읽으면 "why, why(왜, 왜)"가 된다.

123. "I fear it is possible for Y. Y. to be two Y's." 여기서도 캐럴은 동음이의어 말장난을 하고 있다. 이 말을 소리 나는 대로 읽으면 "I fear it is possible for Y. Y. to be too wise(나는 'Y. Y.'가 너무 지혜로워지는 일이 가능하다는 게 두렵다)"가 된다.

124. 원문은 "either of the three prices being right". 전통적인 영어 문법에서 'either'는 두 가지 중의 하나라는 뜻으로만 쓸 수 있다.

125. '늙은 왕 콜(Old King Cole)'은 유명한 전래 동요의 등장인물로, 로마 점령기에 재위했던 전설적인 왕이다.

126. Henry of Huntingdon(1084경– 1155경). 노르만왕조 시대의 역사가로

「앵글로 족의 역사(Historia Anglorum)」를 집필했다. 그의 기술에 의하면 코엘 왕은 콜체스터에서 반란군을 일으켜 당시 브리타니아를 점령하고 있던 로마 총독을 쫓아냈다.

127. 글로스터의 로버트(Robert of Gloucester, 1260경–1300경)가 집필한 이 연대기는 브루투스(Brutus)의 건국신화부터 13세기까지의 영국 역사를 운문으로 기술하고 있다. 이 원문은 『글로스터의 로버트의 운보 연대기(The Metrical Chronicle of Robert of Gloucester)』 2권(윌리엄 앨디스 라이트[William Aldis Wright] 편집, 롤스 시리즈[Rolls Series] 86번)(1887)에서 인용한 것이다.

> Aftur Kyng Aruirag, of wam we
>   habbeth y told,
> Marius ys sone was kyng, quoynte
>   mon & bold.
> And ys sone was aftur hym, Coil
>   was ys name,
> Bothe it were quoynte men, & of
>   noble fame.

128. 디킨스의 소설 『올리버 트위스트(Oliver Twist)』(1838)에 등장하는 도둑이자 악당의 이름.

129. L'Inconnu. 프랑스어로 '미지수'라는 뜻.

130. Nil desperandum. 라틴어로 '절망하지 마라'라는 뜻.

433

131. A Stepney Coach. 이는 '스테프니의 역마차' 또는 '스테프니의 가정교사'로 해석될 수도 있다. 스테프니는 런던의 한 구역 이름이다.

132. "아폴로 자신도 항상 활을 팽팽히 당기고 있을 수는 없다." 그 누구도 시종일관 긴장해서 집중한 상태를 유지할 수는 없으며 때로는 긴장을 풀어주어야 한다는 뜻.

133. '9월 31일'은 캐럴의 원문 그대로이다.

134. 어떤 양이 둘 이상의 양에 비례 또는 반비례하는 경우를 의미한다. 예를 들어 $y = abc$에서 y값은 a의 값에도, b의 값에도, c의 값에도 비례한다. 따라서 이 중 어느 한 값만 증가해도 y의 값은 증가한다.

135. 새뮤얼 테일러 콜리지의 이야기시 「크리스타벨(Christabel)」의 2부 마지막 결어에 해당하는 연을 말한다. "조그만 아이, 나긋한 엘프 / 저 혼자 노래하며 춤추고, 붉고 동그란 뺨을 한 요정의 존재, / 굳이 찾지 않고도 늘 발견하며, / 아버지의 두 눈을 빛으로 채우는 / 그런 환상을 눈앞에 불러오니, / 그의 가슴에는 즐거움이 / 너무 짙고 빠르게 흘러들어, 결국 / 마음에도 없는 쓰라린 말로 / 지나친 사랑을 표현할 수밖에."

136. "Fire, Famine, and Slaughter". 콜리지가 1798년 『모닝 포스트(Morning Post)』에 가명으로 발표한 짧은 극시. 그 당시 프랑스에서 일어나 혁명정부군에게 무참히 진압된 '방데 반란'(1793–1801)을 배경으로, 의인화된 '불'과 '기근'과 '살육'이 서로 대화를 나누는 형식으로 되어 있다. 이 시는 프랑스 왕당파의 반란을 부추기고 아일랜드 가톨릭교도들에 대한 영국군의 잔학 행위에 책임이 있는 영국 수상 소(小) 피트를 '불, 기근, 살육'의 원흉으로 넌지시 지목하고 있다. 1817년 덧붙인 「변명의 서문(Apologetic Preface)」에서 콜리지는, 자신이 피트 수상을 "살과 피를 지닌 실제 인간"으로서가 아니라 어디까지나 일종의 시적 적대자로서 시인의 상상 속에 재현한 것이라고 길게 변명하며 인간의 적대적 욕망을 실제의 것과 상상의 것으로 구분 지었다.

137. 이 퍼즐의 해답은 99 + %다.

138. 원문은 다음과 같다. "nothing is nearer ten than 10; 6 is nearer ten than nothing." 영어로는 '0'을 'nothing'이라고 바꿔 말할 수 있음을 이용한 난센스 퀴즈이다.

139. Nolens Volens. 라틴어로 '싫든 좋든'이라는 뜻.

140. 이 문제가 성립하기 위해서는 양방향으로 매 15분마다 출발하는 합승 마차가 계속 순환해서 돈다는 전제가 필요하다. 또한 모든 합승 마차의 속력이 동일하며, 여행자가 걷는 속력도

일정하다는 조건도 필요하다. 이러한 조건하에서 출발 지점에서 양방향으로 출발한 합승 마차는 출발 지점에서 다시 만나게 되고 계속 다시 출발하게 된다.

그래서 처음으로 여행자와 마주친 합승 마차는 2.5분 후에 출발 지점에 도달해야 하고, 그렇기 때문에 합승 마차의 속력이 여행자의 속력의 5배라는 결론이 나온다. 따라서 여행자의 속력을 v라고 하면, 합승 마차의 속력은 $5v$다. 그런데 합승 마차가 15분 동안 이동한 거리를 a라고 했으므로, (속력 = 거리/시간이므로) 합승 마차의 속력은 $a/15$분이다. 그러므로 $5v = a/15$분이다. 즉 $a = 75$분 × v이다.

그런데 속력 = 거리/시간이므로, 시간 = 거리/속력이다. 따라서 $x = a/4$에서 양변을 v로 나누면, $x/v = a/4v$가 된다.

여기에서 좌변은 여행자가 x만큼 걷는 데 걸리는 시간이고, 우변에서 a는 75분 × v이므로 이를 대입하면, 우변은 $75/4$분(즉 18.75분)이 된다. 또한 합승 마차의 속력은 여행자 속력의 5배이므로, 합승 마차가 x만큼 이동하는 데 걸리는 시간은 $15/4$분(3.75분)이 된다. 여행자는 출발한 후 $75/4$분, 즉 18.75분 만에 뒤에서 오는 합승 마차에게 추월당하므로, 18.75분에서 처음 합승 마차를 마주친 시간 12.5분을 빼면 6.25분이 된다. 즉 출발한 지 12.5분 만에 마주 오는 마차와 만나고, 그로부터 6.25분 만에 뒤에서 오는 마차에 의해 추월당한다.

141. 여행자들이 b만큼의 거리를 더 전진하는 동안 마차는 $5b$만큼의 거리를 이동하여 여행자를 따라잡는다. 이때 여행자와 마차 사이의 간격(걸어서 5분 거리)은 마차의 이동 거리에서 여행자의 추가 이동 거리를 뺀 $4b$에 해당한다. 따라서 여행자는 애초 마차와의 간격에 해당했던 거리의 ¼을 더 이동하는 셈이 된다.

142. 이는 아르키메데스의 부력 원리를 설명한 것이다. 물속에 넣은 물체에 작용하는 부력은 그 물체의 부피에 해당하는 물의 무게와 같다. 즉 물체의 부피가 1세제곱미터라면 그 물체에 작용하는 부력은 물 1세제곱미터의 무게에 해당하는 1000킬로그램이다. 부피가 1세제곱미터이고 무게가 1000킬로그램인 물체는 물체의 무게와 부력이 평형을 이루어 물속에서의 무게가 0이 되며, 물에 완전히 잠긴 상태로 뜬다. 한편 물체의 무게보다 부력이 더 크면 물체의 일부가 여분의 부력만큼 물 밖으로 솟아오르게 된다. 즉 부피가 3세제곱미터이고 무게가 2000킬로그램의 물체에는 3000킬로그램의 부력이 작용하여, 1세제곱미터는 수면 위로 솟아오르고 2세제곱미터는 물속에 잠긴 상태로 뜬다.

143. 라틴어 'Vindex'는 '수호자', '복수자'라는 뜻이다.

144. 가령 수열 "2인치, 1인치, ½인치"를 취하면 이것의 합은 4인치에서 마지막 항(½인치)을 뺀 값과 같다. 또 수열 "2인치, 1인치, ½인치, ¼인치"를

취하면 이것의 합은 4인치에서 마지막 항(¼인치)을 뺀 값과 같다. 마찬가지로 수열 "2인치, 1인치, ½인치, ¼인치, ⅛인치"를 취하면, 이것의 합은 4인치에서 마지막 항(⅛인치)만큼 모자라다.

145. 원문은 "*solvitur ambulando, or rather mergendo*". 'solvitur ambulando'는 라틴어로 '그것은 보행(步行)으로 해결된다', 즉 '그 문제는 실험에 의해 해결된다'는 뜻이다. 물에 빠뜨린다는 뜻의 'mergendo'는 화자가 비꼬기 위해 덧붙인 말인 듯하다.

146. Nabob. 원래는 인도 무굴제국의 태수를 가리키는 말인데, 인도에서 큰돈을 벌어 부자가 된 영국인을 가리키는 말로도 쓰였다.

147. 원문에서 캐럴은 'C. G. L.'을 'Segiel'이라고 불렀다. 사람 이름인 'Segiel'은 발음이 'seagull(갈매기)'와 비슷하다.

148. 원문은 "as rich as a Nabob". 'rich'가 '부유한'과 '풍부한'이라는 두 가지 뜻이 있음을 이용한 말장난.

149. 원문은 "Nay, Bob, this will *not* do!(아냐, 밥, 이건 안 되겠어!)". 'Nabob'과 발음이 비슷한 'Nay, Bob'을 가지고 말장난을 했다.

150. 원문은 "My tympa is exhausted: my brain is num!". 캐럴은

'Tympanum(고막)'을 'tympa'와 'num'으로 분리하여 말장난을 했다. 이 두 단어는 영어로는 아무 뜻도 없지만 각각 'temper(성미)', 'numb(마비된)'과 발음이 비슷하다.

151. Taffy. 18세기와 20세기 사이에 유행한 유명한 전래 동요의 주인공. "태피는 웨일스 사람, 태피는 도둑이었네 / 태피는 우리집에 와서 고기 한 조각을 훔쳤네(Taffy was a Welshman, Taffy was a thief; / Taffy came to my house and stole a piece of beef;)."

152. Alumnus Etonæ. 라틴어로 '이튼 스쿨 재학생'이라는 뜻.

153. 셰익스피어, 「맥베스」, 4막 1장 중 세 마녀의 대사.
　　맥베스. 은밀하고 시커먼 한밤중의
　　　　　마녀들아! 무얼 하고 있느냐?
　　모두. 이름 없는 행위를.

154. Three Score and Ten. 칠십을 일컫는 옛말. 구약성경 「시편」 90편 10절 참조. "저희의 햇수는 칠십 년 / 근력이 좋으면 팔십 년. / 그 가운데 자랑거리라 해도 고생과 고통이며 / 어느새 지나쳐버리니, 저희는 나는 듯 사라집니다."

155. 이는 크세르크세스가 아니라 다리우스 황제의 일화인 듯하다. 헤로도토스(Herodotus)의 『역사(Histories)』에 보면, 페르시아의

436

황제 다리우스가, 수백 척의 배를 엮어
보스포러스 해협에 다리를 건설한 공을
치하하기 위해 그것을 건설한 이에게
"모든 것을 열 개씩" 하사했다는 기록이
있다.

156. 베르길리우스, 『아이네이스』, 9권,
446–449행. "만약 내 시에 여하한 힘이
있다면, 그대들의 이름은 아이네이스의
후손들이 주피터 신전의 견고한 기초
곁에 거하는 한, 로마의 아버지가 세계를
지배하는 한 영원히 기억에서 지워지지
않으리라." 베르길리우스가 자기 시의
등장인물들에게 하는 말.

157. "fair discourse hath been as
sugar". 셰익스피어, 「리처드2세(King
Richard II)」 2막 3장. "그러나 각하의
인자한 말씀은 설탕과 같아, 힘든 여정을
감미롭고 즐겁게 해주었습니다."

158. "The stretched metre of
an antique song". 셰익스피어,
「소네트(Sonnet)」 17번. "후세인들은
말하리…… / 내 낡아서 누렇게 된 내
원고들은, / 진실보다 잔소리가 앞서는
노인처럼 경멸받으리. / 참다운 그대의
가치는 한 시인의 광증이며, / 옛 노래의
길게 늘어진 율격이라 불리리."

옮긴이의 글

말할 수 없는 것에 대해 침묵하지 않기

만약 이 책의 내용물 전체를 큰 냄비에 쏟아붓고 저으면서 오랜 시간 충분히 졸이면 다음의 한 문장이 추출될 것이다.

보다시피, 그 스나크는 부줌이었으니까.

이 문장이 증발되지 않고 끝까지 남는 이유는 이것이 근원을 찾을 수 없는, "아무 생각 없는 상태에서 불현듯 떠오른 생각"이기 때문이다. 루이스 캐럴은 자신이 이야기를 만들어내는 과정에 대해 훗날 이렇게 설명했다. "해가 갈수록 저는 때때로 특이한 아이디어가 갑자기 떠올라서…… 이 덧없는 기이한 생각이나 대화의 편린 모두를 기록해 두었습니다……. 이런 과정은 아주 절망적일 정도로 비논리적인 현상의 표본이 되는 '원인 없는 결과'인 것입니다. 예를 들면 「스나크 사냥」의 마지막 문장의 경우도 제가 홀로 산책을 하는 중에 머릿속에 갑작스럽게 떠오른 말이었습니다."* 하지만 "이 부정할 수 없는 초자연적 힘이 개입한 것은 어디"일까?** 이 "온갖 기이한 생각들

* 루이스 캐럴, 『실비와 브루노』(이화정 옮김, 페이퍼하우스, 2011), 9쪽.
** 스테판 말라르메, 「유추의 악마」, 『목신의 오후』(김화영 옮김, 민음사, 1995), 76쪽.

(all sorts of odd ideas)"은 무엇이고 또 어디서 오는 것일까? 이 의문에 대해, 나는 의문의 여지없는 한 위대한 언어학자의 유명한 견해를 참조하기로 한다.

> 무색의 초록빛 생각들이 맹렬히 잔다(Colorless green ideas sleep furiously).*

확실히 이는 기이한 생각들임에 틀림없다. 하지만 생각이라고 해서 당당한 행위의 주체가 되지 못할 이유가 뭐란 말인가? 이야기의 주인공으로서 대접받지 못할 까닭이 있단 말인가? 캐럴 자신은 일찍이 이와 비슷한 시도를 한적이 있다.

> "교수님께 이야기 하나 들려달라고 하자."
> 브루노는 이 생각에 열렬히 반응했다. "해주세요!" 그는 간절히 외쳤다. "호랑이랑 — 왕벌이랑 — 울새 이야기요!"
> "왜 항상 살아 있는 것에 대한 이야기만 해야 하니?" 교수가 물었다. "사건이나, 상황이 주인공인 이야기는 하면 안 되니?"
> "와, 그런 이야기 하나 만들어주세요!" 브루노가 외쳤다.

* 노엄 촘스키, 『변형생성문법의 이론(Syntactic Structures)』(발터 데 그뤼터[Walter de Gruyter], 2002), 15쪽.

교수는 꽤 유창하게 이야기를 시작했다. "옛날에 '우연'이 작은 '사고'와 함께 산책을 나갔다가, 아주 늙은 '설명'을 만났단다. 그 '설명'은 너무 늙어서 몸을 잔뜩 웅크리고 있었기 때문에, 마치 '수수께끼'처럼 보였단다 — " 그는 갑자기 말을 멈추었다.

"계속해주세요!" 두 아이가 입을 모아 외쳤다.

교수는 솔직하게 고백했다. "이건 지어내기 아주 어려운 종류의 이야기 같구나. 브루노가 먼저 이야기 하나 해보자."

브루노는 신이 나서 그 제안을 받아들였다.

"옛날에 돼지 한 마리랑, 아코디언 하나랑, 오렌지 마멀레이드 두 병이 살았어요 — "

"등장인물." 교수가 중얼거렸다. "그래, 그래서?"

"그래서 돼지가 아코디언을 켰는데," 브루노가 이야기를 계속했다. "한 오렌지 마멀레이드 병은 그 소리를 싫어했고요, 다른 오렌지 마멀레이드 병은 그 소리를 좋아했어요. 나 오렌지 마멀레이드 병끼리 헷갈릴 거 같아, 실비!" 그가 걱정스럽게 속삭였다.*

교수의 말대로 이런 이야기를 상상하기란 쉽지 않다. 그러려면 꾸준한 연습이 필요하다.** 생각을 주인공으로 불

---

* 루이스 캐럴, 『실비와 브루노 완결편(Sylvie and Bruno Concluded)』, 챕터 XXIII.
** "소용없어요. 있을 수도 없는 일을 믿을 수는 없으니까요." 하얀 여왕이 말했다. "아마 연습이 부족해서 그럴 거야. 내가 너만 할 때에 난 하루에 30분씩 연습을 했어. 응, 어떤

러내기란 더더욱 까다로운데, 이는 그것들이 마음속 깊은 곳에 숨어 있기 때문이다.

> 사고는 엄연히 마음속에 깃들어 있는 것.
> 이는 **지성**에 의해 공급되며
> 그 안에 **생각**이 숨어 있는 것.*

이 시를 분석한 한 평자는, 이 생각들이 숨어 있을 뿐만 아니라 잠들어 있다는 견해를 제시했다. "이 구절은 신비적 직관에 신빙성을 부여한다. 캐럴은 **생각**이 **지성** 안에 잠든(*dormant*) 채로 이미 존재하며 **사고**(Thought)가 와서 깨우기만을 기다리고 있다고 암시한다."** "진리를 알고자 추구하는 자는 내면으로 더욱 깊이 들어가," **관념**에서 흘러나오는 무색의 초록빛 생각들을 찾아낼 수 있다.*** '무색의 초록빛'이라는 표현에 의문을 제기할 사람들도 있겠지만 알다시피 빛깔은 얼마든지 오락가락할 수 있는 것이다.**** 그러면 "맹렬히 잔다"라는 것은 무엇을 뜻하는

때는 아침을 먹기도 전에 말이 안 되는 일들을 여섯 개나 믿기도 했지." 루이스 캐럴, 『거울 나라의 앨리스』(손영미 옮김, 시공주니어, 2001), 103–104쪽.
* "Thought in the mind doth still abide: / That is by Intellect supplied, / And within that Idea doth hide:" 「세 목소리」, 이 책 130쪽.
** 셰리 애커먼(Sherry Ackerman). 『거울 나라 뒤에서(Behind the Looking Glass)』(캠브리지 스콜라스 퍼블리싱[Cambridge Scholars Publishing], 킨들 에디션[Kindle Edition], 2011-01-25), 킨들 로케이션(Kindle Location) 315–318. 인용 중 강조는 필자의 것.
*** 「세 목소리」, 이 책 130쪽.
**** "황금빛 이삭의 드넓은 물결처럼 / 회랑의 유리창을 물들이는 햇빛처럼 / 그의 낯빛이

가? 그 예 또한 그리 멀리 있지 않다.

이때에 앨리스는 갑자기 좀 놀라서 말을 그쳤다. 바로 옆 숲에서 커다란 증기기관차가 칙칙거리는 것 같은 소리가 들려왔기 때문이다. 그 소리가 맹수 소리 같아서 앨리스는 겁이 났다.

앨리스는 조심스럽게 물었다. "이 근처에 사자나 호랑이가 있나요?"

트위들디가 말했다. "저건 붉은 왕이 코 고는 소리일 뿐이야."

(…) 붉은 왕은 (…) 볼썽사납게 웅크린 채 트위들덤의 말마따나 "머리가 떨어져 나가도록!" 큰 소리로 코를 골고 있었다.*

"커다란 증기기관차가 칙칙거리는" 것처럼, 앨리스가 사자나 호랑이 같은 맹수로 오해할 정도로, "머리가 떨어져 나가도록" 요란하게 코를 골며 잠든 존재에게 "맹렬히 (furiously)"라는 수식어를 붙이는 것은 너무나 적절하지 않은가?

여기까지 도달했을 때 우리는 비로소 맹렬히 잠든 무색의 초록빛 생각들을 만날 수 있을 것이다. 이제 이 사랑스러운 작은 생각들을 흔들어 깨우는 일이 남았다. 위

다시 오락가락했다(His colour came and went again)." 「세 목소리」, 이 책 128쪽.
* 루이스 캐럴, 『거울 나라의 앨리스』(손영미 옮김, 시공주니어, 2001), 85쪽.

에 인용한 평자의 주장을 진지하게 받아들인다면 이때 우리는 사고와 동행해야 한다. 잠들어 있는 생각을 깨우는 것은 위험한 일이다. 이 위험은 영어 화자와 한국어 화자에게 다른 방식으로 적용된다. 'idea'를 깨울 때는 그것이 후려칠(strike) 수도 있기 때문에 불같은 성질을 건드리지 않도록 조심해야 한다. 반면에 **생각**은 매우 낙천적인 성격이어서 (둥실) 떠오른다. 그러니 너무 높이 떠올라 훨훨 날아가버리기 전에 얼른 낚아채 붙들어야 한다.

하지만 맹렬히 잠든 어떤 존재를 깨우는 데는, 폭행이나 분실 따위와는 비교도 안 되게 크고 무시무시한 또 다른 위험이 도사리고 있다.

"붉은 왕은 지금 꿈을 꾸고 있어. 무슨 꿈을 꾸는 것 같니?"

앨리스가 대답했다. "그건 아무도 모르죠."

트위들디는 의기양양하게 박수를 치며 소리쳤다.

"바로 너에 대한 꿈이야! 붉은 왕이 꿈에서 깨어나면 넌 어디에 있을 것 같니?"

앨리스가 말했다. "물론, 지금 내가 있는 곳에요."

트위들디는 깔보는 투로 맞받아 말했다.

"그렇지 않아! 너는 어디에도 없을 거야. 말하자면 너는 붉은 왕의 꿈에만 나올 뿐이거든." 트위들덤이 덧붙였다. "붉은 왕이 꿈에서 깨어나면, 너는 펑! 하고 사라질 거야. 마치 촛불처럼!"

붉은 왕이 꿈에서 깨어나는 순간 앨리스는 펑! 하고 촛불처럼 꺼져버릴 것이다. 빵쟁이는 부줌을 만난 순간 '몽당초'처럼 "소리 없이 돌연히 꺼져"버렸다. 자, 이렇게 해서 우리는 출발점인 부줌으로 되돌아왔다. 다시 묻는다. 부줌은 무엇인가?

교수가 얼떨떨한 표정으로 입을 열었다. "내 말은, 네가 모든 걸 다 알지는 못한다는 말이었어."

"하지만 나도 알 건 다 안다고요!" 꼬마가 고집스럽게 말했다. "나는 다 알아요. 모르는 것 빼고 전부 다요. 그 나머지는 실비가 알고요."

교수는 한숨을 쉬고는 포기했다. "너 부줌이 뭔지 아니?"

"알아요!" 브루노가 소리쳤다. "사람들을 부츠에서 잡아 빼내는 거잖아요!"

"얘는 부츠 벗개(bootjack)를 말하는 거예요." 실비가 귓속말로 설명했다.

"부츠에서 사람을 잡아 빼낼 수는 없어." 교수가 부드럽게 지적했다.

브루노가 건방지게 웃었다. "흥, 할 수 있어요! 너무 꽉 껴 있지만 않으면요."

"옛날 옛적에 부줌 하나가 있었지 ―" 교수는 말을 시작했다가 갑자기 중단했다. "나머지 이야기는 잊어버렸다." 그가 말했다. "여기서 우리가 배울 수 있는 교훈이 있는데, 그것도 잊어버린 것 같구나."*

우리는 부줌을 직접 목격한 사람의 증언을 결코 들을 수 없기 때문에 이 생명체를 간접적인 방식으로 탐구할 수밖에 없다. 혹자는 애초에 스나크나 부줌은 있지도 않았으며 실은 구두닦이(boot)가 빵쟁이를 살해한 것이라고 주장한다. 빵쟁이가 사라지기 직전에 외치려 했던 말은 "부줌"이 아니라 "부트(boot, 구두닦이)"였다는 것이다.** 이는 그럴듯한 주장이다. 구두닦이는 "자기 구두 세 켤레가 충분히 닦이지 않았다는 빵쟁이의 끝없는 불평에" 시달렸으니 살인 동기가 충분했고, 모든 삽화에서 자신의 모습을 용의주도하게 숨긴 것 또한 살해 의도와 연결시켜 해석할 수 있기 때문이다. 그러나 빵쟁이가 죽었다는 증거는 어디에도 없다. 시체는커녕 단추 하나, 깃털 하나, 흔적 하나도 없다.

그리고 부줌이 존재한다는 증거는 엄연히 존재한다. 게다가 꽤 명확한 생김새를 눈으로 확인할 수도 있다. 여기에 그 증거를 소개한다. 루이스 캐럴과 공동으로 부줌을 창조한 장본인인 「스나크 사냥」의 삽화가 헨리 홀리데

* 루이스 캐럴, 『실비와 브루노 완결편』, 챕터 XXIV.
** 래리 쇼(Larry Shaw), 「빵쟁이 살인 사건(The Baker Muder Case)」(팬 매거진 『인사이드 앤드 사이언스 픽션 애드버타이저[Inside and Science Fiction Advertiser]』, 1956년 9월 호, 4–12쪽). 루이스 캐럴, 『마틴 가드너의 주석 달린 스나크 사냥(The Hunting of the Snark with an introduction and notes by Martin Gardener)』(펭귄 클래식[Penguin Classics], 1995), 94쪽, 마틴 가드너의 주석에서 재인용.

이는 다음과 같은 기록을 남겼다.

내가 처음 그린 세 점의 삽화 중 하나는 빵쟁이의 실종 장면이었고, 나는 그리 부자연스럽지 않게 부줌을 창조해냈다. 도지슨 씨는 이 괴물이 마음에 들지만 책에 실을 수는 없다고 했다. 그는 일부러 부줌을 전혀 상상할 수 없게끔 묘사하였고, 이 동물이 그런 상태로 남아 있기를 원한다는 것이었다. 물론 나는 그의 말을 수긍하여, 내가 여전히 정확한 묘사라고 자신하는 이 그림을 삭제하였다. 나는 장차 새로운 비글호를 타고 미래에 나타날 다윈이 이 짐승 또는 그것이 남긴 흔적을 발견해주기를 바란다. 그렇게 된다면 그가 내 그림을 확인해줄 것이다.*

이 그림(이 책 448쪽)을 보면 부줌은 물개처럼 크고 넓적한 발에 털이 없고 주름진 피부, 날카로운 이빨이 박힌 큰 입을 지니고 있다. 삐죽삐죽한 수염을 달고 있는 것으로 보아 "수염이 있고 할퀴는" 종류로 추측되기도 하지만 발톱은 눈에 띄지 않는다. 하지만 크게 부릅뜬 두 눈은 위협적이라기보다는 오히려 다소 겁먹은 것 같다. 마치 이 예기치 않은 조우에 부줌 자신도 빵쟁이 못지않게 당황하고 경악한 듯이 보인다. 그리고 빵쟁이를 희미하게 만든 소용

---

* 루이스 캐럴, 같은 책, 18쪽에서 재인용. 이 그림은 루이스 캐럴 탄생 100주년인 1932년에 공개되었다.

돌이가 부줌을 감싸고 있는 것처럼, 다시 말해 부줌 자신
도 소용돌이에 휩쓸려 사라지려는 것처럼 보이지 않는가?

　스스로 사라지는 피조물로서 우리는 체셔 고양이
를 떠올리지 않을 수 없다. 이 고양이는 꼬리 끝부터 시작
해서 얼굴의 웃음까지 천천히 사라지는데, 몸통이 사라

진 뒤에도 웃음은 한참 동안 남아 있다. 어떻게 해서 이것이 가능한가? 우리는 실비와 브루노가 들려주는 작은 여우 이야기에서 이 수수께끼의 비밀을 더듬어볼 수 있다.* 브루노가 작은 여우 세 마리를 피크닉 바구니에 넣고 집으로 가는데, 이 여우들은 처음엔 사과를, 그다음엔 빵을 먹어치우고 그다음에는 자기들끼리 잡아먹었다. 그리고 마지막으로 남은 여우는 자기 몸까지 깡그리 먹어치워서, 브루노가 뚜껑을 열었을 때 바구니 속에는 마지막 여우의 주둥이 하나만 달랑 남아 있었다. 브루노가 이 주둥이를 슉! 슉! 흔들자 그 속에서 여우의 몸통이 도로 빠져나왔고, 다음으로 다른 여우들이, 다음으로 빵이, 다음으로 사과가 빠져나왔다. 이 이야기에는 아주 많은 질문의 해답에 대한 단서가 들어 있다. 어떻게 고양이가 미소만 남기고 사라질 수 있는가— 사라진 고양이의 몸통은 어디로 갔는가— 사라진 빵쟁이는 어디로 갔는가— 빵쟁이는 완전히 사라진 것인가, 아니면 다시 나타날 수 있을 것인가?

빵쟁이가 부줌의 입속으로 사라졌다면, 어느 시점의 어딘가에서 빵쟁이는 부줌의 입으로부터 빠져나올 것이다. 다시 말해서 소멸은 진실의 반쪽에 불과하다. 실제로 체셔 고양이는 사라졌다가 다시 나타날 수 있다. 체셔 고양이가 사라졌다가 나타나기를 반복하자 앨리스는 말한다. "그렇게 불쑥 나타났다 사라졌다 하지 마. 어지러워!"**

* 루이스 캐럴, 『실비와 브루노 완결편』, 챕터 XV.
** 루이스 캐럴, 『이상한 나라의 앨리스』(손영미 옮김, 시공주니어, 2001), 90쪽.

이 말에 대해 한 평자는 이렇게 해석했다. "그녀가 어지러운 것은 당연하다. 이 고양이가 인류를 오랫동안 괴롭혀온 장난스러운 신비를, 난센스의 주된 작용 중 하나를 건드리고 있었기 때문이다. 난센스는 드러내놓고 말할 수 없는 것과 관련되어 있으므로, 우리는 이것을 풀어야 한다."*

난센스가 '드러내놓고 말할 수 없는 것'과 관련되어 있다는 이야기는 뒤에 가서 다시 하기로 하고, 여기서는 이것을 풀기 위한 노력의 일환으로 내가 상당히 설득력 있는 가설 하나를 제시하겠다. 대원들이 스나크를 사냥한 외딴 섬은 크고브즈니 섬이나 음흐룩시 섬, 아니 최소한 그 부근의 다른 무인도였을 것이다. 그렇지 않았다면 왜 이곳 사람들이 끊임없이 "Bamboo(대나무)!"라고 외쳐댔겠는가? 이는 빵쟁이가 남긴 마지막 외마디 "boo(부)—"가 이곳 원주민들에게 전해지면서 와전된 단어임이 분명하다. 종잡이 일행의 배가 '스나크'된 곳은 열대지방이었고, 노인과 아들은 적도 근방을 항해하고 있었음을 기억하자. 또 스나크는 우리에서 탈출한 돼지를 변호한 적이 있는데, 크고브즈니 섬의 주식은 돼지고기이며 이 섬에는 돼지우리가 많은 데다 돼지들은 이곳저곳으로 자주 옮겨졌으므로, 그중에서 최소한 한 마리 이상의 돼지가 탈출했으리라는 것은 매우 자연스러운 추론이다. 빵쟁이가 부줌을 만나 사라진 곳은 필시 적도와 날짜변경선이 교차

* 프랜시스 헉슬리(Francis Huxley), 『까마귀와 책상(The Raven and the Writing Desk)』(하퍼 앤드 로우[Harper & Row], 1976), 32쪽.

하는, 하루가 통째로 사라지는 그 신비스러운 지점이었을 것이다. (선 하나를 임의로 그어놓았다고 해서 사라지던 날짜가 사라지길 관두지는 않는다.)

물론 「헝클어진 이야기」의 등장인물들이 루이스 캐럴의 다른 인물들에 비해 존재감이 희미한 것은 사실이다. 그는 끝부분에서 이렇게 썼다. "내가 부린 꼭두각시들은 (지금 내가 말을 거는 독자들처럼) 뚜렷이 내 삶 안에 있지도, (앨리스와 가짜 바다거북처럼) 뚜렷이 내 삶 밖에 있지도 않았다." 그들이 "뚜렷이 내 삶 안에 있지도" 그렇다고 "뚜렷이 바깥에 있지도" 않다고 썼으므로, 그들은 삶 안과 밖의 경계 위에 있다.

캐럴은 삶에 대해 두 개의 수사적 질문을 했다. 첫째는 "삶이란 곧 꿈일 뿐 아닌가?"*이고, 두 번째는 "삶 자체가 역설이 아닌가?"**이다. 그렇다면 우리에게는, 우리의 논지에 무게를 싣기 위해 "삶은 난센스인가?"라는 세 번째 질문을 던질 일만이 남는다. 캐럴의 난센스가 그에게 곧 삶이었음은 이제 의심의 여지가 없으나, 이 질문에 제대로 답하려면 우리는 이 질문을 거울에 비추어놓고 이렇게 물어야 한다. "난센스는 죽음인가?"***

* 루이스 캐럴, 『거울 나라의 앨리스』 권말시의 마지막 행.
** 찰스 럿위지 도지슨, 『베갯머리 문제(Pillow Problems)』 서문.
*** 프랜시스 헉슬리, 같은 책, 123쪽.

이 탁월한 평자는, "사고에 한계를 그으려면 우리는 이 한계의 양쪽 측면을 다 생각할 수 있어야 할 것이며, 따라서 우리는 생각할 수 없는 것을 생각할 수 있어야 할 것이기 때문이다. 그러므로 한계는 오직 언어에서만 그어질 수 있을 것이며, 그 한계 너머에 있는 것은 그저 난센스이다"*라는 비트겐슈타인의 말에 대해 다음과 같은 대담한 첨언을 했다. "난센스이기에 생각할 수 없는 것들이 존재하기는 하지만, 이것들은 한계 너머가 아니라 한계 위에 놓여 있다. 실제로 이것들은 한계 그 자체이며, 따라서 주변적인 것이 아니라 중심적인 것이다."** 삶이 난센스이고 난센스가 생각할 수 있는 것의 한계 위에 놓여 있다면, 그들은 한계의 한계 위에 놓여 있으며 주변에서 중심으로 복귀할 자격을 두 배로, 혹은 제곱으로 갖추고 있다. 내 생각에는 이것이야말로 교수가 잊어버린 부줌 이야기의 교훈이다.

유나영

---

* 루드비히 비트겐슈타인, 『논리철학논고』(김양순 옮김, 동서문화사, 2013) 머리글, 31쪽.
** 프랜시스 헉슬리, 같은 책, 10쪽.

루이스 캐럴 연보

1832년 — 1월 27일, 찰스 럿위지 도지슨(Charles Lutwidge Dodgson)이 영국 체셔 지방 데어스베리의 시골 교구사제 집안에서 열한 명의 자녀 중 셋째이자 장남으로 태어난다. 그의 아버지 찰스 도지슨(Charles Dodgson)과 어머니 프랜시스 제인 럿위지(Frances Jane Lutwidge)는 사촌 간이었는데, 이 근친혼으로 인해 아들 도지슨이 말을 더듬게 되었다는 견해도 있다.

1843년 — 가을, 아버지가 크로프트 교구장으로 임명되어 가족이 요크셔 지방의 크로프트로 이사한다. 이때부터 이들은 시와 이야기, 그림을 직접 쓰고 그리며 여러 종의 가족 잡지를 만든다.

1844–9년 — 리치먼드 스쿨과 럭비 스쿨에서 기숙사 생활.

1851년 — 1월 24일, 아버지의 모교였던 옥스퍼드 대학교의 크라이스트 처치 칼리지에서 대학 생활을 시작한다. 1월 26일, 어머니가 뇌종양으로 사망한다.

1854년 — 12월, 학사 학위 취득.

1855년 — 옥스퍼드에서 수학 강의를 시작하고, 곧 조교수가 된다. 이해 여름 외삼촌의 영향으로 사진에 관심을 가지기 시작한다.

1856년 — 2월, 런던 주간지 『더 코믹 타임스(The Comic Times)』 후신인 월간지 『더 트레인(The Train)』에 자신의 본명과 어머니 이름 철자를 뒤섞은 필명 '루이스 캐럴'을 사용하기 시작한다. 3월, 카메라 구입. 4월 25일, 전해에 크라이스트 처치 칼리지 학장으로 부임한 헨리 조지 리델(Henry George Liddell)의 세 자매를 우연히 만나 사진을 찍게 된다. 훗날 『이상한 나라의 앨리스』의 모델이 되었던 앨리스 리델(Alice Liddell)은 이 중 둘째 딸이었다.

1857년 ― 석사 학위 취득.

1858년 ― 런던 사진 협회에서 주관하고 사우스 켄싱턴 박물관(현 빅토리아 앤드 앨버트 박물관)에서 열린 사진전에 참여한다.

1861년 ― 12월 22일, 부제(副祭)로 임명된다.

1862년 ― 7월 4일, 리델 가의 자매들 그리고 트리니티 칼리지 교수였던 친구 로빈슨 덕워스(Robinson Duckworth)와 아이시스 강으로 뱃놀이를 떠난다. 이날 처음으로 『이상한 나라의 앨리스』 이야기를 소녀들에게 들려준다. 앨리스 리델은 그에게 이 이야기를 써달라고 요청한다. 글은 11월에 완성되는데, 처음의 제목은 '땅속 나라의 앨리스(Alice's Adventures Under Ground)'였다.

1863년 ― 6월, 이해 크리스마스까지 리델 가와 절연하게 되고, 이후 이들의 사이는 멀어진다. 한편 이해에 런던의 출판업자 알렉산더 맥밀런(Alexander Macmillan)을 만난다.

1864년 ― 1월, 잡지 『펀치(Punch)』에서 활동 중이던 삽화가 존 테니얼(John Tenniel)을 만난다. 4월, 테니얼이 『이상한 나라의 앨리스』 삽화를 그리기로 한다. 11월, 자신이 직접 삽화를 그린

『땅속 나라의 앨리스』 수기를 앨리스 리델에게 선물한다.

1865년 ― 7월 4일, 런던의 맥밀런 출판사에서 『이상한 나라의 앨리스』가 출판된다. 그러나 삽화의 인쇄 상태에 만족하지 못한 테니얼의 의견을 받아들인 그는 초판본 2000부 중 50부만 제책된 상태에서 작업을 중단시킨다. 11월, 새로운 인쇄기로 찍은 『이상한 나라의 앨리스』 제2판 2000부가 출간된다.

1866년 ― 찰스 럿위지 도지슨의 이름으로 수학 관련 글들을 출간하는 한편, 『거울 나라의 앨리스』를 쓰기 시작한다.

1867년 ― 여름에 크라이스트 처치의 학생이었던 친구 헨리 리든(Henry Liddon)과 두 달간 러시아로 여행을 떠난다. 11월, 「브루노의 복수(Bruno's Revenge)」라는 이야기를 『앤트 주디스 매거진(Aunt Judy's Magazine)』에 연재하게 되는데, 이 작품은 훗날 『실비와 브루노』에 포함된다.

1868년 ― 6월, 아버지 사망. 가족을 길퍼드에 정착시킨다.

1869년 ― 첫 시집 『판타즈마고리아 그리고 다른 시들』 출간.

1871년 ― 1월, 『거울 나라의 앨리스』 탈고. 이해 말 『거울 나라의 앨리스』가 존 테니얼의 삽화와 함께 출간된다. 4쪽짜리 소책자 『이상한 나라의 앨리스 어린이 독자 모두에게(To All Child-Readers of "Alice's Adventures in Wonderland")』가 초판에 끼워져 배포된다. 『거울 나라의 앨리스』는 이듬해 1월 말까지 1만 5000부가 팔린다.

1874년 ─ 도지슨의 이름으로 여러 수학 관련 저서 출간.

1876년 ─ 시집 『스나크 사냥』 출간.

1877년 ─ 이스트본에서 여름휴가를 보낸다.

1880년 ─ 사진 찍기를 그만둔다. 9월 15일, 앨리스 리델의 결혼식이 웨스트민스터 대수도원에서 열린다. 캐럴은 불참하되 선물을 보낸다.

1881년 ─ 수학 교수직을 내려놓는다. 옥스퍼드의 다른 칼리지에서 소녀들에게 논리학을 가르치기 시작했기 때문이다.

1882년 ─ 12월, 크라이스트 처치 칼리지 석사 졸업생을 위한 클럽 '커먼 룸(Common Room)'의 관리자(Curator)로 선출되어 9년간 일한다. 이해에 도지슨 이름으로 된 마지막 수학 저서 『유클리드(Euclid)』 1─2권을 맥밀런에서 출간한다.

1883년 ─ 시집 『운율? 그리고 의미?』 출간. '하그리브스 부인(Mrs. Hargreaves)'이 된 앨리스 리델에게 이 책을 크리스마스 선물로 보낸다.

1885년 ─ 1880─4년 정기간행물 『더 먼슬리 패킷(The Monthly Packet)』에 연재했던 수학 우화 『헝클어진 이야기』가 출간된다.

1886년 ─ 『땅속 나라의 앨리스』 복사본이 맥밀런에서 출간된다. 12월 23일, 『이상한 나라의 앨리스』가 헨리 새빌 클라크(Henry Savile Clark)에 의해 런던 프린스 오브 웨일스 극장에서 상연된다.

1887년 ─ 『논리 게임』 출간.

1889년 ─ 유아들을 위한 『이상한 나라의 앨리스』 출간.
       『실비와 브루노』 출간.

1891년 ─ 리델 학장이 크라이스트 처치를 그만두고, 도지슨과
화해한다. 이어 도지슨은 '하그리브스 부인'에게 편지를 보내고,
그녀와 그녀의 남편을 함께 초대해 만난다.

1892년 ─ '커먼 룸' 관리자직을 사임한다.

1893년 ─ 『실비와 브루노 완결편』 출간.

1894–5년 ─ 7월, 철학 저널 『마인드(Mind)』에 우화 「논리적
역설(A Logical Paradox)」 발표. 이 글은 이발소를 배경으로 하고
있어 '이발소 역설(Barbershop Paradox)'이라고도 불린다. 1895년
4월, 논리적 역설을 담은 우화 「거북이가 아킬레스에게 한 말(What
the Tortoise said to Achilles)」을 『마인드』에 발표한다.

1896년 ─ 『기호논리학』 1부 출간.

1897년 ─ 아이들을 위한 강론('교훈적인 이야기 강의')을 늘리고,
새로운 수학 문제를 꾸준히 만들어낸다.

1898년 ─ 1월 14일, 길퍼드에서 시집 『세 번의 일몰 그리고 다른
시들』의 교정쇄와 『기호논리학』 2부 원고를 마무리하던 중 감기가
기관지염으로 발전해 숨을 거둔다.

워크룸 문학 총서 '제안들'

일군의 작가들이 주머니 속에서 빚은 상상의 책들은 하양
책일 수도, 검정 책일 수도 있습니다. 이 덫들이 우리 시대의
취향인지는 확신하기 어렵습니다.

1   프란츠 카프카, 『꿈』, 배수아 옮김
2   조르주 바타유, 『불가능』, 성귀수 옮김
3   토머스 드 퀸시, 『예술 분과로서의 살인』, 유나영 옮김
4   나탈리 레제, 『사뮈엘 베케트의 말 없는 삶』, 김예령 옮김
5   마세도니오 페르난데스, 『계속되는 무』, 엄지영 옮김
6   페르난두 페소아, 산문선 『페소아와 페소아들』, 김한민 옮김
7   앙리 보스코, 『이아생트』, 최애리 옮김
8   비톨트 곰브로비치, 『이보나, 부르군드의 공주 / 결혼식 / 오페레타』, 정보라 옮김
9   로베르트 무질, 『생전 유고 / 어리석음에 대하여』, 신지영 옮김
10 장 주네, 『사형을 언도받은 자 / 외줄타기 곡예사』, 조재룡 옮김
11 루이스 캐럴, 『운율? 그리고 의미? / 헝클어진 이야기』, 유나영 옮김
12 드니 디드로, 『듣고 말하는 사람들을 위한 농아에 대한 편지』, 이충훈 옮김
13 루이페르디낭 셀린, 『제멜바이스 / Y 교수와의 인터뷰』, 김예령 옮김
14 조르주 바타유, 『라스코 혹은 예술의 탄생 / 마네』, 차지연 옮김
15 조리스카를 위스망스, 『저 아래』, 장진영 옮김
16 토머스 드 퀸시, 『심연에서의 탄식 / 영국의 우편 마차』, 유나영 옮김
17 알프레드 자리, 『파타피지크학자 포스트롤 박사의 행적과 사상: 신과학소설』,
    이지원 옮김
18 조르주 바타유, 『내적 체험』, 현성환 옮김
19 앙투안 퓌르티에르, 『부르주아 소설』, 이충훈 옮김
20 월터 페이터, 『상상의 초상』, 김지현 옮김
21 아비 바르부르크, 조르조 아감벤, 『님프』, 윤경희 쓰고 옮김
22 모리스 블랑쇼, 『로트레아몽과 사드』, 성귀수 옮김
23 피에르 클로소프스키, 『살아 있는 그림』, 정의진 옮김
24 쥘리앵 오프루아 드 라 메트리, 『인간기계론』, 성귀수 옮김
25 스테판 말라르메, 『주사위 던지기』, 방혜진 쓰고 옮김
26
27
28
29
30

31 에두아르 르베, 『자살』, 한국화 옮김

32 엘렌 식수, 『아야이! 문학의 비명』, 이혜인 옮김

33 리어노라 캐링턴, 『귀나팔』, 이지원 옮김

34 스타니스와프 이그나찌 비트키에비치, 『광인과 수녀 / 쇠물닭 / 폭주 기관차』,
    정보라 옮김

35 스타니스와프 이그나찌 비트키에비치, 『탐욕』, 정보라 옮김

36 아글라야 페터라니, 『아이는 왜 폴렌타 속에서 끓는가』, 배수아 옮김

37 다와다 요코, 『글자를 옮기는 사람』, 유라주 옮김

제안들 11

루이스 캐럴
운율? 그리고 의미? /
헝클어진 이야기

유나영 옮김

초판 1쇄 발행. 2015년 8월 27일
2쇄 발행. 2022년 4월 1일

발행. 워크룸 프레스
편집. 김뉘연
제작. 세걸음

ISBN 978-89-94207-56-8 04800
978-89-94207-33-9 (세트)
18,000원

워크룸 프레스
03043 서울시 종로구
자하문로16길 4, 2층
전화. 02-6013-3246
팩스. 02-725-3248
메일. wpress@wkrm.kr
workroompress.kr

옮긴이. 유나영 — 서울대학교 고고미술사학과를 졸업했고 삼인출판사에서 편집자로 일했다. 옮긴 책으로 『왜 지금 지리학인가』, 『코끼리는 생각하지 마』, 『프란치스코 교황과 함께하는 매일 묵상』, 『예술 분과로서의 살인』 등이 있다. 개인 홈페이지 '유나영의 번역 애프터서비스(lectrice.co.kr)'에서 오탈자와 오역 신고를 받고 있다.

감수자. 박정일 — 서울대학교 수학과를 졸업하고, 동 대학원 철학과에서 박사 학위를 받았다. 숙명여자대학교 교양교육원 교수로 재직 중이다. 논리 철학, 수학 철학, 비트겐슈타인 철학에 관심이 크다. 지은 책으로 『튜링 & 괴델: 추상적 사유의 위대한 힘』이 있으며, 옮긴 책으로 『수학의 기초에 관한 고찰』, 『괴델』, 『수학자, 컴퓨터를 만들다』, 『비트겐슈타인의 수학의 기초에 관한 강의』 등이 있다.